빛 좋은 개살구

빛 좋은 개살구

펴 낸 날 2020년 3월 6일

지 은 이 정유영
펴 낸 이 이기성
편집팀장 이윤숙
기획편집 한 솔, 정은지, 윤가영
표지디자인 한 솔
책임마케팅 강보현, 류상만
펴 낸 곳 도서출판 생각나눔
출판등록 제 2018-000288호
주 소 서울 마포구 잔다리로7안길 22, 태성빌딩 3층
전 화 02-325-5100
팩 스 02-325-5101
홈페이지 www.생각나눔.kr
이 메 일 bookmain@think-book.com

• 책값은 표지 뒷면에 표기되어 있습니다.
ISBN 979-11-7048-042-6 (03810)

• 이 도서의 국립중앙도서관 출판 시 도서목록(CIP)은 서지정보유통지원시스템 홈페이지(http://seoji.nl.go.kr)와 국가자료공동목록시스템(http://www.nl.go.kr/kolisnet)에서 이용하실 수 있습니다(CIP제어번호: CIP2020006883).

빛 좋은 개살구

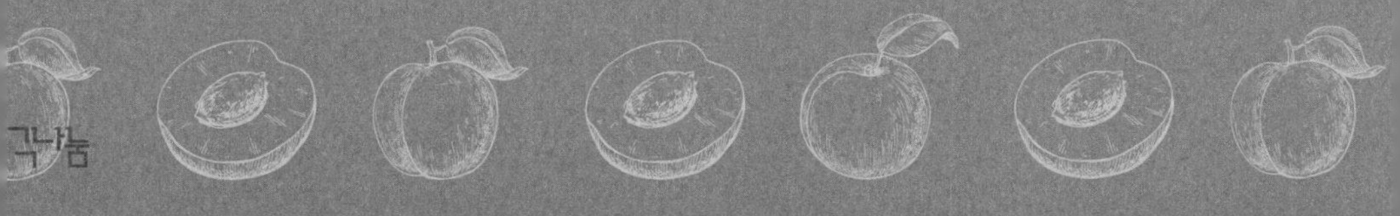

차 · 례

인물

왕중앙: 변호사

홍일동: 검사

고영호: (김영호) 살인자

장미화: 고영호의 첫사랑

신달수: 신도시 부자

김영자: 신달수의 아내

강대성: 사무장

양비녀: 계약 동거녀

박미라: 사무원

하소연: 사무원

정인숙: 판사

머리말

죄는 사회의 악이며, 배척의 대상이다. 그러나 죄는 특별한 사람의 독특한 행위가 아니라 보통사람의 일반적인 행위 중에 악한 행위다. 그래서 사람들은 다른 사람들의 악이나 죄는 비난하고 배척하면서 자신의 악이나 죄는 망각하거나 숨기려고 한다.

법망이 속세에 가려 보이지 않거나 법망을 무시하는 사람들은 음지, 양지 가리지 않고 죄를 진다. 잘난 사람 못난 사람들이 뒤섞여 죄를 지으며 죄와 다정해지고 있다. 죄와 다정해진 사람들은 죄악의 늪에 빠져 허우적거리고 있다.

가족이 등 돌리고 사회가 배척하면 빠져나오려고 몸부림쳐도 스스로 빠져나오지 못한다.

죄의 늪에 빠져 떨고 있는 그 사람들 앞에서 큰소리친 사람이 있다.

법의 창을 들고 권좌에 앉아 죄인을 추궁하고 심판하는 사람들이 있고, 방패를 들고 죄인의 주장과 권리를 대변하는 사람들이 있다.

권좌에 앉아 법의 창을 들고 큰소리치던 사람들이 전업변호사 되어 방패 들고 죄의 때 묻은 지갑 털어, 국회 사법 행정 청와대를 옮겨 다니며 웃어도 보금자리 털린 사람들은 그 늪에서 헤어나지 못하고 파멸의 길을 혼자 걷는다. 과거에도 그랬고 지금도 변함없이 여전하다.

1편

성공동력

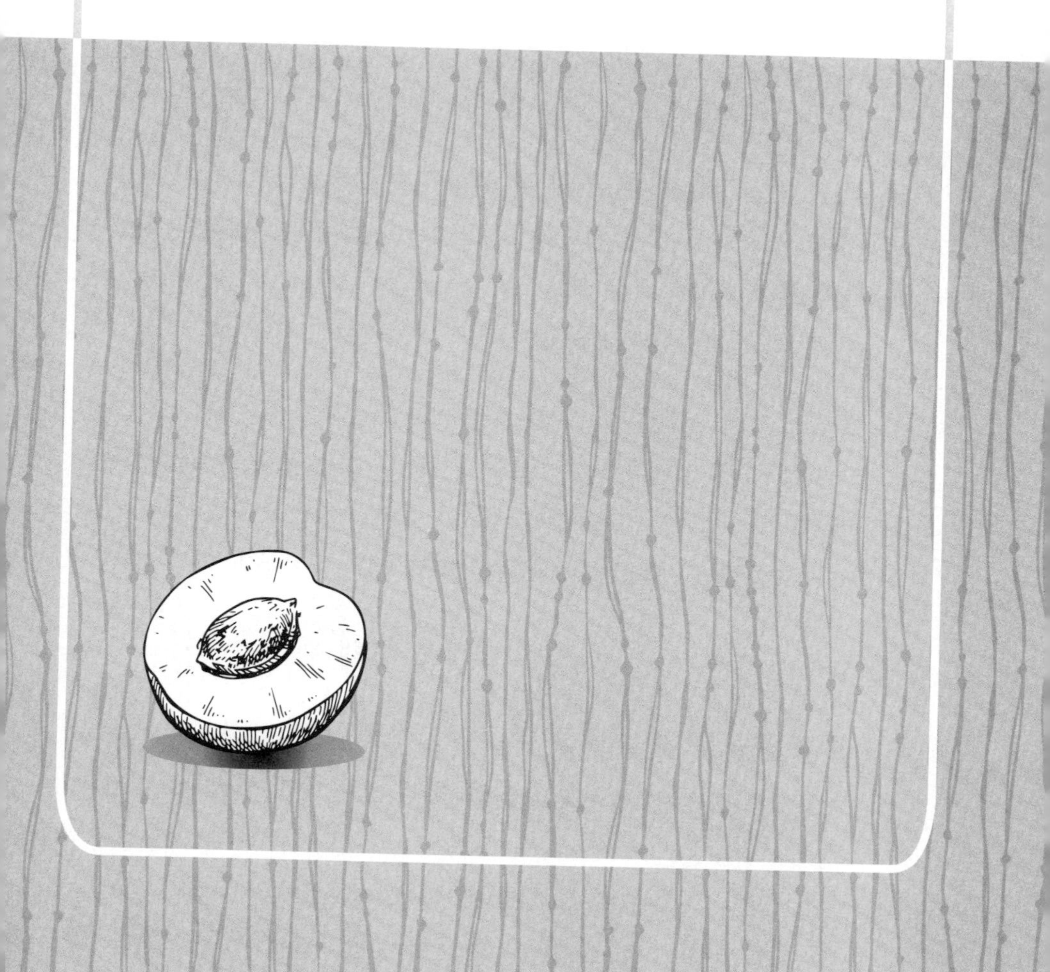

1
광화문 광장 분열

선거에 직면한 정치인들은 정치가 국민에 의한, 국민을 위한 것이라는 것과 권력이 국민으로부터 나온다는 것을 깨닫게 된다. 그러나 당선되고 나면 너무 절박하게 깨달아서인지 애써 주인을 주인으로 보지 않고 그 주인을 내려다보게 된다. 대법관 출신 왕중앙 변호사는 여당 대표의 지원을 받으며 공천 헌금을 내고 국회의원 총선에 출마하겠다는 기자회견을 열었다. 차기 대통령 후보 여론조사 2위인 그는 총선을 거치지 않고 대선 후보 경선에 참여할 수 있었지만, 국회에서 정치 경험과 지지 기반을 다지기 위하여 총선에 뛰어들었다.

인기 바람과 대권에 대한 꿈이 너무 커서 국회의원쯤이야 하찮은 것이었다. 그러나 민주화 이후 역대 대통령들이 모두 국회의원과 당 대표를 거처 대통령이 되었기 때문에 지름길이 아닌 정도를 선택하였던 것이었다. 수단과 방법을 가리지 않고 당선만 되면 된다는 식이 아니라 자신의 명성에 걸맞게 전국에서 가장 높은 투표율과 가장 많은 표차로 당선되려고 하였지만, 선거운동은 순조롭지 않았다. 당과 청에서는 종로에 출마하라고 하였으나 그곳은 여론조사 압도적인 1위를 유지하고 있는 국무총리 출신 야당 후보 때문에 강남을 선택하여 청이 등을 돌렸다. 강남에 후보 등록을 하던 날 출마를 낙점하고 있던 지역구의원이 당의 후보 공천을 비난하는 기자회견을 열고 무소속으로 후보 등록을 하였다. 전세가 낙관에서 비관으로 바뀌고 앞날이 불안했다. 그는 여당의 텃밭이라는 점과 자신의 명성을 믿고 정정당당히 나아갈 생각이었다. 그러나 출마는 당선이 목적인 만큼 수단과 방법을 가리지 말고 당선만 바라보며 뛰자는 참모들의 요구를 받아들였다. 중앙과 별도로 사이버전략팀을 두고 댓글 자동 입력장치 프로그램까지 이용하여 자신의 공약에 대한 찬성 여론을 조작하였다. 그렇게 하여 당선이 되었으나 전국에서 가장 낮은 투표율과 가장 적은 득표로 당선되었다.

그는 초선 의원에다 당마저 지지도가 바닥이라 명함도 못 내밀고 있던 그해 늦은 여름이었다. 서울에 있는 한 여자대학교 일부 학생들이 총장실을 점거하고 총장 퇴진을 주장하는 학내 시위를 벌였다. 시위가 계속되자 정부가 난데없이 방송통신위원회를 통하여 언론을 막고 경찰을 동원하여 진압하였다. 시위에 가담하지 않던 학생들이 모여들어 학내로 들어오는 경찰을 막고 항의하며 핸드폰으로 촬영한 동영상을 유튜브에 올렸다. 비선실세 정권개입이라는 여론을 놓고 국회가 청문회를 열었지만, 사실을 밝히지 못하고 유언비로 덮여가는 마당에 부정입학사건으로 비선실세의 정체가 일부 사실로 드러나게 되었다. 여당이 보도한 언론기관을 허위사실유포로 검찰에 고발하였다. 야당은 국정조사와 특별조사를 하자고 주장하고 여당은 검찰조사를 지켜보자고 주장하여 국회가 파행되었다. 야당은 촛불을 들고 광화문 광장으로 나왔다. 촛불을 든 시민들이 늘어나자 대통령이 여당 당사로 나와 개헌을 발표하였다.

개원 초부터 헌법 개정을 주장하다 허를 찔린 야당은 급기야 개헌을 불량 개헌을 저지하기 위해 촛불을 버리고 국회로 돌아갔다. 그러나 시민들은 국면 전환용 개헌안에 분개하여 대통령은 사과하라고 외쳤다. 경찰이 광화문 일대를 차벽을 세워 청와대로 가는 길을 봉쇄하고 촛불을 가두었다. 광화문 촛불은 전국으로 확산되었다. 급기야 대통령이 기자들 앞에서 대국민 사과 방송을 하였다. 평생지기 친구의 도움을 받긴 하였으나 비선이거나 실세는 결코 아니라고 강조했다. 그러자 중도를 지키는 방송국에서 기다렸다는 듯이 비선실세가 국정에 개입한 증거라며 대포폰과 그 속에 저장된 통화 내용 일부를 공개했다.

출구를 잃은 정부와 여당은 망연자실 바닥에 주저앉았고, 야당은 주먹을 쥐고 만세를 부르며 국회를 나와 광화문 광장에서 촛불을 들었다. 시민들은 휴일만 되면 어김없이 광화문 광장에 모여 대통령을 구속하라고 외쳤다. 살을 베는 찬바람이 불어도, 빙판 위에 눈이 내리고 쌓이는 짓궂은 날씨에도, 시민들은 촛불을 들고 광장에 모여 대통령을 구속하라고 외쳤다. 그러나 대통령은 철옹성 하늘 지붕 아래서 저녁 단골 뉴스에서조차도 얼굴을 드러내지 않았다.

시민들은 촛불을 들고 청와대 앞까지 가서 대통령 하야하라고 외쳤다. 세계 유래가 없는 평화 집회를 취재하려거나 구경하려는 외신기자들과 외국 관광객들이 광화문으로 모여들었다. 그러나 장기집권 체제를 갖춘 일본과 중국은 젊은이들의 한국여행이 눈엣가시가 되었다. 일본은 위안부와 독도 문제를 꺼내들어 반한 감정을 자극하였다. 딱히 막을 거리가 없던 중국은 마침 고고도미사일방어 설치를 문제로 삼았다. 두 나라는 미래가 불안한 장기집권체제로 들어선 마당에 자국의 젊은이들이 가장 가까운 이웃 나라 국민들이 광장에 나와 촛불을 밝히고 대통령 퇴진을 외치는 광경이 단순히 구경거리만은 아니었으리라. 동빙한설까지도 녹여 밝고만 그 촛불이 광화문을 채우고 전국으로 번져나가자 쥐구멍을 찾던 여당이 파탄을 막기 위해 국회로 나와 대통령 탄핵을 가결하였다. 그러자 장기집권체제에 돌입한 중국은 미사일 방어 설치를 트집 잡아 여행 금지 조치를 내리고, 일본은 독도 문제를 내세워 반한몰이를 하였다.

전제군주적인 권한으로 삼권을 장악하고 레이저 눈빛으로 최고위 공직자들을 압도하며 거침없이 명예회복을 위해 전진하던 대통령이 업무를 정지당하고 하늘 지붕 철옹 관사에 안치되었다. 여당은 촛불을 든 시민의 요구와 야당이 주장하는 특별검사제를 받아들여 국면을 전환시키려고 하였다. 여당은 대통령 탄핵 심판을 앞두고 특검과 언론이 연이어 쏟아내는 비선실세들의 국정농단사건과 그 대통령의 부끄러운 위헌·위법 행위들이 모두 자신들이 직간접으로 동조했다는 엄연한 실정에 시인도 부인도 못 하고 자괴감에 젖어 서로 책임을 떠넘기며 파국으로 치닫고 있었다. 진골, 성골 따져가며 대립과 갈등 속에서도 당의 붕괴와 파탄만은 막겠다고 당명을 바꾸고 그렇게 왕처럼 떠받들어온 대통령을 출당을 놓고 표결에 들어갔으나 진골파의 퇴장으로 무산되었다.

분당 위기에 직면한 왕중앙은 탈당을 놓고 고심했다. 식을 줄 모르고 타오르는 광장의 촛불 집회와 몸부림치는 태극기 집회를 직접 염탐하며 판세를 점치던 그는 헌법재판소가 탄핵을 결정할 거라는 정보를 캐고 박명두와 함께 탈당파에 합류하였다. 헌법재판소의 결정을 일주일 앞둔 일요일 자정 무렵에 대통령 권한을 대행하고 있는 국무총리가 갑자기 공관에서 계엄을 선포하였다. 내용은 북한의 남침 위험과 혼란한 정국을 안정시키기 위하여 수도권에 내린 위수령 계엄이었다. 무장 군인들이 청와대 외각과 국영 방송사와 헌법재판소와 국회의 주변에 배치되어 바리케이드를 쳤다.

그동안 촛불을 들고 대통령 하야를 외쳤던 시민들은 경악했다. 그동안 촛불 집회에 가담하지 않았던 시민들까지 각종 SNS를 통해서 계엄 반대와 저지에 대한 결의를 다지며 광장으로 모여들었다. 광장이 계엄을 반대하는 시민들이 차고 넘쳤으나 계엄군이 출동하지 않았다. 오히려 청와대와 헌법재판소 주변에 배치되었던 군인들이 소리 없이 철수했다. 하루 만에 국무총리가 기자회견을 열었다. 일부 군인들의 협박에 의해 계엄을 선포한 잘못을 사과하며 계엄을 철회하고 그에 대한 책임을 지고 자진 사퇴하겠다고 하였다. 같은 날 이어서 권한대행을 물려받은 기재부 장관과 참모총장, 국방부 장관이 합동 기자회견을 열어 계엄 선포에 대하여 일부 군인들의 중대한 과오며 군관 진상조사 위원회를 구성하여 진상을 철저히 밝힌 뒤에 주동자 처벌과 재발 방지책을 수립하고 각자 자리에서 물러나겠다고 하였다. 계엄은 국군 보안 사령부가 주도하였으나 합참의장과 지휘관들의 저지에 의해 실패한 것으로 드러났다. 보안 사령관을 비롯한 관계 군인들과 국무총리가 입건 구속되었다.

시민들이 평일에도 광화문과 헌법재판소 주위를 포진하고 국무총리와 군관 계엄 관련자들 처벌하고 헌법재판소는 대통령을 탄핵을 결정하라고 외쳤다. 토요일마다 열린 촛불 집회는 전국으로 확대되었다. 헌법재판소는 '대통령은 임기 중에 법률과 헌법을 위반하였으며 앞으로도 헌법 수호 의지가 없다. 그러한 대통령을 탄핵하지 않는 것보다 탄핵을 하여 얻는 이익이 더 크다고 판단되어 재판관 전원 일치로 대통령을 파면한다.'고 결정하였다. 박명두는 탄핵으로 인한 후폭풍으로 정권이 바뀌고 책임자 처벌이 이루어질 것에 대비하여 사표를 비서관에게 맡기고 서둘러 미국으로 떠났다. 중심을 잃은 여당은 갑작스러운 대통령 선거를 앞두고 개혁신당을 만들었다. 그러나 지지도는 땅에 떨어지고 마땅히 대통령 후보로 나서는 사람도 없었다. 존재가치를 잃은 신당은 파국을 놓고 합당의 길을 선택하였으나 순탄치 않았다. 보수로 재통합하자는 의원들과 중도로 가자는 의원들로 나뉘어져 합의를 이루지 못했다. 대권을 노리는 왕중앙은 진로를 놓고 고뇌에 빠졌다.

광장을 채운 촛불은 대통령을 탄핵시켜 구치소에 가두고 새로운 대통령 선출을 앞당겼다. 그러자 그 대통령을 지지하던 사람들이 태극기와 미국 국기까지 들고 광화문 광장에 나와 탄핵 무효, 대통령 석방하라고 외쳤다. 그러나 안타깝게도 그들은 패배와 좌절을 딛고 일어서기엔 드러난 대통령의 실정이 너무 컸다.

2
사건

촛불에 의해 특별검사제와 국회청문회가 진행되고 촛불에 의해 당선된 대통령은 촛불민심이 바라는 나라다운 나라를 세우기 위하여 부처별 적폐청산특별위원회를 구성하였다. 그리고 북한의 핵실험과 미사일 발사 실험에 대한 도발에 대응하는 미국의 전쟁 위협을 대화로 풀어나가며 국민으로부터 높은 지지를 받고 있었다. 인민공화국으로 위장된 세계 유일의 일당 공산독재국가의 절대권력을 가진 북한 지도자가 반신 반-인격적인 베일을 벗고 나와 비로소 사람이 되어 그 인민을 향해 절을 하며 핵을 포기하고 평화를 위해 남한과 손을 잡겠다고 선포하게 만들었다. 그리고 판문점에서 북한의 그 지도자와 손을 잡고 평화 협력을 위한 회담을 하며 한반도의 긴장을 완화시키며 통일의 초석을 쌓고 있었다. 왕중앙은 법사위 간사가 되어 계엄선포에 대한 진상규명을 위한 국회청문회에서 인기를 얻으며 명성을 휘날리고 있던 무렵에 신도시에서 방화 살인 사건이 발생했다. 수암리 골프장 옆 산 밑에 있는 2층 별장이 전소되고, 주인으로 추측되는 남자가 불에 타 죽고 여자는 2층에서 뛰어내리다 허리를 다쳐 입원 중이라고 보도했다. 경찰은 범인을 체포하였다.

"이름이 무엇이냐?"

담당 형사가 화상을 살피며 물었다.

"김영호입니다."

"주민등록번호는?"

그는 대답을 하지 않았다.

"번호를 대란 말이야!"

형사가 경찰봉으로 이마를 찌르며 다그쳤다. 그는 입을 다물었다.

"이거 네 주민등록증 맞지?"

형사가 압수품 중에서 주민등록증을 꺼내 보였다. 그는 고개를 숙였다.

"아니, 이 자식! 이 주민등록증 뜯어고쳤지?"

형사가 주민등록증이 변조된 것을 보고 봉으로 턱을 추겨 올리며 물었다. 그는 눈을 감았다.

"헤헤, 묵비권을 행사하시겠다. 네 같은 살인범은 그런 보호를 받을 수 없어. 개자식아!"

형사가 봉으로 정수리를 내리치고 손으로 뺨을 마구 때렸다. 손에 묻은 피를 씻고 와서 지문을 조회하였다.

"바닥에 내려가 무릎 꿇고 앉아!"

형사가 허벅지를 걷어찼다. 그는 무릎을 꿇고 앉았다.

"부인하면 쏴버린다. 이름이 뭐야?"

형사가 서랍에서 권총을 꺼내어 총구로 이마를 찌르며 추궁했다.

"이 자식 증거 없애고 빠져나간 연쇄살인범, 지명수배 내린 놈, 고영호 아냐!"

지문을 조회하던 형사가 소리쳤다. 서 형사가 듣고 달려와 얼굴을 확인하고 사건을 넘겨받았다.

"김미화, 네가 죽인 것 맞지?"

"네."

고영호가 고개를 들고 형사를 바라보며 대답했다.

"우리가 미행한 것 알고 있었지?"

"네."

"고향에서 자살하려다 말고 왜 행방을 감췄니?"

"괴로워서 그랬습니다."

"너 신달수 복수하여 죽였구나?"

서 형사가 흥분을 감추지 못하고 홍일원 검사에게 전화를 걸었다. 홍 검사는 왕중앙을 떠올리며 주먹을 불끈 쥐었다. 의심할 여지가 없는 복수에 의한 단순한 살인방화사건으로 단정하며 '대권을 넘겨다보는 그 얼굴에 더러운 똥물을 뿌려야지. 죄진 놈들 주머니 털고 살인자의 증거인멸을 도와 복수의 참극이 벌어지게 했다고 세상에 알려지면 너도 끝장이야.' 하고 혼자 말하며 전자담배를 꺼내 들었다.

복수에 의한 살인방화사건 내용과 범인의 실명이 신문 방송에 보도되었으나 오로지 청문회에 올인하고 있는 왕중앙의 눈이나 귀에 들어가지 않았다. 그는 자신의 경험, 가정, 추측을 배제하고 박명두로부터 받은 정보와 수집한 증거를 가지고 증인을 심문했다. 청문회 증인석에만 앉으면 기억이 없다며 모르쇠로 일관하던 전·현직 장차관, 국정원장, 군 장성, 비서실장과 수석들도 그의 날 선 송곳 질문 앞에서는 빗장을 풀었다.

홍 검사는 왕중앙이 청문회 스타가 되는 것에 배가 아프고 앞날이 불안했다. 청문회 중계나 뉴스를 보다가도 왕중앙이 등장하면 전원을 끄거나 화면을 돌리며 고영호 사건이 넘어오기만 기다렸다. 드디어 고영호의 살인방화사건을 배당받고 청문회장을 뜨겁게 달구는 왕중앙을 다시 떠올리며 마음속에 뭉쳐있는 앙금을 쓸어내렸다.

"고영호!"

홍 검사는 손을 걷어붙이고 화상이 아물지 않는 얼굴을 살피며 불렀다. 미결수용자 복장에 수갑을 차고 있는 그는 마음을 숨기고 입문을 닫았다.

"이번에도 경찰이 고문을 하더냐?"

"네."

"경찰서에서 사실대로 진술했느냐?"

"네."

"칼을 기둥 속에 감추고 왜 흙더미 속에다 버렸다고 하였니?"

"처음에는 친구 때문에 속였고, 나중에는 형사가 말을 바꾸면 바꾼다고 때리고, 고문을 해서 정신이 안 나고, 기억이 오락가락해서 그랬습니다."

"이 칼 알지?"

홍 검사가 봉투에서 콘크리트가 붙어있는 과도를 꺼내 보였다. 고영호가 한 번 보고 시선을 내리깔았다.

"이 칼 때문에 건물을 부수고 새로 지은 것 알고 있나?"

입회서기가 물었다. 고영호가 칼을 보고 놀라며 고개를 숙였다.

"한 가지 더 묻자. 지난번에 왜 갑자기 자백을 번복하였니? 번복을 하지 않았으면 이런 끔찍한 사건을 저지르지 않았을 것 아냐?"

"잘못했습니다."

“왕 변호사가 시키더냐?”

“….”

“장미화를 살해한 사건에 대해 이번에는 사실대로 진술하였지?”

“네.”

“신달수 살인방화사건에 대한 이 자술서 네가 쓴 것 맞지?”

“네.”

“내가 읽을 테니 잘 들어. ‘고향에서 살려고 갔으나 경찰이 자주 찾아오고 애인을 죽인 것이 괴로워서 죽으려고 하였습니다. 부모님 걱정 끼치지 않게 하려고 집을 나왔으나 갈 곳이 없고 마음 놓고 들어갈 곳이 없었습니다. 인생이 참 괴롭고 분한 마음에 복수를 결심하게 되었습니다. 그러나 신달수를 만날 수 없었습니다. 일자를 찾으려고 공단에 갔습니다. 마침 삼광 근로자들이 거리로 나와 파업 시위를 하다가 경찰에 쫓기는 현장에서 지갑을 주웠습니다. 경찰과 공원들이 대치하는 공장 야적장 안에 숨어있었는데 큰불이 났습니다. 근로자들이 진압경찰에게 황산을 뿌리고 공장에 불을 질렀습니다. 경찰과 근로자들이 많이 다쳤습니다. 소방차 틈으로 빠져나와 모텔로 갔습니다. 지갑을 열고 보니 얼굴이 닮고 나이도 비슷하고 이름이 같은 주민등록증이 있어서 성을 고쳤습니다. 생활정보지에서 별장 관리인 구인 광고를 보고 이력서를 써 가지고 백화점으로 찾아갔습니다. 백화점 여사장님이 불러서 얼굴만 보고 별장을 지켜달라고 하였습니다. 그곳은 내가 근무하던 골프 연습장과 얼마 떨어지지 않는 야산 동쪽에 있는 넓은 정원수 가운데 있는 눈에 익은 이층 별장이었습니다. 골프 연습장이 사라지고 공사장 펜스가 넓게 쳐져있었습니다. 한적하고 아무도 없는 별장이 맘에 딱 들었습니다. 문을 열고 안으로 들어가 보니 벽에 신달수 사진이 있었습니다. 사진을 보고 백화점 사장님이 신달수 부인이란 것을 알게 되었습니다. 묘하고 얄궂은 운명에 끌리고 있는 내가 싫고 불안해서 앞이 안 보였습니다. 그만두려고 가방을 들고나오다가 막상 갈 곳이 없어 다시 또 들어가고, 들어갔다가 다시 나오는 것을 반복하다 해 지고 밤이 깊어도 잠을 못 이루고 망설였습니다. 눈과 마음과 몸이 갈라져 갈피를 잡지 못하고 지내는데 사장님이 운전을 해달라고 하였습니다. 속아 넘어간 사장님의 얼굴이 초저녁 샛별처럼 반짝거렸습니다. 어둠 속에 빤짝거리는 호기심 어린 그 얼굴에 운명을 맡겼습니다. 눈과 귀만 열고 될 대로 되라고 운전만 하였습니다.

사장님은 그런 내가 맘에 든다고 하였습니다. 아름다운 얼굴, 고운 살결, 유명 브랜드 옷과 액세서리, 고급 향수로 나를 놀라게 하며, 꿈도 꿀 수 없는 귀부인들의 세상을 엿보게 하였습니다. 더울 놀라운 것은 차만 타면 사장님의 세상사를 내 귀에다 쏟아부었습니다. 사원들과 거래처 사람들은 물론이고, 시장을 비롯하여 대하는 공무원들과 정치인까지 만나는 사람들이 다양하였습니다. 상상을 초월하여 차원이 높고 다른 넓은 세상을 복잡 다양하게 살고 있는 것을 곁에서 보는 것만으로도 신비스러웠습니다. 고급 외제 포르쉐, 벤츠, 아우디를 놓고 번갈아 타는데 내가 더 신이 나고 살맛이 났습니다. 그런데 신달수가 구치소에서 풀려나면서 꿈이 깨졌습니다. 헤어졌다 다시 만난 첫사랑을 망가트리고 꿈속같이 호사한 영화를 앗아간 신달수를 죽이고 싶었습니다. 복수의 칼을 품고 별장을 나왔습니다.

그날 포장마차에서 술을 마시고 두 시에 별장으로 갔습니다. 창고에서 기름통 하나를 매고 별장 뒤로 가서 드라이버로 문을 열고 들어갔는데 신달수가 갑자기 문을 열고 나왔습니다. 얼결에 발로 차고 가슴과 얼굴을 정신없이 짓밟고 드라이버로 목과 가슴 배를 마구 찌르고 방안으로 끌고 들어갔습니다. 이불을 덮고 기름을 뿌리고 라이터를 켰습니다. 순간 펑하고 불이 붙은 바람에 정신없이 도망쳤다. 다음 날 약국에 화상약을 사다 바르고 있다가 경찰에 체포되었습니다.' 이것 내가 임의로 쓴 거지?"

홍 검사가 자술서를 소리 내어 읽고 나서 물었다.

"네."

"신달수를 살해하고 불을 지르던 그날 밤에 피해자의 부인 김영자가 이 층에서 자고 있다는 사실 알았나? 몰랐나?"

"있건 없건, 죽건 말건 상관없었습니다."

"지금부터 조사를 할 테니까 사실이면 '네'하고 아니면 '아니요'라고 해라."

홍 검사가 왕중앙을 떠올리며 키보드를 끌어당겼다.

3
전업 변호사

왕중앙 판사는 대법원장을 목전에 두고 화려한 법관 생활을 접고 사표를 냈다. 그러나 대개 법관들이 그랬듯이 원하지 않는 사표를 냈다고 해서 누구를 원망하지 않았고, 크게 실망하지 않았다. 대법원판사로 명성을 떨치며 국무총리 지명까지 받았으나 꿈이었던 대법원장이 되려고 거절하였었다. 그러나 자신이 표결에 참여한 국가배상사건, 국정원의 댓글조작사건 등 일연의 재판거래 사건이 탄로 날까 불안했다. 그렇게 된다면 대법원장은 물론이고 대권에 대한 꿈도 허사가 된다.

실정의 조짐은 이 정권뿐만 아니라 이비엠 캐피탈파트너스코리아 주가조작사건 때부터 있었다. 손해를 입은 투자자들과 미국과 자유무역협정을 반대하는 농민들과 촛불을 들고 광장으로 나온 시민들이 합세하여 대통령 물러나라고 외쳤다. 경찰은 청와대로 가는 길목마다 버스 장벽을 쌓아 촛불을 그 속에 가두었던 것이었다. 과거 유신정권과 무인정권도 생각 못 했던 기발한 진압 방법이었다. 국경을 지켜야 할 군인이 국민을 향해 총을 쏘아 무인정권을 지켜주었듯이 시민을 지켜야 할 경찰은 버스 장벽과 물대포로 정권을 지켜주었던 것이었다.

위기를 넘긴 그 대통령은 친정부 단체를 만들거나 지원하면서 지지자들을 끌어모아 반대하는 세력에 맞불을 놓게 하였다. 편향성 강한 전역군인회가 빛바랜 군복을 입고 앞장섰다. 그 맞불의 위력은 시민 광장의 촛불 열기를 식히고 민족 통일의 여망을 소리 없이 지워나갔다. 민족, 민주, 개혁을 요구하는 시민을 주사, 좌파, 빨갱이로 몰아붙이는 맞불 위력에 고무된 정부는 각종 지원금을 손에 쥐고 언론, 문화, 예술, 학원까지 통제하며 제왕적인 대통령으로서 권력의 바닥을 드러냈던 것이었다. 그것은 신종 쿠데타요, 국론 분열과 이념 대립의 도가니이었다. 총신을 이용한 공안 통치와 신종 쿠데타에 언론은 침묵하고 광장에서는 촛불이 사라졌다. 왕중앙은 당시 대쪽 판사로 명성을 날리며 국무총리 지명을 받았으나 조용히 거절하였었다. 그 대통령이 무사히 임기를 마쳤을 때 그는 후회했다. 후회도 잠시, 유권자의 과반수의 지지를 받아 당선된 대통령에 의해 그는 당당하게 대법관이 되었다. 그동안 사법권 독립을 주장하던 판사들은 '법원이 발부한 영장 없이 사람을 사전에 체포 구금할 수 없다. 고문과 협박에 의한 자백은 증거로 삼지 못하며, 자백에 임의성이 없고 그 자백이 유죄의 유일한 증거일 때는 증거로 하지 못한다.'라는 법리를 실현한다는 명목 아래 행위자가 분명하지 않은 집단 위법 행위에 대한 다수의 구속영장 신청을 불허했다. 그리고 국가가 국민이나 기업을 상대로 건 재판에 대해서 가능한 국민 편에 섰다. 대통령은 그런 법원과 판사가 눈에 거슬리자 신임 대법관을 성향에 맞는 판사로 지명하고 대법원장과 손을 잡았다. 그는 재판거래사건을 놓고 고심하다 일신상의 이유를 들어 미리 사표를 냈다.

법관이 꽃몽우리이었다면 변호사는 활짝 핀 꽃이라고 해도 좋다.

법관이 공직의 화려한 꽃이라면 변호사는 풍성한 결실이라고 해도 좋다. 고급 공무원으로 명예를 날리고 변호사가 되어 잘만 하면 부귀권세에 대한 화려한 꿈을 마술사처럼 활짝 피울 수 있다. 그래서 법관은 아니꼽고 서운하고 억울해도 참고, 후배를 믿고 두말없이 사표를 낸다. 법관은 기회를 놓쳤거나 실수를 하였거나 시국을 잘못 만나 중도에 하차를 하더라도 정년 없는 변호사의 길이 열려있고, 고위공직은 물론 공·사기업으로 들어갈 문이 얼마든지 열려있어 낙심하지 않는다.

그는 다른 법관들처럼 사표를 내고 바로 개업을 하지 않았다. 비록 대법원장을 목전에 두고 자진 물러나긴 하였지만, 대쪽이라는 명성과 화려한 경력이 그를 느긋하게 만들었다. 전통적으로 선후배 간의 정이 두터운 터라 명함만 내밀어도 최고의 대접을 받을 것이 뻔하고, 사람들이 대법관 출신 개업 변호사라는 이름만 듣고도 벌 떼처럼 몰려올 것이라는 가슴 벅찬 기대가 있어 느긋했다.

키가 크고 얼굴 잘생긴 건장한 호남형이며, 지역 말씨와 표준말을 섞어 쓰며 목소리가 웅장했다. 주민등록상으로 독신이며, 법관으로서 외관상 청렴하였으나 사생활만은 베일에 가려져 있었다. 베일 사이로 계약 동거를 한다는 소문이 새어 나왔으나 권위 앞에서는 그것도 문제가 되지 않았다. 경륜이나 명성에 의할 것 같으면 당연히 서울에서 개업하여야 하였지만, 서울에는 대형 로펌이 많은 데다 그동안 시장조사한 자료에 근거하여 자신이 가장 오래 근무를 하고 법원장까지 지낸 수원에서 개업을 하려고 계획을 세웠다. 관할의 모든 법조인 명단과 개개인의 정보를 입수하고 장차 대한민국에서 가장 유명한 변호사가 되어 정계로 진출할 꿈을 꾸었다. 링컨 전기와 변호사 윤리 규정 대한 변호사 회칙을 대충 읽으며 명변호사로서의 자질을 점검했다.

통화겸용 태블릿을 켜고 사업 계획을 세웠다. 첫 장에 대망필성이라고 써놓고 자만했다. 다음 장에 변호사의 사명이란 타이틀을 쓰고 이어서 '헌법에 보장된 기본적인 인간의 권리를 옹호하고 사회정의를 실현해나갈 것을 사명으로 삼는다. 사회질서를 바로 유지해나가도록 공공의 이익을 위해 봉사하는 소중한 명예심을 가진다. 법률에 대한 최고의 지식인으로서 누구의 간섭도 받지 않고 자유롭게 평생토록 직무를 수행해 나아간다.'라고 적어놓고 싱긋 웃었다.

산수유 곱게 핀 어느 날 자신이 즐겨 입는 검은색 양복에 나비넥타이를 매고 검은색 벤츠를 타고 사무실을 얻기 위하여 수원으로 가는 도중에 문득 자신에 대한 과거의 인지도가 궁금해서 법원 사거리에서 신호대기 중인 운전기사에게 우측에 있는 부동산 중개소를 가리키며 차를 세우라고 했다.

"어서 오십시오!"

부동산 사무실에 혼자 있던 키가 작은 중년 남자가 자리에서 일어서서 축구 중계를 하고 있는 텔레비전을 옆눈질하며 말했다.

"나 왕중앙이요."

왕 변호사가 어깨를 펴고 바로 서서 말하고 중개사와 시선을 마주

했다. 중개사는 기억이 쉬이 나지 않는 듯 난처한 표정을 지었다.

"허허, 이곳에서 법원장도 지냈고 대법원장을 지냈는데 이름을 못 들었소?"

"법무사라면 몰라도 높은 분들은 볼일이 없어서 잘 몰라 죄송합니다!"

"내가 메시가 아니고 대통령이 아닌 이상 모를 수 있겠지. 이곳에 사무실을 열 빌딩을 사려고 왔는데 그냥 가지."

왕 변호사는 자존심이 상해 불쾌한 표정을 지으며 문을 박차고 나왔다. 그 뒤로 자신이 나서지 않고 종신지기로 언약한 비서 겸 운전사를 시켜 입구 오른편 중간에 신축한 4층 건물 2층에 세를 얻었다. 전문 인테리어를 현장으로 불러 세상 최고급 자제로 그 누구도 모방할 수 없는 사무실 설계를 세워달라고 맡기고 산 넘어 원천호수 수궁장으로 갔다. 정을 맺은 마담과 같이 별실에서 뱀장어구이로 점심을 먹고 마담이 잠시 나간 사이에 핸드폰을 켜고 법원 민사신청과에 있는 강대성에게 전화를 걸었다. 법관들이 현직에서 물러나 변호사 개업을 할 때 현직에 있는 맘에 든 법원 서기를 골라서 사무장으로 고용했듯이 왕 변호사도 시키는 대로 일 잘하는 현직 법원 서기를 사무장으로 쓸 계획이었다.

"결정했나?"

"아직 못했습니다."

"이유가 뭐야?"

"저, 아이들이 셋이나 초등학교, 중학교에 다니고 있어서 좀 곤란합니다."

"내가 모두 책임진다고 말했는데 싫은 거야? 못 믿는 거야?"

"아이들 학비 문제도 있고 집사람이 펄펄 뜁니다."

"헛소리 말고 당장 오늘 사표 내고 나와!"

"영감님, 당장은 못 나갑니다."

"인마, 이제 와서 입장 난처하게 만들지 말고 우선 오천을 줄 테니 나와서 부인을 잘 달래."

"지금은 좀 곤란합니다."

"내 꿈이 뭐라고 했지?"

"대권."

"알아서 다행이군. 정년퇴직하고 등기딱지나 떼러 다닐 생각이 아니라면, 시시껄껄한 사람 밑에서 사무장 해먹을 생각이 아니라면 당장 나와서 이 왕중앙호가 대양을 향해 출항할 수 있도록 준비해!"

"네, 그렇게 하겠습니다."

"좋았어! 누구나 미래를 걱정하고 미래에 대한 나름대로 꿈이나 희망, 계획 같은 것은 세우지. 그렇게 하는 것이 중요하다는 것도 알고 말이야. 그러나 성공을 하고 못 하고의 차이는 결단을 하고 안 하고 차이며, 그것을 실행에 옮기느냐 않느냐 하는 차이일세. 모든 사람이 실패나 역경이 두려워서 주저하거나 현실에 안주한다면 변화와 발전은 없지. 큰 나무 밑에서 덕을 못 봐도 큰 사람 밑에서는 덕을 보기 마련이야. 나를 믿고 도와주겠다니 고맙군. 대한민국의 모든 변호사가 문을 닫지 않는 이상 자네의 앞날은 내가 보장해줄 테니 다음 주 월요일부터 나와서 일을 시작해!"

"네, 알겠습니다."

"그럼 메모 좀 하게. 변호사 법률사무소 여사무원 공개 모집. 채용 인원 약간 명. 자격 요건. 고졸 이상, 용모가 단정한 이십 이세 미만 미혼 여성. 대기업 대졸 사원과 동등한 남녀 평등하게 대우하며 결혼을 하더라도 본인이 원하지 않으면 해고를 하지 않는다는 단서를 넣어!"

왕 변호사는 전화를 끊고 '놈이 사무장을 맡아준다면 천마 만군을 얻은 셈이지. 모든 일이 처음부터 마음먹은 대로 순풍에 돛을 올린 배처럼 대양을 향해 나아가는구나! 유비가 제갈공명을 얻은 격이라 대권도 걱정 없다. 으하하!' 하고 소리 내어 웃고 또 웃으며 몸을 씻고 온 마담을 포옹하고 입을 맞추며 치마끈을 잡아당겼다.

벚꽃잎이 바람 타고 눈송이처럼 날리는 토요일 오후에 왕 변호사 법률사무소에 수많은 젊은 여성들이 찾아와 원서를 들고 줄을 섰다. 그는 여자들의 미모와 몸매를 문틈으로 엿보다가 밖으로 나가 땀을 흘리며 접수를 받고 있는 강 사무장 옆에 앉아서 이력서를 넘겨받아 여자의 외모를 살피며 점수를 매기고 있었다.

"왜 응시를 했지?"

가슴이 크고 매력이 넘치는 101번 양비녀에게 물었다. 그녀는 펑크 머리 스타일에 흰색 긴 스커트를 입고 있었다. 흠잡을 데 없이 잘생긴 얼굴에 눈동자가 흑진주처럼 반짝거렸다.

"독신으로서 여성의 권리를 존중하신다는 소문을 듣고 응시했습니다."

그녀는 눈웃음 지으며 서슴없이 대답했다. 왕 변호사는 그녀의 풍만한 젖가슴을 주시하며 '나에 대한 소문을 듣고 응시를 했다 이거지. 어디 한번 보자.' 속으로 말하며 이름을 동그라미로 막았다.

"백일 번, 그 여자 미스코리아 감이던데요!"

강 사무장이 접수를 마치고 말했다.

"네 눈에도 그렇지? 사무원으로 쓰기 아깝지?"

"그런 여자들과 산다면 일생을 여자 일로 후회하거나 싫증 날 일은 없겠지요!"

"내가 바로 그런 여자를 고르다 시기를 놓쳤다."

"그러시다면 눈요기라도 하게 면접 때 수영복 심사 하면 어떨까요?"

"굿-아이디어!"

"헤헤, 농담으로 해본 말입니다."

"농담 말고 그 좋은 머리를 짜봐!"

"화가나 사진작가라면 가능합니다."

"그렇지, 좋은 생각이 떠올랐어. 오늘 저녁 선약 있나?"

"없습니다."

"강 사무장 여자 좋아하지?"

"당연합니다."

"좋았어! 초등학교 동창이자 과거 미스코리아 심사위원 홍성호 교수가 있는데 오늘 같이 만나서 부탁하고 물 좋은 곳에서 자축 한 번 하자."

왕 변호사는 홍 교수에게 전화를 걸어서 이유를 말하고 저녁을 약속했다. 퇴근을 서둘러 강 사무장을 데리고 논현 단골 룸으로 갔다. 대기실에서 주황색 콤비 차림에 나비넥타이를 맨 홍 교수와 악수를 하고 룸으로 들어가 강 사무장을 소개했다.

"세상이 갈수록 여자들만 예뻐진다."

왕 변호사가 마주 앉으며 입을 열었다.

"그야 화장술과 성형수술 때문이지. 사무원 선발하는데 수영복 심사하는 것 대권가도에 걸림돌이 되지 않겠나?"

"그래서 너에게 도와달라고 한 거다."

"솔직히 난감하다."

홍 교수가 고개를 저었다. 마담이 5명의 앳된 여자들을 데리고 와서 앞에 세웠다. 홍 교수가 키 큰 여자를 손가락질해서 옆에 앉혔다.

"마담 이 방에 몰카 같은 것 없지?"

왕 변호사가 마담에게 물었다.

"이곳은 강남 안가나 다름없습니다."

마담이 말하며 남은 여자들을 데리고 나갔다. 왕중왕은 귓불에 솜털 덮인 여자를 앉히고 가슴을 만졌다. 왕 변호사가 건배하고 마시고 또 마시어 취기가 오르자 여자를 장난감처럼 만지고 빨았다.

"야 좋은 생각이 났는데 너 잠깐 멈춰라!"

홍 교수가 끼고 있던 여자를 탁자 위로 떠밀며 말했다.

"무슨 좋은 생각?"

"패션디자이너 김은미라는 교수가 있는데."

"패션디자이너는 왜?"

"사진작가들은 여자 모델을 발가벗기고, 디자이너들은 수영복 퍼레이드를 하지?"

"그래."

"거시이론을 다룬 논문에서 나온 말인데 기원 사 세기경에 그리스의 유명한 조각가가 아프로디테 신상을 조각할 때 모델로 삼은 아름답고 매력적인 프리네라는 여자가 있었다. 성적인 매력을 풍기며 당시 시인, 사상 정치인, 부호들의 마음을 사로잡은 창녀로 소문난 그녀를 신비극을 공연하면서 열광하는 광중 앞에서 그녀가 옷을 벗게 하였다."

"해묵은 소리 그만하고 가부를 말해라!"

"프리네를 증오하던 공관원이 관중 앞에서 옷을 벗은 그녀를 신성을 모독한 죄로 고발했다. 헬레니즘 시대 그리스에서는 신성을 모독하면 사형선고를 받게 되어있었다. 한때 그녀를 연모하던 대변율사가 그녀의 변론을 맡게 되었다. 그는 그녀의 아름다움을 배심원들과 판사들에게 보이며 호소하려고 법정에서 그녀의 옷을 벗겼다. 그녀의 나체를 본 판사와 배심원들은 흥분으로 눈이 뒤집혔다. 한눈으로 엿보거나 앞에 가린 옷을 젖혀가며 얼굴을 내밀며 바라보며 제마다 '아! 저 아름다움을 우리는 신의 의지로 받아들이자! 저 자연의 아름다움은 선악을 떠나있는 것이다! 저 신같이 아름다운 여자 앞에서는 우리 같은 사람이 만들어낸 범이나 기준은 그 효력을 잃는다.'라고 하면서 무죄판결을 내렸다. 자, 이제 옷을 벗어라!"

홍 교수가 술상 위에 서 있는 여자에게 말했다. 여자가 탁자 위에서 옷을 벗었다.

"혼자 엿보기엔 너무 아까운 매끈하고 아름다운 저 몸매를 봐라! 세상 무엇에 비교할 수 없는 보석 같지 않느냐? 고대 판사와 배심원들을 매혹시킨 프리네! 그야말로 이 여자도 예술품이다!"

"그래서 도와줄 거야 말 거야?"

"도대체 사무원 하겠다는 여자가 얼마나 잘 생겼기에 네가 그런지 궁금하고 보고 싶어서 내가 알고 있는 디자이너에게 부탁해보겠다."

"그러니까 디자이너의 모델 선발, 그것 기발하고 완벽하겠군. 좋았어! 역시 너는 내 영원한 친구야!"

왕 변호사가 흥분을 감추지 못하고 손을 쳐들어 하이파이를 하고 건배를 하였다. 환락의 밤은 보낸 왕 변호사는 면접 시험 준비를 강 사무장에게 일임했다. 강 사무장은 홍 교수가 소개한 디자이너 김은미 교수를 만나 패션모델 선발계획을 세우고 응시자들에게 알렸다. 응시자 중에서 일부는 수영복 심사에 대한 비공개를 조건으로 참석하겠다는 응시자가 많았다.

선발대회가 있는 날 왕 변호사는 검은색 정장에 붉은 넥타이를 매고 팔달산 기슭에 있는 여성회관 작은 아트홀에 도착했다. 홍 교수는 연주홍색 정장에 검은색 나비넥타이를 매고 패션디자이너 김은미와 같이 도착해서 심사위원 테이블 의자에 앉았다. 창문마다 커튼을 치고 비밀을 지키기 위해 문을 굳게 닫고 경찰과 두 명이 지켰다. 왕 변호사가 무대 앞 테이블 왼쪽에 앉고 김은미 디자이너가 가운데 앉고 끝에 홍 교수가 앉았다. 그 뒤에 김은미 디자이너의 일행인 여자 3명이 자리를 잡고 카메라맨 2명이 있었다. 1차 합격자 25명 중의 3명이 빠지고 수영복 심사에 응시한 22명의 여자들이 심사석 앞에서 김은미 디자이너로부터 모델 심사 목적과 방법을 설명 듣고 탈의장으로 들어갔다. 탈의장 입구에서 흰색 양복을 말쑥하게 차려입은 사무장의 호명에 따라 모델을 지망한 수영복 차림의 여자들이 번호 띠를 두르고 한 명씩 무대로 나와 심사위원 앞을 지나 탈의실로 되돌아왔다.

왕 변호사는 등장하는 양비녀의 모습에 시선을 묻고 자세히 살폈다. 모나리자를 닮은 이마에서부터 연분홍 브래지어 선까지 매끈하고 고운 우윳빛 피부와 백옥에 싸여 더욱 빤짝거리는 검은 눈동자에 정신이 황홀해지고, 팽팽하게 솟은 젖가슴과 잘록한 허리에서부터 갈라진 탱탱하고 풍성한 엉덩이와 탐스럽고 매끈한 허벅지와 허벅지 사이에 매혹적인 곡선으로 그려진 둔덕과 균형 잡힌 S라인 몸매에 영혼이 빨려들어 넋을 잃었다. 굴러들어온 보석이요, 들에 핀 장미요, 영원히 싫증 나지 않을 아름다운 미모를 지닌 양비녀와 지성적 미가 넘치는 박미라와 순하고 선한 미모의 하소연을 최종 합격자로 정하고 소집 통지서를 보냈다.

왕 변호사는 강 사무장을 시켜서 민사와 형사를 맡은 두 명의 사무원을 고용하고 개업 전날 한자리에 모였다. 상견례를 마치고 자기 소개를 한 다음에 강 사무장이 각자의 업무를 분담하였다. 양비녀는 왕 변호사의 비서, 박미라는 부사무장, 하소연은 경리로 임명되었다.

왕 변호사는 5공화국 시절에도 법관으로서 양심을 지켜 대쪽 판사로 이름을 날렸던 판사 시절과 앞으로 변호사로서 양심을 지켜서 사회를 위해 봉사하며 최고의 인기를 얻어 명변호사가 되겠다는 비전을 간략하게 말하고 각자 자리로 돌아가게 한 다음 빨간색 바지에 흰 블라우스를 입은 비녀만 남게 했다.

"아무리 봐도 네 눈이 너무 아름답구나!"

왕 변호사가 등받이에 몸을 기대고 그녀의 눈동자를 빤히 들여다보며 말했다.

"보잘것없는 저를 잘 봐주시니 너무 고맙습니다!"

"고맙긴, 네가 더 고맙지. 강릉에서 태어났다고 했지?"

"네."

"강릉 좋지. 그곳에서 사임당이 태어났고 초희도 태어난 곳이지. 정말 여성적인 전통을 가진 좋은 곳에서 태어났군. 여기는 누가 살고 있나?"

"언니와 같이 살고 있어요."

"불편하지 않나?"

"당연하지요. 취직이 되었으니 나와야 하는데 방이 없어요."

"음 그럴 테지, 남자 친구나 애인 있나?"

"없어요."

"미스 양은 나에 대해서 알고 있다고 했는데?"

"독신주의자로서 여성을 아주 존중하신다고 친구가 말했어요."

"친구?"

"서울법원에 근무하는 친구가 있어요."

"장래 희망이 뭐지?"

"돈 많은 남자와 결혼하는 것이에요."

"하하, 아주 소박하군!"

"여자들이 다 그렇지요."

"나는 말이야 두고 보면 알겠지만, 변호사로 만족할 수 없지. 나의 꿈은 원대하다. 그러니 나를 열심히 도와다오!"

엄지손가락을 펴 보이며 진지한 표정으로 말했다. 그녀는 영문을 몰라 바라만 보았다.

"나를 안다니 까놓고 말하겠는데 그 많은 여자 중에 너를 택한 이유를 짐작하고 있나?"

"그저 고마울 뿐이지 모르겠습니다."

"너의 소박하고 아름다움 때문이야. 사정을 말해도 괜찮겠나?"

"무엇이든지 원하시는 대로 하겠습니다."

"고맙구나! 네 소원과 꿈이 최단 시일 안에 이루어질 수 있도록 월급 이외 충분한 대가를 지불하마."

"돈만 바라는 것이 아녀요."

"물론 돈이 인생의 목적은 아니지. 짐작대로 마음씨가 동해물과 같이 맑고 아름답구나!"

"너무 태우지 마세요."

"응 알았다. 미스 양은 내가 독신인 것을 안다고 했지. 내가 얼마나 나이 들어 보이느냐?"

"아주 젊어 보여요."

"진심으로 하는 말이라면 기분이 좋구나."

"의심스러운 것이 있어요."

"무엇이냐?"

"여자를 좋아하시면서 왜 혼자 사세요?"

"신체적인 이유로 독신을 한다거나 하는 것은 아니야. 물론 종교적인 이유로 독신을 한 것도 아니지. 금욕을 위한 독신주의자는 더욱 아니지."

"그런데 왜 독신으로 계셔요?"

"바라만 보아도 마음이 흐뭇해지는 바로 너 같은 여자, 일생을 두고 싫증 내지 않고 후회하지 않을 그런 아름다운 여자를 찾다가 이렇게 되었다."

"나이 들어 혼자 사는 것 힘들잖아요?"

"힘들지."

"제가 가까이만 산다면 집안일을 도와드리고 싶어요."

"그렇게 해준다면 너무 고맙지."

"그런데 저는 서울에 집이 없잖아요. 저는 서울에서 작은 원룸 하나라도 가지는 것이 소원이었습니다."

"여자의 아름다움은 신과 같은 것이라고 했다. 너는 그 아름다움으로 네가 원하는 것을 얼마든지 얻고 누릴 자격이 있다."

"어릴 적에 잘생겼다는 말은 들었어도 이런 칭찬을 들어본 적이 없고, 변호사님처럼 대해준 사람도 없습니다!"

"나는 타워팰리스에 살고 있고 오 분 거리 개포동 주공아파트 세 채를 가지고 있다. 돈 걱정하지 말고 들어가 살아라."

"영감님!"

그녀가 눈물을 흘렸다.

"내가 한 말 가슴에 묻고 입 다물고 살아야 한다!"

"영감님, 명심하겠습니다!"

"그럼 그만 나가 봐."

그녀가 얼굴을 문지르며 밖으로 나갔다.

4
계약 동거

왕 변호사는 국내에는 아직 없는 초현대식 화려한 사무실을 갖추고 변호사 개업을 알리는 개업 광고를 중앙신문과 두 개의 지방신문에 냈다. 비녀에 대한 신상 조회를 친분이 있는 검사에게 부탁하고 회신이 올 때까지 기다렸다. 이상이 없다는 조회 회신을 받고 개포동 아파트에 세 들어 사는 사람을 내보내고 내부 수리를 마쳤다.

"짐은 다 쌓아놨느냐?"

점심때 그녀를 데리고 단골 식당으로 가서 갈비를 시켜놓고 수건으로 손을 닦으며 물었다.

"옷가지 이외 짐이랄 것이 없었는데 언니가 한사코 사준 것이 많아서 용달차를 불러야 하겠어요."

"언니보고 뭐라고 말했니?"

"영감님 아파트라고 말했어요. 처신 잘하고 말씽 없게 잘 모시라고 했어요."

"너는 좋은 남자가 나타나서 결혼할 때를 염두에 두어야 하고, 나는 대망을 위해 뛰어야 하는 만큼 비밀을 지켜라."

"무덤까지 지키겠습니다!"

"그 이상의 좋은 방법이 없겠구나. 그럼 오후에 이삿짐 옮기고 우리 만남을 위해 자축 한 번 하자."

왕 변호사는 그녀에게 키를 넘겨주고 식당을 나왔다. 그녀는 이삿짐을 용달차에 싣고 가서 깨끗하게 수리해놓은 아파트 내부를 보고 좋아서 꿈인가 하고 볼을 꼬집었다. 의심할 여지 없는 현실 속에 '그 아름다움으로 원하는 무엇이든지 누릴 수 있다'는 왕 변호사의 말이 떠올랐다. 자신의 얼굴을 확인해보려고 거울을 찾아 화장실로 들어갔다. 거울에 비친 자신의 얼굴과 함께 모나리자를 닮았다고 했던 남자의 가슴 아픈 기억을 다급해진 소변으로 씻어내리고 화장실을 나왔다. 이불 백과 옷을 담은 트렁크를 방으로 끌어놓고 창문을 열었다. 석양이 내리고 있는 아파트 바다 위로 우뚝 솟은 타워팰리스가 눈에 들어왔다. 왕 변호사가 살고 있는 것으로 짐작하며 꼭대기에서부터 아래로 층수를 세고 있을 때 메시지 알림 벨이 울렸다. 하얏트호텔 파리스그릴 특실로 오라는 왕 변호사의 메시지였다. 그녀는 흥분으로 뛰는 가슴 억제 못 하고 칫솔을 꺼내어 이를 닦고 뒷물을 하고 속옷을 갈아입었다. 면접 시험 때 입었던 옷을 입고 입구에 있는 뷰티-숍으로 갔다. 택시를 타고 호텔로 미리 가서 기다렸다.

"맘에 들지?"

왕 변호사가 성큼 들어서며 물었다.

"너무너무 좋아요. 우리나라 아닌 것 같고 영화 속 같아 좋아요. 영감님 감사합니다!"

그녀가 일어서 절하고 또 절하며 감동의 눈물을 흘리며 말했다.

"순하고 예쁜 것, 여기 말고 아파트 말이야?"

"펜트하우스 같아요!"

“마음도 선하고 예쁘구나. 무엇을 먹고 싶니?”

왕 변호사가 자리에 앉으며 물어다.

“저는 통 몰라요.”

“여기는 암소 스테이크, 상어지느러미, 곰 발바닥, 거위 간, 달팽이 같은 유명한 요리가 다 있다.”

“거위 간을 먹나요?”

“세계 삼 대 요리란다.”

“거위가 너무 불쌍해요.”

“우리 스테이크 먹자.”

왕 변호사는 스테이크에 보류고노 와인을 주문해서 건배를 하고 마시고 먹었다. 그녀는 넓은 창밖 낯설지 않은 불빛 화려한 야경에 묻어나오는 기억을 음식에 묻어 삼키며 배를 채우고 술에 숨겨 마시고 취했다.

“순정의 대가는 충분히 치르마.”

왕 변호사가 그녀의 어깨 위에 팔을 올리고 식당을 나오며 말했다. 그녀는 말없이 몸을 기대고 따라 걸었다. 웨이터가 문을 열어놓고 기다리고 있었다. 그녀를 방으로 떠밀고 돌아서서 웨이터에게 팁을 주고 문 닫고 나가라고 손을 저었다.

“술 더 마시겠느냐?”

“아녀요.”

“연애해본 적이 없다고 하였지?”

“네.”

“다시 말하지만 대가는 네가 원하는 이상으로 충분히 지급하마.”

"지금도 너무 과분합니다."

"충분한 자격이 있다. 자, 우리 앓아보자!"

왕 변호사가 흥분된 목소리로 말하며 닦아 서서 허리를 껴안았다. 얼굴을 쳐들고 눈을 감으며 벌린 입에 입을 맞추며 흥분에 젖어 헐떡거리며 옷을 벗겨내렸다.

"와, 너무 아름답다!"

왕 변호사는 브래지어에서 드러난 젖가슴을 보며 탄성을 질렀다. 무릎을 꿇고 앉아 지퍼를 내리고 두 손으로 스커트를 밀어 내리며 다리 사이에 얼굴을 묻었다.

다음 날 그녀는 새벽에 눈을 뜨고 왕 변호사 품에 안겨있는 것을 보고 소스라쳐 바닥에 떨어진 속옷을 들고 화장실로 들어가 자신을 돌아보았다. 그녀는 초등학교부터 고등학교까지 같이 다니며 사귄 애인을 찾아 서울로 왔다. 그러나 애인이 같은 대학에 다니는 여자와 버젓이 동거를 하고 있었다. 그녀는 서울의 비싼 방과 생활비 때문이라는 애인과 여자의 뻔뻔하고 어처구니없는 말에 배신의 홍수에 빠져 넋을 잃었다. 인생이 깨어져 떨어지는 아프고 괴로움을 눈물로 쏟아내며 혼자 울었다. 배신당한 슬픔을 숨기고 친구의 소개로 변호사 사무실에 취직하였다. 업무상 필요하지 않음에도 불구하고 받아드린 변호사는 본색을 드러냈다. 사무실이나 밖에서나 장소를 가리지 않고 손을 잡아 어루만지고 어깨를 쓰다듬었다. 거의 매일 같이 식당과 카페와 주점으로 데리고 다니며 곁에 앉혀놓고 허벅지와 엉덩이를 어루만지고 쓰다듬으며 희롱했다. 변호사만 아니었다. 사무장도 변호사가 있건 없건 술기가 오르면 경쟁적으로 희롱했다. 어떤 날은 술에 취해 잠시 정신을 잃고 호텔까지 끌려갔다가 방 앞에서 뿌리치고 나온 적도 있었다. 그녀는 끝내 직장을 그만두고 전화번호를 바꾸었다.

새로운 일자리를 찾고 있던 그녀는 왕 변호사의 특별한 모집 광고를 보고 응시를 하였던 것이었다. 그녀는 그런 남자들의 속성을 안 뒤로 미모에 자신감을 가지고 세상 물정 하나도 모른 척 숨기고 살았다. 그러나 아슬아슬 지켜온 순정을 가져간 왕 변호사를 놓고 변기에 앉아 여자로서 인생의 앞날을 새로 짰다.

5
개업식 인사

왕 변호사는 많은 사람에게 사무실을 자랑하고 싶어서 개업식에 여당 대표 박명두를 비롯해서 각계의 고위층은 물론이고, 관할 법조계의 말단 공무원들에게까지 초대장을 보냈다. 최고급 자제로 꾸며놓은 사무실에 화려한 조명과 오색찬란한 휘장으로 무대를 설치하고 나이트클럽 밴드와 인기 있는 남녀 가수를 초청하여 공연을 갖게 하였다. 축하 화환으로 숲을 이룬 연회장 식당에 스크린을 걸어놓고 개업식 광경을 동시에 볼 수 있게 했다.

개업식 행사는 예정대로 토요일 오후 1시부터 시작되었다. 왕 변호사는 검정색 연미복을 입고 흰색 셔츠에 검정색 나비넥타이를 매고 무대 위의 중앙 박명두 오른쪽에 앉았다. 왼쪽에는 법원장, 검사장, 대한변호사협회 회장과 지방변호사협회장이 서열대로 앉아있었다.

사회를 맡은 강 사무장이 개업식을 알리자 시립밴드의 팡파르에 맞추어 폭죽이 터졌다. 좁은 공간에서 한 발씩 터져야 할 폭죽을 실수로 한꺼번에 터트려버린 바람에 건물이 흔들리는 폭음과 함께 매연이 새어나왔다. 화약매연에 그슬린 남녀 초대가수와 아르바이트 대학생들이 무대로 뛰쳐나왔다. 사람들이 우왕좌왕 출구를 향해 뛰어가느라 아수라장이 되었다. 왕 변호사는 박명두를 호위하며 무대에서 내려왔으나 출구가 막혀 못 나가고 쩔쩔맸다.

“진정하십시오! 실수로 폭죽이 잘못 터진 것이니 놀라지 마십시오!”

강 사무장이 무대 뒤를 정리하고 창문을 열면서 소리쳤지만 갈 사람들은 모두 나가고 미처 못 나간 사람들만 일부만 남았다. 강 사무장이 밖으로 나가 떠나는 사람들의 발길을 돌리려고 이리저리 뛰어다녔다. 미처 못 나간 사람들과 사정에 못 이겨 다시 돌아온 사람들이 자리에 앉았으나 빈자리가 더 많았다. 강 사무장이 숨을 몰아쉬며 개업식을 진행하였다. 얼굴이 붉고 대머리에 어깨가 처진 늙은 대한변호사회 지회장이 자리에서 일어나 국기를 향해 경례를 하고 교탁 앞에 섰다.

“오늘 이렇게 화려하게 출발하신 왕 변호사님은 내가 굳이 소개를 하지 않더라도 모든 분이 다 잘 알고 계신 바와 같이 오랜 법관 생활을 통해 우리나라의 사법 발전을 위해 헌신해왔을 뿐만 아니라 영광스러운 수장의 자리까지 후배를 위해서 양보를 하시고 오늘 법조계의 발전과 시민의 인권 옹호를 위해서 새 출발을 하신 것입니다. 이 자리에 모이신 선후배 법조인 여러분! 그리고 귀빈 여러분! 왕중앙 변호사님은 결코 변호사로 만족하실 분이 아닙니다. 우리 서울법대 출신들의 소망인 대권을 바라고 계신 만큼 그 대망이 최단 시일 안에 이루어지라고 빌며 개업을 축하합니다. 동문의 꿈이요, 법조인의 꿈을 활짝 피우소서! 여러분 다 같이 큰 소리로 축하해줍시다. 축하합니다!"

축사가 끝나자 왕 변호사가 박 대표에게 절하고 이어서 교탁으로 나가 하객들을 향해 절하고 원고지를 폈다.

"오늘 나의 개업식을 축하하러 오신 박 대표님과 귀빈 여러분! 그리고 서로 전경하고 아끼는 선후배 법조인, 뜻하지 않는 사고로 놀라게 한 것에 대해 유감으로 여기고 사과드립니다. 너그럽게 양해하시고 자리에 앉아주십시오. 여러분을 모시고 개업식을 거행하게 된 것을 무한한 영광으로 여기며 모든 중요한 행사를 생략하고 내가 준비한 인사 말씀을 드리겠습니다. 나는 갈고닦아온 학문과 오랜 법관 생활을 통해서 쌓아온 경험을 토대로 법조인의 한 사람으로서 거듭나 법조인의 명예를 존중할 것이며 법조계의 발전에 헌신할 것이며, 국가의 부당한 권력이나 강자의 횡포로부터 침해를 받는 약자의 인권을 보호하고 이 나라 최고의 양질의 법률 서비스를 제공할 것이며 사회정의를 실현하는 데 앞장을 서겠다고 감히 약속드립니다. 이 자리를 더욱 빛내주신 존경하는 박 대표님과 선후배 법조인 여러분! 우리는 법조라는 이름으로 맺어지고 뭉쳐진 형제와 같은 영원한 선후배 관계입니다. 선배는 후배를 사랑하고 후배는 선배를 존중해야 합니다. 훌륭한 선배 여러분의 뜻을 따라 그동안 실추되고 병들어가는 법조인의 명예를 회복시키겠습니다. 바닥 없이 추락하는 변호사의 명예를 살리는 데 이 몸을 바치겠습니다. 대망을 향해 출항하는 제가 큰 뜻을 이룰 수 있도록 앞에 끌어주고 뒤에서 밀어주실 것을 간곡히 당부드리겠습니다. 선배들이 지켜온 명예를 더욱 소중하게 지킬 것이며, 나의 영광이 곧 여러 선후배 법조인의 명예가 되도록 최선을 다하겠습니다. 개업을 축하하여 주신 귀빈 여러분! 대단히 감사합니다! 감사합니다!"

왕 변호사가 답사를 마치고 자리로 돌아갔다. 밴드의 팡파르에 맞추어 박수가 터졌다. 이어서 선서식이 가졌다. 왕 변호사가 교탁으로 나아가자 양비녀가 올려놓은 파일을 왼손에 들고 오른손을 높이 쳐들었다.

선서!

일, 나는 대한민국 변호사로서 헌법에 보장된 기본적인 인간의 권리를 옹호하고 사회의 정의를 실현해나갈 것을 사명으로 삼겠습니다!

일, 나는 대한민국 변호사로서 인간의 기본적인 권리를 옹호하고 사회정의를 실현해나가는 변호사의 사명을 성실히 수행해나가며, 이 나라 사회질서를 바로 유지해나가도록 봉사를 하고, 국민의 생활을 불편하게 하는 법률과 형식적이고 권위적인 제도를 개선해나가는 데 몸과 마음을 바칠 것을 맹세합니다!

일, 나는 대한민국 변호사로서 공공을 위해 봉사한다는 명예심을 가지고 법률에 대한 최고의 지식인으로서 누구의 간섭을 받지 않고 자유롭게 평생토록 직무를 수행해나갈 것을 엄숙히 선서합니다!

6
밑밥과 미끼

왕 변호사의 선서를 끝으로 개업이 끝났다. 왕 변호사는 개업식을 계획대로 치르지 못한 아쉬움 컸으나 그동안 판사로서 날려온 명성 하나만으로도 문을 열기만 하면 사람들이 줄을 지어 찾아올 것으로 예상하고 설레며 첫 손님을 기다렸다. 기대에 어긋나지 않게 때맞추어 보라는 듯이 아기를 등에 업은 여자가 들어왔다.

"담당 형사분이 이걸 주면서 잘해줄 것이라고 해서 찾아왔습니다."

여자가 명함을 강 사무장에게 내보였다.

"잘 오셨습니다. 우리 영감님은 대법원장을 지내신 유명한 분입니다. 무슨 사건을 가지고 찾아오셨습니까?"

사무장이 명함을 받아 이름을 수첩에 적었다.

"저희 남편이 차로 사람을 쳐 죽이고 경찰서에 잡혀 있습니다. 형사분이 일이 커지기 전에 빨리 손을 써야 한다고 하면서 여기로 가라고 해서 왔습니다."

"늦지 않게 잘 오셨습니다. 구속이 되면 손을 빨리 써야 합니다."

"이런 일이 처음이라 어떻게 해야 할지 통 모르겠습니다."

"먼저 계약을 하시고 변호사님과 상담을 하십시오. 남편의 직업이 무엇입니까?"

"삼성공장에 다닙니다."

"합의는 했습니까?"

"돈을 너무 많이 달라고 해서 못했습니다."

"보험은 드셨습니까?"

"안 들었습니다."

왕 변호사는 '무보험 사망사고지만 삼성전자라니 선전 효과는 노려 볼만하지.' 하고 혼자 말하며 문을 열었다.

"우선 계약을 하십시오."

강 사무장이 계약서를 폈다.

"계약을 나중에 하고 들여보내게."

왕 변호사가 말했다. 사무장은 그녀를 왕 변호사에게 넘기고 다음 사람을 맞았다.

"수많은 변호사 중에 저를 찾아오신 것은 불행 중에 다행입니다."

"형사분이 유명한 분이라고 하였습니다."

여자가 등에 업은 아기를 풀어 품에 안고 소파에 앉으며 말했다. 왕 변호사는 그녀에게서 떨어지는 먼지를 보고 고개를 뒤로 빼며 잠시 숨을 참았다.

"어느 변호사나 자신이 가장 유능하고 인맥이 좋다고 말하겠지만 나는 이러한 사람입니다."

왕 변호사 탁자에서 자신의 명함을 꺼내어 주었다.

"사건 나기 전에는 판사, 검사, 변호사가 높은 사람들이란 것 이외 자세히는 통 몰라요. 형사분이 꼭 찾아가라고 해서 찾아왔습니다."

여자가 명함을 건성으로 보며 말했다.

"아주머니가 첫 손님이라 더욱 양심껏 도와드리려고 합니다. 과실

죄는 준친고죄에 해당합니다. 친고죄는 피해자의 의사에 반해 처벌을 하지 않는 죄입니다."

"우리 남편이 그 죄를 지었나요?"

"나서지 말고 내 말을 잘 들으세요. 과실은 친고죄가 아니나 고의로 죄를 진 것이 아니기 때문에 피해자가 처벌을 원하지 않으면 처벌을 면하거나 형벌을 감해주는 것입니다. 반대로 피해자가 용서를 해주지 않으면 동정받기가 어렵습니다. 그러니 아주머니는 우선 피해자와 잘 타협을 봐서 합의를 하십시오. 내가 다른 변호사라면 이런 말을 절대로 하지 않을 것입니다. 보아하니 형편이 넉넉하지 않은 것 같습니다. 변호사 선임할 돈으로 피해자와 합의를 하십시오. 구속이 되었다면 합의를 하지 않으면 변호사를 선임해도 나온다는 보장이 없습니다."

"솔직히 말씀드려서 오다가 입구에서 한 변호사님을 먼저 만나 봤어요. 그분은 빨리 손을 써야 한다고 계약을 하라고 했어요. 지금 말씀 듣고 보니 법 법 자도 모른 저도, 변호사님 말씀이 옳다는 생각이 듭니다."

"나는 양심을 가지고 정직하게 법률 서비스를 해서 명예를 얻고 장차 큰 뜻을 이루어 불법 무질서를 척결하고 세상에서 가장 살기 좋은 나라를 만들어보려고 합니다. 삼성전자라고 하니 선전이나 잘해 주십시오."

"그 형사분의 말이 맞군요. 나는 형사가 피해자와 짜고 한 말인 줄 알고 고지를 안 들었어요. 변호사님 참 고맙습니다!"

그녀가 이렇게 말하고 일어나 아기를 등에 업고 밖으로 나가 출구로 곧장 나갔다.

"아주머니!"

강 사무장이 일어서며 그녀를 불렀다. 왕 변호사가 문을 열어놓고 서있다가 그냥 나가게 두라고 손을 저었다.

"계약을 하지 않았습니다."

사무장이 놀란 얼굴로 바라보며 말했다.

"첫 고기를 잡았는데 난들 욕심이야 없었겠느냐만 고기가 너무 작고 불쌍하구나. 이 나라에서 제일 큰 삼성전자에 다닌다고 하니 더 크고 많은 고기를 위해서 미끼를 뿌린 셈으로 그런 것이니 다음 분을 보내게."

"불쌍하다, 죄진 사람치고 불쌍하지 않은 사람이 있을까요?"

사무장은 전혀 예상치 못한 왕 변호사의 태도에 당혹감을 감추지 못하고 고개를 살래살래 저었다. 개업 첫날에 대한 기대가 컸던 만큼 실망도 컸다.

"자석, 주제넘긴."

왕 변호사가 흘겨보며 말하고 문을 닫았다.

"저 영감이 돈키호테 같잖아?"

사무장이 하소연을 바라보며 말하고 성큼 노크 없이 문을 열었다.

"뭐야, 할 말 있나?"

왕 변호사가 불쾌한 표정으로 물었다.

"앞으로 일을 어떻게 하시려고 그냥 보내셨는지 이유가 너무 궁금하고 답답합니다."

"쯧읏, 새대가리 자석, 유능한 낚시꾼은 밑밥을 많이 뿌린 법이다.

삼성전자라고 하지 않았느냐? 서둘지 마라."

"저 낚시를 해봐서 아는데 첫 고기를 놓치면 그날은 빵 칩니다. 경험한 사실인데 조류와 고기들의 입질 타임은 일치합니다. 그런데 밑밥에 배부른 고기에게 미끼는 경계의 대상일 뿐입니다. 그리고 놓친 고기가 달아나면 다른 고기들도 따라서 도망칩니다. 그래서 첫 고기는 피라미도 안 놓칩니다. 앞으로 상담만 하시고 계약은 저에게 맡기십시오."

"그렇게 안 봤는데 무엄하구나!"

왕 변호사가 화를 냈다.

"영감이야 홀몸으로 누려볼 것 다 누려보고 급할 것 하나 없고 걱정할 것 하나 없으시겠지만, 처자가 딸린 저는 왠지 앞날이 걱정됩니다."

"문 닫을까 봐서?"

"그럴 리야 없겠지만 영감이 양심 찾고 밑밥 계산만 하는 바람에 앞날이 걱정되어 드린 말씀입니다."

"대한민국 변호사가 모두 문을 닫지 않는 이상 미리 낙관하지 마라. 첫술에 배부르지 않고, 인생은 만사가 새옹지마란다. 다시 말하지만 잡은 고기를 놓쳤다고 생각하지 말고 대어를 낚기 위해서 미끼를 뿌린 것으로 여겨라. 반듯이 미끼를 뿌린 효과가 멀지 않아 나타날 것이다."

목소리를 낮추어가며 진지하게 말했다.

7
조건부의 양면

다음 날 오전 10시 반쯤에 검은 양복을 입고 흰 구두를 신은 젊은 청년 두 사람이 거침없이 들어왔다. 머리가 짧고 혐오감이 들 정도로 체격이 당당한 건달들이었다. 강 사무장이 자리에서 일어나며 그들을 맞았다.

"변호사님을 직접 만나고 싶습니다."

키가 작은 건달이 어깨를 흔들며 말했다.

"사건 내용이라도 말씀해주십시오!"

"살인 사건이요. 식구 두 명이 구치소에 들어갔습니다."

뚱보 건달이 머리를 만지며 대답했다.

"사건 내용을 좀 더 자세히 말씀해주시겠습니까?"

"변호사님과 직접 상의를 하겠습니다."

"잠시만 기다리십시오!"

사무장이 안으로 들어갔다.

"조직들인데 영감님을 직접 만나고 싶다고 합니다."

"그들도 고객이지, 들어오라고 하게."

왕 변호사가 소파로 옮겨 앉으며 말했다. 건달들이 밖에서 듣고 불쑥 들어와 소파에 앉으며 왕 변호사를 찬찬히 바라보았다.

"자, 어떤 사건인지?"

왕 변호사가 불쾌함을 참으며 물었다.

"단도직입적으로 까놓고 말하겠습니다. 식구 두 명이 살인죄로 지금 구치소에 있습니다."

키가 작은 건달이 말했다.

"조직인가?"

"그렇습니다."

"단순 살인가?"

"아닙니다. 오 조 팔 항 모두 꼈습니다."

"조직에 오 조 팔 항 전체라…. 간단한 사건이 아니군."

왕 변호사가 두 사람의 얼굴을 살피며 귀찮은 표정을 지었다.

"복잡합니다. 빼낼 자신만 있다면 조건으로 하되 돈을 얼마든지 요구한 대로 드리겠습니다."

뚱보가 이어서 말했다.

"조건이라…."

"네, 막 개업하였기에 찾아왔습니다. 식구를 빼낼 자신이 있다면 선임을 하려고 합니다."

"살인 사건에 조직이라. 오 조 팔 항에 모두 적용되는 데…."

"네, 전에 비슷한 사건을 보석으로 내보내 주셨지 않습니까?"

"내가?"

"내가 소년이었을 때…."

"그때야 판사고, 옛날이니까 그랬지."

왕 변호사가 이마를 문질렀다.

"확실하게 빼내는 조건으로 하려고 합니다."

"그런 변호사가 있나?"

"조건으로 하자는 변호사 많습니다."

"나는 그런 수준의 변호사가 아니야."

정색을 하며 위엄 있게 말했다.

"나참, 아니면 됐지 왜 판사처럼 노려보십니까?"

"나를 몰라?"

"알아요. 여기서 판사도 하고 원장도 지낸 것 다 알아요. 저 재판도 받았습니다."

"저기 봐!"

왕 변호사가 신조를 가리켰다.

"봤어요. 밖에도 걸려 있던데요. 그게 우리와 무슨 상관이요?"

"저것들을 두고 맹세를 하지만 나는 보통 변호사들과는 달라."

"나참! 그래서 어떻게 하겠단 말입니까?"

"조건부 같은 비양심적인 계약을 맺고 싶지 않아. 다른 데로 가보게."

"영감님!"

양비녀와 같이 엿듣던 사무장이 들어가서 왕 변호사를 붙잡고 나왔다.

"저것들 빼면 망합니다. 형사사건 제일 고객들입니다."

사무장이 귀에다 대고 말했다.

"나도 알아. 다 계산에 넣고 있으니 더 이상 참견하지 마라!"

왕 변호사 뿌리치고 안으로 들어갔다.

"그런 부당한 방법으로 사건을 맡는다는 것은 나의 명성에 어울리지 않아. 나에게 사건을 맡기려거든 나에게 부당하고 조폭들에게 불리한 조건은 걸지 말게."

"자신이 없어서 못 하겠으면 못하겠다고 하면 그만이지 왜 기분 나쁘게 말합니까?"

키 작은 건달이 어깨를 펴고 일어서며 말했다.

"재수 없다. 가자!"

키 작은 건달이 뚱보의 소매깃을 잡고 일어섰다.

"재수에 옴 붙었네. 에잇, 퉤!"

뚱보가 왕 변호사를 노려보며 탁자에 침을 뱉고 나갔다.

"저놈들을 붙잡아라!"

왕 변호사가 테이블을 주먹으로 치며 고함을 질렀다.

"영감님 고정하십시오!"

비녀가 팔을 붙잡았다.

"쓰레기 양아치들만 못한 폭력배 놈들, 가만히 안 둘 거야!"

왕 변호사는 붙잡을 손을 뿌리치고 그들을 쫓아나가며 소리쳤다.

"이 곰팡이 사기꾼 영감탱이가 돌았나!"

뚱보가 돌아서서 멱살을 잡고 뺨을 쳤다.

"형 골로 가려고 이래?"

키 작은 건달이 뚱보의 허리를 끌어안고 계단으로 내려갔다.

"저놈들을 붙잡아라!"

왕 변호사가 문을 박차고 나왔다. 사무장이 앞을 막고 양비녀가 뒤에서 허리를 붙잡았다.

"총이 없어 한이구나. 너희들은 무엇들 하고 있느냐? 어서 경찰을 불러서 저놈들 체포하게 하라!"

왕 변호사가 고함을 질렀다. 왕 변호사의 코에서 피가 나오는 것을 본 박미라가 경찰에 신고했다. 양비녀가 소파에서 무릎에 머리를 고이고 코피를 수건으로 닦았다.

"아이고 분하다. 경찰을 왜 안 오느냐?"

"곧 올 것입니다. 진정하십시오!"

사무장이 문밖에서 말했다.

"얼간이 허수아비 같은 놈, 꼴 보기 싫다!"

왕 변호사가 손가락질하며 소리쳤다. 경찰 사이렌 소리를 듣고 사무장이 뛰어나갔다.

"불량배들이 횡포를 부리려고 하여 신고했습니다. 아무 일 없으니 그냥 가십시오!"

사무장이 앞을 막으며 사정했다. 경찰이 안을 흘어보고 돌아갔다.

"놈들은?"

왕 변호사가 지혈을 마치고 일어나며 물었다.

"도망갔습니다."

"경찰이 오지 않았느냐?"

"그냥 돌려보냈습니다."

"네놈 맘대로?"

"분이 안 풀리신다면 제 뺨을 때리십시오!"

"건방진 놈!"

왕 변호사가 벌떡 일어나며 뺨을 때렸다.

"그렇다고 진짜로 치십니까!"

사무장이 성질을 버럭 내며 대들었다.

"꼴 보기 싫으니 더 맞기 싫거든 물러가라!"

왕 변호사가 한발 물러섰다.

"나는 영감님을 위해서 직장을 그만뒀습니다."

사무장이 소리치며 대들었다.

"사표는 내라고 하진 않겠다. 당장 내 눈앞에서 사라져 달란 말이다."

"사표를 내겠습니다."

"맘대로 해라. 네 아니라도 사무장감 많다."

"변호사도 많습니다."

사무장이 큰소리치며 밖으로 나와 상의를 입고 보따리를 싸려고 책상 밑에서 종이가방을 꺼냈다.

"고정하시고 조금만 참으세요!"

하소연이 팔을 붙잡으며 사정했다.

"저런 이상한 영감을 두고 왜 내가 속 태우며 얻어맞아야 하나?"

"저을 봐서 조금만 참으세요!"

하소연이 팔을 붙잡고 사정했다. 얼마 동안 침묵이 흘렀다.

"야, 나 좀 보자!"

왕 변호사가 나와서 사무장의 팔을 잡아끌고 안으로 들어가 소파에 마주 앉았다.

"네놈이 하 양의 귀에다 대고 내가 이중 성격이니 덜 떨어졌다느니 하였던 엿들은 말이 떠올라 화를 끼웠으나 때린 것은 잘못했다."

"그건 네가 너무 잘못했습니다!"

"네놈 말에 나도 깨달은 바가 있다만 사무장이 변호사를 책임질 수 있나?"

"없습니다."

"변호사는 사무장을 책임져야 하지?"

"무지함을 용서하십시오!"

"나에 대해 너만 불만이 있는 것이 아니라 나도 너에 대해 불만이 있다는 것을 알아라. 오늘 같은 경우에도 설사 상대방이 나를 직접 만나보겠다고 하더라도 내가 나서지 않는 한 너 소관, 너 책임 아니냐?"

"옳습니다. 저도 처음부터 그렇게 하고자 하였습니다. 그러나 영감님께서…."

"참 답답하구나! 그럴 것이면 아무나 앉혀놓지."

"아, 제가 착각하였습니다. 앞으로 잘하겠습니다!"

"그리고 앞으로 두 번 다시 사표를 내겠다느니 하는 극단적인 말을 하지 마라. 전직 대통령이 왜 자살하였는지 아느냐?"

"그야 정직한 척하다 자존심이 때문이었겠지요."

"척이 아니라 대통령치곤 정직했던 거야. 다만 오른손이 하는 일을 왼손이 모르게 하지 않았다는 거지. 즉 말을 앞세운 거야. 그래서 너에게 말하겠는데 앞으로 나갈 수밖에 없어서 나가더라도 누구 앞에서라도 말을 앞세우지 마라."

"알겠습니다."

"그렇게 하면 그 익을 누가 보나?"

"물론 저입니다."

"누구나 처음에는 시련이 있기 마련이다. 시련 없는 성공은 재미도 떨어진다. 시련도 불행과 같이 선한 마음으로 극복해야 다음에 오는 성공에 대한 보람이 배로 커진다."

"그 말씀도 새겨두겠습니다. 저 좀 급합니다!"

강 사무장은 처음에는 손에 땀을 쥐고 들었으나 점점 길어지는 말에 싫증이 나고 화장실이 급해 사타구니를 감싸며 뒷걸음쳐 나왔다. 화장실로 들어가 오줌을 싸며 '아, 내가 왜 사표를 냈는가?' 하고 속으로 말하며 가슴을 쳤다. 강 사무장은 예상치 못한 왕 변호사의 태도에 희망을 잃고 걱정에 사로잡혔다. 그럴 수밖에 없는 것이 검사, 판사들이 정년을 채우지 못하고 물러나면 변호사로 전업한다. 개업을 하면 3년 안에 기반을 잡아야 한다. 수많은 법관이 현직에서 물러나 변호사 개업을 하면 전관으로서 받은 예우도 대물림이 된다는 것을 알고 있기 때문이었다. 그는 그러한 불안과 초조함 때문에 일할 의욕을 잃고 좋은 자리가 생기면 보따리를 쌀 생각이었다. 마침 마땅한 자리가 생겼으나 하소연에 대한 연정 때문에 망설이고 있을 때 아기를 업은 중년 여자가 들어왔다.

"어서 오십시오!"

강 사무장이 의자에서 몸을 세우며 맞았다.

"왕 변호사님이신가요?"

"네, 무슨 일로 오셨습니까?"

"변호사님, 이렇게 말하기 부끄러운데 조용히 말씀드릴 곳 없나요?"

"아, 변호사님은 따로 계십니다. 저는 사무장인데 따라오십시오."

강 사무장이 그녀를 데리고 상담실로 들어가 마주 앉았다.

"정신 빠진 오빠가 동네 아이를 잘못 건드려 유치장에 갇혔는데 무료 상담을 해준다는 소문을 듣고 왔습니다."

"그래요. 우리 영감님은 워낙 자비로우셔서. 저리 들어가보세요."

사무장이 불만 섞인 목소리로 말하며 그녀를 데리고 밖으로 나왔다. 왕 변호사가 사무장을 보고 '아, 내가 사람을 잘못 본 거야. 저 경거망동한 저놈을 어떻게 해야 하나?'라고 혼자 말하며 소파에 앉아 한숨을 쉬고 있을 때 여자가 들어와 앞에 앉았다.

"무슨 사건인지 말씀해보십시오."

"미친 오빠가 어린 계집을 성추행하여 경찰서에 갇혔어요."

"몇 살이며 직업이 무엇입니까?"

"일흔세 살인가 네 살인지 그렇고, 아파트 경비원입니다."

"가족은 있습니까?"

"조카 하나 있는데 집 나가 살고 혼자 삽니다."

"어린 여아들을 옥상으로 데리고 가서 돈이나 과자를 주고 성추행하였다고 신문에 난 사건이지요?"

"네, 계집애들을 귀여워하기는 했어도 그 일은 안 했다고 펄쩍펄쩍 뛰면서 아파트를 팔아서라도 변호사를 사라고 졸라서 왔습니다."

"피해자 측에서 합의금 같은 것은 요구하지 않습니까?"

"피해자 어머니를 만났더니 사람 죽인 원수처럼 대하면서 이제는 만나주지 않는데요. 변호사를 사면 오빠를 빼낼 수 있나요?"

"나는 다른 변호사와 다릅니다. 오빠의 행위가 사실이라면 피해자의 부모를 만나서 용서를 빌고 보상을 요구하면 조절해서 합의를 하시고, 돈이 없으면 집이라도 팔아서 합의를 하세요. 어린이 추행죄는 중벌로 다스립니다. 피해자와 합의를 하지 않으면 동정받기 어려운 사건입니다. 합의를 먼저 하세요."

"만나주지 않는데요?"

"변호사를 선임하는 일보다 먼저 피해자들을 만나서 합의를 봐야 합니다. 합의를 안 보면 징역도 살아야 합니다."

"그래요! 저희는 법에 대해서는 통 몰라요. 지금 무슨 말씀을 하신지 이해가 안 돼요."

"아주머니가 이해를 하시도록 설명을 하려면 너무 길어집니다. 그러니 내 말을 잘 듣고 하라는 대로 하시오."

"톡 까놓고 솔직히 말씀드려서 애들 부모란 것들 꼴 보기 싫어서 합의 안 하고 집을 팔아서라도 변호사를 사려고 합니다. 수고스럽지만 변호사님이 해주시면 안 되나요?"

"변호사는 그런 일 못 합니다. 다른 변호사는 몰라도 나는 하지 않습니다."

"톡 까놓고 솔직히 말하자면."

"바빠서 그만 까도 되니 어서 하십시오."

"앞에 있는 다른 변호사 사무실 몇 군데 가서 여쭈어보았는데 변호사님처럼 말씀을 해준 분이 한 분도 없었습니다."

"바쁘지만 저 신조를 두고 다시 말하건대 나를 찾아오신 것은 행운입니다. 다른 사람들에게 소개나 많이 해주시고 어서 피해자와 관계를 원만히 해결하고 어려운 일이 있을 때 다시 찾아오시오."

"그러니까 합의 이외 다른 길이 없단 말씀이지요?"

"그렇습니다. 바쁘니 어서 가십시오."

"그런데 왜 다른 변호사 양반들은 그런 말씀을 한마디도 안 하시지요?"

"그건 모릅니다."

"잘되면 무엇으로 사례를 할까요?"

"이름이나 기억해두시고 소개나 많이 하세요."

"은혜 평생 잊지 않겠습니다!"

여자가 고마워 쩔쩔매며 뒷걸음쳐 밖으로 나갔다.

"세상에 별난 할아버지네! 치매 걸린 것 아녀요?"

하소연이 강 사무장에게 물었다.

"사람들이 노인들에 대해서 무심, 무관한 탓이야. 사람들은 늙어도 청춘이라고 하면서도 자신이 늙어간다는 것을 망각한 거야. 워낭소리 영화도 있고, 남양에서 칠십삼 세 노인이 처녀 강간 사건이…"

강 사무장이 여자가 나온 것을 보고 말을 멈췄다.

"정말 감사합니다!"

여자가 강 사무장을 향해 절을 하며 말하고 곧장 밖으로 나갔다.

"문 닫을 일만 남았군. 아이고, 내 신세야!"

강 사무장이 주먹으로 가슴을 치며 말했다.

"속만 태우지 말고 무슨 수를 좀 써보세요."

박미라가 작은 소리로 말했다.

"돈키호테 같은데 무슨 수를 쓰니? 늦기 전에 보따리 싸는 게 상책이야."

강 사무장이 자신의 책상 밑을 가리키며 말했다.

8
변호사의 윤리

법정에서 왕 변호사는 그야말로 교과서적이었다. 반대신문마다 공판검사를 쩔쩔매게 하여 피고인들을 흥분시키고 판사를 조바심 나게 하거나 방청객들을 감동시켰지만, 판사들에게 동정을 받지 못했다. 사무장을 비롯한 사무원들도 찾아오는 사람은 많아도 계약이 적어서 날이 갈수록 허탈감과 앞날에 대한 불안으로 웃음이 사라졌다. 양비녀만 신이 나서 콧노래를 불렀다. 점심때 사무원들이 냉면을 주문하고 탁자에 둘러앉아 기다리고 있었다. 왕 변호사가 그녀를 데리고 밖으로 나갔다.

"제 산초 같잖니?"

하소연이 옆에 앉은 박미라에게 작은 소리로 물었다.

"딱 맞는 이름이네!"

박미라가 손뼉을 살짝 치며 말했다.

"사무장님!"

하소연이 불렀다. 강 사무장은 소파에 등을 기대고 앉아 그녀의 다리 사이를 엿보다 몸을 세웠다.

"뭔데?"

"우리 영감님보고 법원에서 돈키호테라고 한대요. 어떻게 좀 손을 써보세요!"

"영리하고 잘난 사람들 누구 말 안 듣는다."

"혼자만 보따리 쌀 생각만 마시고 저희들을 위해서 맘을 돌려보세요!"

하소연이 다리를 오므리며 말했다. 그때 넓은 쟁반을 머리에 인 중년 여자가 주전자를 들고 들어오고 뒤를 따라 넥타이 없는 흰색 와이셔츠에 검은색 양복을 입은 표지석 시장이 혼자 들어왔다.

"시장님, 어서 오십시오!"

강 사무장이 일어서서 시장을 맞았다. 2년 전 야당 대통령 후보 경선에 출마하여 직장이나 가정에서 여자들이 실질적인 평등이 이루어지도록 하여 출산과 인구 감소를 막겠다는 공약을 걸어 인기를 얻고 차기 대권 주자로 급부상한 시장이었다.

"변호사님 만나려고 왔습니다."

"지금 식사하러 가셨습니다. 들어가서 기다리십시오."

강 사무장이 왕 변호사 방으로 안내하고 하소연 앞에 앉아 다리 사이를 엿봐가며 식사를 하였다. 왕 변호사가 양비녀와 같이 들어왔다.

"표 시장님이 안에 계십니다."

사무장이 손가락질하며 말했다.

"무슨 일로 연락도 없이 오셨습니까?"

왕 변호사가 손을 내밀며 물었다.

"아주 긴밀히 상담할 일이 생겨서 왔는데, 변호사님에게 말해도 괜찮을까요?"

시장이 일어서며 악수를 하고 비서실을 돌아보며 말했다.

"업무상 알게 된 사실이나 사생활에 대한 비밀은 당연히 보장해야 합니다. 염려 말고 말씀하십시오."

왕 변호사가 양비녀에게 나가라고 손짓하며 말하고 마주 앉았다.

"개인의 앞날이나 국가적으로 중대한 일인데 비밀을 지켜주십시오!"

"당연히 지켜드리겠습니다. 염려 말고 편하게 말씀하십시오."

"실수로 관계를 가진 여자가 있는데 요즘 Me Too 때문에 상담을 하려고 합니다."

"그것 장차 양성에 있어서 남자들에게는 무덤이고, 여자들에게는 혁명이 될 것입니다. 미리 손을 쓰려고 하신 걸 보니 역시 현명하십니다. 무슨 일 하는 어떤 관계의 여자입니까?"

"비서실에 있던 여자입니다."

"저런, 하필이면 여자를 왜 비서로 삼으셨습니까?

"글쎄 말입니다. 비서실에서 일하는 여자였는데 케나다에 수행비서로 데리고 간 것이 실수였습니다."

"비록 독신이긴 하나 그동안 교제하고 관계해본 경험에 의하면 남녀 간에는 진정한 우정은 성립되지 않는다고 보고 있습니다. 잘 생겼다거나 해서 의도적으로 데리고 갔다거나 강제로 한 것은 아니지요?"

"생긴 것은 보통인데 영어 통역을 잘해서 데리고 간 것이지 결코 의도적으로 데리고 갔다거나 강제로 한 것은 결코 아닙니다. 호텔에서 술 마시고 서로 좋아서 한 것입니다."

"관계는 어떻게 얼마나 가졌습니까?"

"일 년 정도 되었습니다."

"지금도 비서실에 두고 있습니까?"

"그만두게 하고 헤어졌는데 그 Me Too 때문에 불안합니다."

"사람에게 명예, 돈, 섹스는 유기적인 삼 요소입니다. 차기 유력한 여권 대선 주자로서 여자들에게 인기가 높다고 소문이 났는데 다른 관계가 있다거나 부인께서 눈치채거나 의심하지 않습니까?"

"없다고 할 수 없으나 결혼 이후 처음이며, 아내는 의심하지 않았습니다."

"서로 좋아서 관계를 가졌다고 하더라도 헤어질 때 상대가 어떻게 나오느냐에 따라 결과가 달라질 수 있습니다. 서로 좋아서 교제를 계속한다거나 같이 산다면 당사자 간에는 문제가 될 것이 없으나 부부관계에 민사상 사건이 되고, 만약 헤어진다 해도 상대의 요구에 따라 사건이 생길 수 있습니다. 위자료 청구와 형사상으로는 직무 상위계에 의한 간음죄로 고소할 수 있습니다. 여자가 원하는 것이 무엇입니까?"

"연락도 안 되고 궁금합니다."

"사건의 열쇠는 여자가 쥐고 있으니 일단 입을 막는 것이 중요합니다."

"그렇지요. 그 길밖에 없지요. 비밀을 지켜주십시오!"

시장이 거듭 당부하고 급히 사라졌다. 왕 변호사가 문을 열고 전송하면서 "사이코패스 같은 것." 하고 혼자 말했다.

"사이코패스라니요?"

양 비녀가 듣고 물었다.

"혼자 한 말이다. 혹시 시장에 대한 소문 떠돈 것 없나?"

"없지요. 차기 대권 후보로 꼽히잖아요?"

"표 시장님에게 무슨 일이 있나요?"

사무장이 열린 문으로 소리 없이 들어서며 물었다.

"아니다. 그냥 못 들은 것으로 해라. 뭐냐?"

"노인이 강간죄로 구속되었다는데 상담해보시겠습니까?"

"몇 살 먹은 노인인데?"

"올해 일흔셋이랍니다."

"그 나이에 강간을 했단 말이야? 오늘 이상한 사건만 생기는군."

"그 유명한 시장에게 무슨 일이 있습니까?"

"뒤에 보면 알게 될 거야. 그래서 어떻게 되었는데?"

"남양마도에 사는 노인인데 약간 분별력이 없는 처녀가 동네 있답니다. 천 원짜리 돈을 주면 시도 때도 없이 옷을 벗었답니다. 동네 사람들이 돌아가면서 관계를 가진 것을 그녀의 부모가 뒤늦게 알고 고발해서 동네가 발칵 뒤집혔답니다. 삼십여 가구 사는 마을 대부분의 성인 남자들이 지금 경찰서에서 조사를 받고 있답니다. 농촌 실정 감안해서 오백만 원에 계약을 할까요?"

"희한한 사건이구나. 돈 받지 말자!"

"영감님!"

"뜻이 있어서 그러니 시킨 대로 해!"

"저 앞날이 불안해서 더 이상 못 있겠습니다. 영감님은 인심을 얻어 좋을지 모르지만 저희들은 일할 맛을 잃었습니다. 지금까지 사례를 보면 대개는 개업 초에 벼락같이 돈을 벌고 명성을 떨쳤습니다. 그런데 영감님께서는 좋은 기회를 놓치고 있습니다."

"대어를 위해서 잠시 밑밥을 뿌린다고 했으면 알아듣고 기다리지 않고 밑에 것들 핑계까지 대는 것을 보니 너 참 비겁하고 졸렬하구나. 대한민국 모든 변호사가 문을 닫지 않는 이상 문 닫을 일 없을 테니 안달 내지 말라고 하였다."

"안달을 안 내려고 해도 안 낼 수가 없습니다. 그리고 이 말은 그만둘 때 두더라도 안 하려고 하였는데 양 양."

"왜?"

"아닙니다."

사무장이 물러섰다.

"사무장이 너에게 묻거나 네가 무슨 말 한 것 있느냐?"

왕 변호사가 그녀를 불러 세워놓고 다그쳐 물었다.

"영감님에게 아무 말 없었나요?"

"무슨 말인가 하려다 그냥 나갔다."

"이달 봉급 주고 나면 아마 저만 남을 겁니다. 가서 사무장님 책상 밑을 보십시오."

"뭐!"

왕 변호사가 밖으로 나가 사무장의 책상 밑을 보았다.

"저건 뭐야?"

"죄송합니다!"

"따라와!"

왕 변호사가 사무장의 옷깃을 잡고 안으로 들어가 마주 앉았다.

"왜 고비 때마다 발목을 잡고 사람을 안달이 나게 하지?"

"어쩔 수 없습니다."

"네놈은 보따리 쌓는 것이 무기구나. 어떻게 해야만 보자기를 다시 풀겠느냐? 보좌관이나 비서실장의 꿈을 잊은 것은 아니지?"

"그 꿈인지 뭔지 그것 때문에 퇴직한 것 후회됩니다."

"네 마음 다 안다. 그러니 당분간만 참아다오."

"그렇다면 스타일을 바꿔주십시오."

"어떻게 말이냐?"

"영감님은 이것이 되시고 나는 실장 자리에 앉게 해주시려면 업무 스타일을 바꿔주십시오."

강 사무장이 엄지손가락을 세우며 말했다.

"어떻게 말이냐?"

"강 변호사님이나 최 변호사님처럼 하십시오."

"못하겠다면?"

"저도 도리가 없습니다. 영감님이야 설사 대망을 못 이룬다 해도 평생직장 가지고 사람 좋다는 소리 들어가면서 젊디젊은 여자와 인생을 즐기시며 회고록이나 쓰시면 되겠지만, 저야 지방에서 겨우 고등학교 졸업하고 사력을 다해 삼수 만에 붙어서 천직으로 삼은 직장 그만둘 때는 돈도 돈이지만 영감님이 언약하신 실장에 대한 기대 때문이었습니다. 그러나 요즘 영감님 꼴이."

"꼴이라니!"

"실언을 용서하십시오! 봉급 받기 민망하고 앞날이 캄캄해서 부득이 옮겨보려고 합니다."

"명심해 들어라. 돈으로 쌓은 명예, 그것은 누더기와 새 옷 같은 것이다. 자존심 하나 가지고 살아온 나인데 갈등이야 없겠느냐만 대망을 위해서 그런 것이다."

"지당한 말씀입니다. 다만 다른 영감님들처럼 시시콜콜한 사건은 저에게 맡겨주십시오."

"네가 인생 경험이 부족해서 뭘 모르고 서둔 탓이지 이대로 조금만 더 밀고 나가면서 버티기만 한다면 멀지 않아 내가 이 질곡에서 벗어나리라 확신하고 있는데, 만약 네 뜻에 맡겼다가 뒷날 대망을 향해 뛸 때 발목을 잡히는 덫이 되지는 않겠느냐? 일시적인 시련을 참지 못해 일생의 꿈을 목전에서 놓치는 누가 되는 일이 없도록 하겠느냐?"

"명예가 있다고 해서 다 권좌에 오를 수는 없습니다. 국회의원이든, 대통령이든 일단은 돈이 있어야 됩니다."

"만약 내가 스타일을 바꾼다면?"

"적어도 불량배들에게 뺨 맞는 일을 없을 것이며, 당장 아랫것들이 보따리 싸는 일이 없을 뿐만 아니라 웃음꽃이 다시 필 것입니다."

"내가 사실은 개업식 때 맘에 없는 말 하고 가면을 썼는데 이제 와서 본색을 드러낸다면 사람들이 실망하지 않을까?"

"영감님은 법조계의 희망입니다. 대망을 향해 한 발 더 다가서신 것이니 다른 영감님들처럼 비난의 화살은 저에게 돌리십시오."

"역시 비서실장감이야. 그런데 말이야."

"네, 영감님!"

"아까 그 시장 말이야."

"차기 가장 유력한 대권 후보지요."

"나의 적이 될 수 있지?"

"앞으로 사 년 뒤라면 그럴 수도 있지요."

"만약에 말이야, 내가 일이 잘 풀려서 그 시장과 맞붙었을 때, 만에 하나 내가 조금이라도 착각이나 망각에 빠져 불리하거나 뒤처질 경우, 오늘 그 시장이 나를 찾아왔다는 것을 네 머릿속에 기억했다가 나에게 말해다오."

"한국 잠룡이라는 그 시장에게 무슨 일이 생겼습니까?"
"지금 알 것 없다. 자, 사무원들이나 집합시켜라."
왕 변호사가 작심한 표정으로 말했다.

9
탈바꿈

왕 변호사는 자신의 업무 스타일을 바꿀 것을 결심하고 잠시 깊은 생각에 잠겼다. 강 사무장이 사무원들을 데리고 들어가 양쪽에 서열대로 앉았다.

"영감님, 저의 잘못 다시 사죄드립니다!"

강 사무장이 두 손을 비비며 말했다.

"그 말을 진실로 믿고 지금부터 중대한 결심을 말하겠다. 솔직히 대쪽 판사라는 명예가 부담이 되었다. 왜 다른 수많은 변호사가 가면을 써야 하는지에 대해서 깊이 생각했다. 판사는 양심을 지킬수록 빛이 나지만, 변호사는 양심을 지키려고 하면 할수록 빛이 바래는 것이 아이러니였다. 이 순간부터 탈을 바꾸려고 하는데 다른 사람들이 비웃거나 손가락질을 한다고 해서 너희들까지 뒤에서 그럴 줄 몰랐다고 비웃거나 손가락질하지 않겠나?"

"내가 바라고 모두가 바라던 일입니다. 어떤 가면을 쓰시더라도 본면은 샘물처럼 맑다는 것을 알고 있으니 염려 놓으십시오!"

사무장이 탁자에 두 손을 펴고 머리 숙여 가며 말했다.

"저희들도 동감입니다."

사무원들이 다 같이 손을 비비며 말했다.

"너희들만 이해해준다면 두 번 다시 몰래 보따리를 싸거나 실망하고 내일을 걱정하게 하는 일이 없도록 처음 약속한 대로 너희들의 장래는 내가 책임을 지마."

"저희들을 위해 결단을 내리신 영감님을 위하여 다 같이 박수!"

사무장이 박수를 치며 말하자 모두 일어서서 박수를 쳤다.

"귀여운 것들, 사무실이 너무 좁으니 다 같이 밖으로 나가서 단합대회를 갖자. 그런데 저것이 맘에 걸린단 말이야."

왕 변호사가 신조를 바라보며 말했다.

"호응이 좋으니 그대로 두시죠."

"그렇기야 하지만 내 마음이 언제 또 어느 순간에 어떻게 변할지 모르니 없애버리자."

"내가 내일 출근하자마자 떼겠습니다."

"아니다. 당장 떼어라! 오늘 밤에 다시 마음이 흔들리지 않게 단단히 붙들어 매고, 내일은 달라진 마음으로 출근을 하려고 하는데 저것이 눈에 띌까 걱정된다."

"알겠습니다. 영감님의 유리알처럼 깨끗한 그 양심 잠시 접는다고 해서 때 묻을 리 없으며, 숭고한 애국애민의 그 정신은 훗날에 더욱 빛이 날 것입니다.”

강 사무장은 액자를 떼어내고 곁에 있는 변호사 윤리 강령까지 떼려고 하였다.

“그것은 둬라! 변호사 윤리 강령이라.

일, 기본적인 인권 옹호와 사회정의 실현을 사명으로 한다.

이, 성실-공정하게 직무를 수행하여 명예와 품위를 보전한다.

삼, 법의 생활화 운동에 헌신함으로써 국가와 사회에 봉사한다.

사, 용기와 예지와 창의를 바탕으로 법률 문화 향상에 공헌하다.

오, 민주적인 기본질서의 확립에 힘쓰며 부정과 불의를 배격한다.

육, 우애와 신의를 존중하며 상부상조, 협동 정신을 발휘한다.

칠, 국제 법조 간의 친선을 도모함으로써 세계평화에 기여한다.”

왕 변호사가 소리 내어 읽었다.

“귀에는 천국 같고 몸에는 골고다 가는 길보다 험난한 강령입니다.”

강 사무장이 말하며 마저 떼어내고 수원 원조 갈비 식당으로 갔다. 아파트와 주택 사이 언덕 위에 몇 채의 한옥을 개조한 식당이었다. 예약을 하지 못한 사람들은 입구에서 줄을 서서 기다렸다.

“내가 스타일을 바꾸려니 양심을 접은 것 같아 맘이 심란하구나. 앞으로 내가 탈을 바꾸고 잘되어 가까운 장래에 대권을 향해 발을 딛거나 대권을 쥐려고 할 경우에 나를 반대하거나 약점이나 허점을 노리고 헐뜯거나 무너뜨리려고 하는 사람들 앞에서 너희들은 내가 진실로 양심적인 변호사였다고 대변을 할 수 있겠느냐?”

왕 변호사가 얼굴을 둘러보며 물었다.

“영감님은 저희들의 주인이며 감히 여부가 없습니다.”

강 사무장이 술잔을 채우며 말했다.
"우리 다 같이 건배하자. Change Reconciliation success를 위하여!"
왕 변호사가 잔을 쳐들고 큰 소리로 말했다. 다 같이 따라 하며 술을 마셨다.
"장차 이 나라의 불법 무질서를 바로 잡고 남북과 남남 대립과 갈등, 분열을 해결하고 민족 통일을 이룩하실 영감님을 위하여 건배!"
사무장이 건배를 하고 술을 마셨다.
"고맙다! 나도 강 변호사같이 되고 싶은 마음이야 없었겠느냐만 그렇게 하지 못한 것은 오직 정직하게 봉사를 하려고 한 내 양심과 대망에 대한 꿈 때문이었다. 내가 다른 사람들보다 못할 것이 무엇이며, 뒤처질 이유가 무엇이냐?"
"없습니다."
"내가 양심만 떨쳐버릴 수 있다면 강 변호사, 최 변호사보다 더 잘할 수 있다. 아니 열 배, 스무 배 더 잘할 자신이 있다."
"우리 모두는 처음부터 영감은 최고의 명변호사님이 되실 것으로 믿어 의심치 않았습니다."
"두고 봐라, 오늘 이후로 그 누구보다 가장 높은 곳에 설 것이며, 가장 좋은 자리를 차지할 것이며 항상 당당하게 앞장서서 달릴 것이다. 앞으로는 뒤처져서 후회하고 너희들을 걱정하게 하는 일은 없을 것이다. 당장 내일부터 달라진 내 모습을 볼 것이다. 당분간은 어떤 비난과 시기와 모함을 당하더라도 흔들리지 않을 것이다."
"진짜 대통령감입니다."

사무장이 박수를 치며 말했다. 모두 다 박수를 크게 쳤다.

"내가 다른 변호사들은 상상도 못 할 기발한 아이디어를 발휘해서 개업식을 치렀고 선전도 하고 화려한 경력과 개업 변호사라는 유리한 고지에 올라있으면서 실적이 없었던 것은 선전이 잘못 돼서도 아니고 능력이 부족해서도 아니라는 것은 너희들은 잘 알 것이다. 내가 실적이 저조한 것은 '나는 대한민국 변호사로서 헌법에 보장된 기본적인 인간의 권리를 옹호하고 사회의 정의를 실현해나갈 것을 사명으로 삼고, 대한민국 변호사로서 인간의 기본적인 권리를 옹호하고 사회정의를 실현해나가는 변호사의 사명을 성실히 수행해나가며, 이 나라 사회질서를 바로 유지해나가도록 봉사를 하고, 국민의 생활을 불편하게 하는 법률과 형식적이고 권위적인 제도를 개선해나가는데 몸과 마음을 바칠 것을 맹세합니다.'라는 이 서약을 스스로 지켜보려고 한 것 때문이었다."

왕 변호사가 기억을 더듬어가면서 천천히 말했다.

"어차피 정직은 바보가 되고 부정직한 놈들이 나서서 판을 치는 세상이라 청옥 같은 영감님의 양심이 잠시 구정물 속에 잠겼다고 해서 크게 손상되지 않았을 것입니다. 용단을 내리신 영감님을 존경할 따름입니다."

"고맙다! 나 때문에 그동안 얻고자 하는 이익을 못 보았다면 최단시일 안에 보상을 받도록 하려는데 사무장으로서 비전을 말해라."

"지당하고 현명하신 선택입니다. 저는 공사 책임을 지고 애석하게 징계를 받고 옷을 벗었다거나 정년퇴직이나 명예퇴직한 경찰관 중에서 동료 관계가 원만한 사람을 물색해서 경찰서별로 알선책을 두겠습니다."

"굿 아이디어다. 동료 관계가 원만하지 않고 소문이 안 좋은 사람, 자기 이익을 위해서 부정을 저지르고 징계 먹고 쫓겨난 사람은 안 된다. 징계를 받았더라도 동료들이 애석하게 생각하는 그런 퇴직자라면 금상첨화이겠지."

"소개료를 얼마나 주느냐가 관건입니다."

"소개료는 네가 책임지고 다른 데보다 일원이라도 더 줘!"

"강 변호사는 일당 법으로 정한 최저임금을 기본급을 주고 있고, 최 변호사는 사건 당 기본 계약 금액의 십오 퍼센트의 성과급을 주고 매월 세 건 이상했을 때는 건당 오 퍼센트를 더 주고 있습니다."

"일일이 기억하기 싫고 관여하고 싶지 않다. 네가 원했던 일인 만큼 네 책임 하에서 추진하고 실행해라."

"차질 없이 책임지고 철저히 추진하겠습니다!"

"강 변호사 같은 불똥이 나에게 튀지 않도록 하고 내가 할 일이나 간략하게 말해봐!"

"경찰, 법원, 검찰, 교도소 간부 직원들은 물론이고 일반 직원의 생일과 결혼 날짜 등은 입수하여 변호사님 명의 선물이나 꽃다발을 보내는 것, 애경사가 생기면 제일 먼저 화환이나 조화를 보내고 부조금을 일원이라도 더 내는 것, 애경사, 전출입, 기관 체육 행사, 동호회에는 빼놓지 않고 사안에 따라 영감님이 직접 참여하시거나 기증금품을 보내는 것 등등입니다."

"다 알아서 하고 꼭 내가 해야 할 일은 그때그때 말해."

"이미 계획을 다 세워 뒀으니 맡기고 염려 놓으십시오!"

"자, 진달래를 위하여!"

왕 변호사가 술잔을 쳐들었다. 그리고 며칠 뒤 강 사무장은 각 경찰서와 교도소 출신 알선책 6명을 선별하였다. 그들의 채용 서류를 작성하여 왕 변호사의 책상 위에 올려놓고 한 발 뒤로 물러섰다.

"이것 뭐야?"

"채용서류입니다."

"어느 누가 이들을 정규직으로 채용한 데 있나?"

"아, 죄송합니다!"

강 사무장은 밀어낸 서류를 들고 돌아섰다. 수확을 많이 얻으려면 밑거름을 많이 주어야 하고 고기를 많이 낚으려면 밑밥을 많이 뿌려야 한다. 똥파리는 똥을 가장 좋아하기 마련이다. 그는 왕 변호사의 묵인 아래 관할 경찰서와 교도소의 퇴직자를 비선 알선책으로 고용하였다. 그리고 각 경찰서와 구치소의 현관에 왕 변호사의 이름과 전화번호를 새긴 대형 거울을 선사하고 휴게실에는 이름과 전화번호를 새긴 텔레비전을 기증했다. 그리고 현직에 있는 법원과 검찰, 경찰과 교도관이 사건을 소개했을 경우에 20%의 소개료를 주었다.

강 사무장은 판사들이 탐을 내는 유능한 법원 서기였다. 그는 장차 비서실장에 대한 희망을 가지고 왕 변호사를 만족시키고, 사무원들로부터 사무장 이상의 존경과 사랑을 받고 있었다. 하소연은 그가 유부남인 것을 번연히 알면서 장차 결혼할 남자의 모델로 삼고 좋아하며 의지했다. 강 사무장도 그녀의 외모와 수영복 심사를 통해서 보게 된 그녀의 미모에 매혹된 터에 민사와 경리를 맡고 있어서 사무실 안팎을 가리지 않고 단둘이 있을 때가 많았다. 그는 그녀와 마주하면 자신이 유부남이란 것을 망각하고 짝사랑에 취해 꿈길을 걷고 헤어지면 비로소 사랑받는 남편 좋은 아버지가 되는 이중생활에 익숙해져 갔다. 일반적인 관계가 특별한 관계가 되고, 일상적인 것이 특별한 것이 되어 경계심이 커지면서 거짓말하고 숨기며 사는 것에도 익숙해졌다. 직업상 만남이 이성 간의 만남으로 커져갔다. 남자와 여자가 만나 최후에 즐기는 정점을 향해 서로가 끌고 끌리며 조심조심 한 발 한 발 다가서고 있었다. 법원 서기와 변호사 사무장으로서 경험한 여하한 불륜이나 성폭력 사건들이 모두 자신과는 무관한 다른 사람들의 사건이었다. 사람들이 세상이 떠들썩하게 비난한 사건들을 입으로, 마음으로 비난하면서도 자신과는 별개였다.

왕 변호사는 법정에서나 밖에서나 법관들과 선배 변호사들 앞에서 어깨를 낮추었다. 악덕 변호사라고 비난하며 등을 돌렸던 강 변호사, 최 변호사와도 손을 잡고 지역 법조인 골프 동호회를 만들고 총무를 맡았다. 인사이동 때는 돈 봉투를 주머니에 넣고 한 발 먼저 찾아다니며 인사하고 환송 파티를 열어주었다.

사무실은 날마다 웃음꽃이 활짝 피고 북적거리는 사람들로 활력이 넘쳐흘렀다. 가뭄에 시들어 가는 나무가 소낙비를 맞고 갑자기 생기가 돋듯이 인기가 살아나고 있을 무렵에 70대의 쥐색 바지에 브라운색 잠바를 입은 늙은 남자와 연청 신사복에 넥타이를 매지 않는 체격이 좋은 40대의 남자와 70대의 검정 바지에 흰색 블라우스를 입은 여자가 찾아왔다. 딴에는 가장 좋은 옷을 입었겠지만 값싸 보이고 피부 관리나 몸치장 같은 것은 염두에도 없이 개펄 아니면 논밭에서 일하다 집 나올 때 세수하고 벽에 걸어놓은 옷 갈아입고 온 사람들의 모습이었다.

"어서 오십시오!"

박미라가 일어서서 맞았다.

"여기가 왕 변호사님 사무실이 맞지요?"

얼굴이 검붉고 체격이 좋은 중년 남자가 발을 들여놓고 안을 두리번거리며 물었다.

"네, 잘 오셨습니다!"

사무장이 세 사람을 소파로 안내했다.

"동생 사건으로 이틀 전에 전화를 했던 사람입니다. 태안에서 왔습니다."

"연쇄살인 사건으로 경찰서에 있다고 하셨지요?"

"형사분이 이걸 주면서 찾아가면 잘해줄 것이라고 했습니다."

중년 남자가 형사의 명함을 주었다.

"잘 오셨습니다. 동생 성함이 어떻게 됩니까?"

사무장은 형사의 명함을 받아 수첩에 적으며 물었다.

"고영호입니다."

"동생이 억울하게 잡혔다고 했지요?"

"제 아들은 결코 사람을 죽인 놈이 아닌데 경찰이 다 죽여 놨습니다. 내 아들은 결코 연쇄살인을 할 놈이 못 됩니다. 무서운 죄인들 사이에서 떨고 있을 아들을 살려주십시오!"

어머니가 두 손을 비비며 말했다.

"동생은 만났습니까?"

"경찰서에서 한 번 만났습니다."

"잠시만 기다리십시오. 제가 담당 형사에게 전화를 해서 자세히 알아보겠습니다."

사무장이 자리로 가서 명함을 보며 담당 형사에게 전화를 걸어 긴 시간 통화를 하고 변호사 방으로 들어갔다.

"태안 연쇄살인범 용의자로 보도된 큰 사건입니다."

"대강은 알아. 담당 검사가 누구야?"

"홍 검사랍니다."

"에잇, 재수 없어."

"그때가 언젠데 지금까지 감정을 품고 있을까요?"

"고자 심줄 같은 그 인간은 달라. 내가 맡은 줄 알면 기를 쓸 거야. 다른 데로 가보라고 해."

"영감님 제발 맡으십시오!"

"실속 없는 사건 가지고 그놈 대하기 싫다."

"공범이 있었는데 경찰서에 고문을 받다가 죽었답니다. 그리고 무엇보다 자백 이외 증인이나 증거가 없답니다."

"그럼 알아서 해."

"영감님 뜰 것입니다."

강 사무장이 엄지손가락을 펴보이며 밖으로 나왔다.

"우리 영감님이 오케이했습니다. 우리 영감님 찾아오신 것 아주 운이 좋으신 것입니다. 사건이 중요한 만큼 비용이 좀 많이 필요한데 형편이 어떠신지요?"

"우리는 통 모릅니다. 얼마나 드려야 하는지 말씀해주십시오!"

"부인사건은 최소 천만 원 정도는 있어야 합니다."

"와!"

모두 다 눈을 크게 뜨고 쳐다만 보며 고개를 흔들었다.

"사례금은 별도입니다."

"대충 알아보고 준비해왔는데 삼 분의 일도 안 됩니다."

"처지를 봐서 기본만 말한 것입니다."

"이런 일이 생전 처음이고 워낙 가난한 촌구석에서 산 탓에 삼백만 원밖에 안 됩니다. 그것도 굴 양식 권리 팔고 동생놈 월세 보증금을 뺀 것입니다. 이백만 원 더 마련해서 오백만 원으로 해주십시오!"

"그것은 비용도 안 되고 사건에 비하면 기본도 안되지만 사정에는 쇄도 녹는다는데, 그쪽 형편이 정 그렇다면 일단 영감님이 맡으실지 여쭈어보겠습니다."

사무장이 노크를 하고 문을 열었다. 엿듣던 왕 변호사는 알았으니 계약을 하라는 표정으로 고개를 끄덕거리며 손을 저었다.

"영감님이 특별히 맡으시겠답니다."

"너무 고맙습니다! 내 새끼 누명을 꼭 벗겨주십시오!"

어머니가 핸드백에서 돈뭉치를 꺼내며 사정했다.

"우리 변호사님이 이런 사건에 이만한 돈 받고 맡은 것 처음 있는 일입니다."

"동생만 나온다면 평생 은인으로 삼겠습니다!"

중년이 손을 빌고 또 빌며 나갔다.

10
부장검사보

505호 홍 검사는 나이로 보나 서열로 보나 부장검사급이었으나 부장검사보였다. 키는 크지 않으나 체격이 좋은 편이며, 이마가 넓고 구김살 없이 이목구비가 균형 잡힌 호남형이었다. 입회서기가 타이핑이 서투르고 수사하는 것이 서툴러 신경이 곤두설대로 서있었다. 고영호의 사건 전 조사를 서기에게 맡겨놓고 담당 형사를 독려해가며 증인과 범행에 사용한 칼을 찾는 데 전념했다. 그날은 신도시의 부자이며, 신용금고 회장이었던 신달수를 소환하여 앞에 앉혀놓고 직접 조사했다.

"장미화 살해 사건에 있어서 경찰서에서 진술한 내용을 확인하겠다."

홍 검사가 경찰조서를 펴놓고 말했다.

"경찰에서 다 사실대로 말했습니다. 놈이 죄를 나에게 뒤집어씌우고 경찰까지 의심한 바람에 패가망신할 뻔하였습니다."

"그날 정확히 몇 시에 피해자를 사건 현장에 데려다주었지?"

"서해호텔에서 한 시 반에 나왔습니다."

"호텔에서 자지 않고 그 시간에 나온 이유가 뭐야?"

"첫째는 아내 때문이었고, 둘째는 걔가 아침에 호텔에서 나오는 것이 싫다고 하였습니다."

"부인이 반달백화점 사장이며, 정치 활동하고 있지?"

"그건 사건과 상관없습니다."

"상관이 있고 없고는 내 소관이다. 묻는 대답만 해라. 재혼을 한 이유?"

"그것은 사생활입니다."

"부인 배경 믿고 그런 거야?"

"아닙니다!"

"건설회사와 골프장만 빼고 반달빌딩, 반달백화점, 신용금고 이 모두가 부인 명의로 되어있고, 부인이 부동산 투기로 이룬 것이라고 하였는데?"

"부동산에 투자를 하였지 투기한 것이 아닙니다."

"투잔지 투긴지는 내가 판단한다. 부인이 경찰서에서 자신이 부동산을 사고팔았다고 진술을 했는데, 한번 파헤쳐 볼까?"

"부모가 수암에 삼십만 제곱평방미터가 넘는 땅을 가지고 있었습니다."

"신도시 제일 가는 부자가 왜 대학에 안 가고 농협에 들어갔나?"

"그것도 사생활입니다."

"피해자와 관계를 가진 것은 얼마나 되나?"

"경찰서에서 다 말하였습니다."

"피해자가 고영호와 동거한다는 것을 알고 있었나?"

"몰랐습니다."

"모른다 모른다 하지 말고 털기 전에 사실대로 말해라! 고영호는 알고 있다고 진술하였는데 왜 모른다고 하느냐?"

"그런 연쇄살인한 놈이야 무슨 말을 했던 저는 몰랐습니다."

"피해자를 가지고 놀았으면서 밤늦은 시간에 왜 집 앞까지 데려다

주지 않고 도중에 내려주었나?"
"걔가 그곳에서 내려달라고 하였습니다."
"의심이 들지 않았나?"
"이목 때문이라고 하였습니다."
"부인이 캐디 출신이라고 하였는데?"
"나의 프라이버시입니다."
"프라이버시라, 부인께서는 두 사람의 관계를 알고 있었나?"
"경찰서에서 진술하였습니다."
"사고 당일 피의자를 사고 현장에서 본 적이 있나?"
"못 봤다고 경찰서에서 진술하였습니다."
"사건 현장은 골목길이라 차를 돌리기 곤란하던데?"
"그것은 운전기사 소관입니다."
"신달수! 지금 너 누굴 믿고 검사를 우습게 보는 거야?"
"한순간의 실수로 괴로워서 죽고 싶은 나를 검사님이야말로 나를 소년 절도범 취급을 하고 있습니다."
"그냥 넘어가려고 하였는데 안 되겠군, 내가 너의 뒤를 들춰서 다시 부를 때도 그렇게 나오는지 두고 보겠다. 가라!"
홍 검사가 성질을 내며 신달수를 내보내고 고영호를 불렀다. 교도관들은 서로 안 가려고 하였다. 가위바위보해서 진 교도관이 골이 날 대로 나서, 시간을 끌며 느릿느릿 가서 홍 검사 앞에 고영호를 앉혀놓고, 벽에 접혀있는 의자를 소리 내어 끌어서 펴고 다리를 꼬고 앉았다. 짜증이 날 대로 난 홍 검사는 교도관의 태도가 눈에 거슬리고 불쾌했다.

"어이 교도관, 다리 꼬지 말고 바로 앉아!"

"반말하지 말고 죄인 취급하지 마십시오!"

교도관이 천천히 일어서 대항했다.

"다리 꼬지 말란 말이야!"

홍 검사가 버럭 소리쳤다.

"다리 꼰 것이 무슨 잘못입니까?"

교도관이 물러서지 않았다.

"짜증 나니까, 데리고 가!"

홍 검사가 주먹으로 책상을 치며 물러섰다.

"더러워서 교도관 못 해먹겠네!"

교도관이 인상을 쓰며 말하고 고영호를 잡아끌며 밖으로 나갔다.

홍 검사가 구치소장에게 직접 전화를 걸었다.

"검찰청 홍 검사요."

"네-넷, 구치소 소장입니다!"

소장이 수화기를 들고 소파에서 벌떡 일어났다.

"검찰청에 나온 것들 교육 좀 잘시켜 보내란 말이야!"

"무슨 큰 잘못이 있었습니까?"

"직접 데려다 물어보시오!"

홍 검사가 말하고 수화기를 놨다. 소장은 "새파란 것이 검사라고. 에잇, 더럽다!" 하고 말하며 보안과장을 불러 세웠다.

"너! 출정 나간 것들 어떻게 교육하나?"

소장이 지휘봉으로 과장의 배를 찌르며 다그쳤다. 과장이 영문을 몰라 벌벌 떨었다.

"홍 검사라는 새파란 것에게 하수인 취급 당하지 않게 교육 좀 잘 시켜!"

"알아보고 시정하겠습니다!"

"앉은뱅이 산 지키듯 하지 말고 당장 가서 조치해!"

"시행하겠습니다!"

과장이 차를 타고 구치감으로 달려갔다. 계장이 입구로 나와 엄중히 맞았다.

"너, 개판으로 근무할 거야?"

과장이 계장의 가슴을 주먹으로 쳤다. 계장이 뒤로 물러섰다.

"출정 것들 교육하나 안 하나?"

"잘못했습니다!"

"이번 기회에 출정 것들 다 교체할 거야."

"잘못 있으면 나만 꾸짖고 직원들한테는 교체한다는 말씀을 하지 말아주십시오!"

"왜 얻어먹은 것이 많나?"

"없습니다!"

"그런데 왜 쩔쩔매는 거야?"

"검찰 법원 것들이 우리를 하수인으로 취급하니까 출정을 서로 안 나오려고 합니다. 잘한 직원들을 오히려 출정에서 빼주어야 할 처집니다."

"홍 검사실에서 무슨 일이 있었나?"

"왕따 검사에 서기까지 무능해서 직원들이 싫어합니다."

"검사도 왕따가 있나?"

"과거 호송차 탈주범들이 가정집에서 인질극을 벌이면서 '유전무죄 무전유죄'라고 외쳐 법조비리가 이슈가 되었던 무렵이었습니다. 조직폭력배와 윤락녀 성노예 사건으로 정부가 성범죄와 전쟁을 선포하였습니다. 중앙지검에 근무하는 홍일동 검사가 서울 강남 윤락업주들과 퇴폐 이발소, 그리고 윤락녀, 호모, 게이, 남자 접대부들을 무더기로 구속하였습니다. 그러나 왕중앙 판사가 구속영장을 무더기로 기각하여 사후영장에 제동을 걸었습니다. 홍 검사와 왕 판사는 대학과 사시 동기입니다. 홍 검사가 시사 주간지에 '이삼십 대의 공판검사와 삼사십 대의 판사와 오십 대의 변호사가 법정에서 서로 마주 앉아있는 실상에서 법의 공정은 요원한 것'이라는 글을 올려 이슈가 된 적이 있습니다."

"중수부 검사치곤 충격적이었군."

"더 충격인 것은 전관예우 때문에 무전유죄 유전무죄와 고무줄 형량이라는 오명을 받게 되고 법의 공정성이 훼손되어 국민의 법에 대한 불신과 불만이 팽배해지고 있다는 글을 법조지에 올렸습니다. 그로 인해서 법조계로부터 몰매를 맞고 장흥으로 좌천되었습니다."

"그래서 지금까지 부장검사보 딱지를 달고 있군. 검찰청 내막을 어떻게 잘 알지?"

"검찰국에 근무하는 사촌 조카가 있습니다."

"그런 검사가 어떻게 이곳으로 왔지?"

"중앙지검 검사장이 송년 회식 자리에서 폭탄주를 마시고 취중에 시보 떨어진 여검사를 성추행한 사건이 있었답니다."

"요즘 술자리에서 흔한 일이지."

"그렇지만 딸을 가진 입장에서 심각한 문제입니다. 그 검사가 장흥으로 좌천된 바람에 홍 검사가 비리를 알고 법무장관에게 투서하였답니다. 여 검사와 홍 검사는 장흥에서 나오고 사건은 무마되었답니다."

"은폐하고 조작하는 것 공직사회에 비일비재하잖아. 그렇다고 우리들처럼 생계가 흔들린 것도 아니고, 그만두고 변호사 하면 범법자들 대변해서 돈 벌어 국회의원, 장관, 대통령도 되는 판국이지. 창과 방패의 혼동 속에 불법, 탈법이 판을 친 거야. 그건 그렇고 왜 말썽이 생긴 거야?"

"지금 말씀드렸잖습니까. 홍 검사 아주 애매모호한 사람입니다."

"소장한테 전화질하는 것 보고 짐작은 했지. 그런 인간이라면 말썽이 생기지 않게 직원들을 가려서 보내!"

보안과장이 소파에서 일어섰다.

"명심하겠습니다!"

계장이 잽싸게 일어나 밖으로 따라 나가 과장의 등에다 대고 큰 소리로 말했다.

11
범죄 학습소

고영호는 구치소에 들어간 날부터 수갑을 차고 3일 만에 신입 방에서 강력 방으로 옮겼으나 홍 검사가 매일 소환하여 방 사람들과 얼굴을 익히지 못했다. 화요일 아침 식사를 하고 구석에 앉아서 다른 사람들이 식기를 닦는 것을 바라보고 있었다.

"야, 연쇄살인!"

정훈이가 닦아가 허벅지를 밟았다.

"네."

"너, 홍 검사 그 새끼가 묻는 대로 대답하니?"

고영호가 대답을 안 했다.

"인마, 대답해!"

정훈이 허벅지를 걷어차고 주먹으로 머리를 쳤다.

"네."

"인마, 증인도, 증거도 없다고 했잖아?"

"네."

"그러면 부인하란 말이야. 그래야 너 때문에 고문받다 죽은 네 친구 영혼도 위로하고 재판에서 유리해, 이 개새끼야!"

"알았습니다."

"알았으면 오늘 당장 오리발을 내밀어서 모가지도 연장하고, 내가 도와줄 테니까 홍 검사 그 새끼 엿 좀 먹여. 묻는 대로 대답한다고 해서 검사 그 새끼가 풀어줄 것도 아니고 변호사 안 사면 판사가 봐주지도 않아. 넥타이공장에 갈 놈은 무조건 아니라고 빼야 돼. 이판사판이야. 형사 개새끼들이 고문한 그대로 다 말해. 시체를 유기한 너 같은 놈은 무조건 이거니 오리발이 왕이야. 모가지를 연장하려면 오리발을 내밀어야 하는 거야. 재판이 오래가야 햇빛을 오래 보지. 안 그래?"

"네."

"알았으면 이제부터 방에서 질질 짜거나 한숨짓지 마. 네놈만 괴롭나? 다 마찬가지야. 그리고 이 방에서는 자살이나 도주할 생각 마. 우리 징역살이 피곤해진단 말이야. 알았어?"

"알겠습니다."

"나를 악마의 새끼라고 한 그 악질 검사 놈에게 엿 좀 먹여. 저 철창을 끊지 못하겠거든 내가 시키는 대로 해. 아니면 피를 말려 죽게 할 테니까."

"…."

"대답해!"

정훈이가 주먹으로 머리를 쳤다.

"알았습니다."

"헤헤 좋았어! 그래야 너는 햇빛을 연장하고 나는 그 덕에 홍 검사 그 새끼를 가지고 노는 거야. 약속하는 거야?"

"알겠습니다."

"야 인마, 너 증인이나 증거가 없다고 했지?"

왕초가 이를 닦은 칫솔을 심복에게 넘겨주며 물었다. 고영호가 고개를 끄덕거렸다.

"인마, 겁 없이 누구한테 고개를 끄덕거려!"

왕초가 발꿈치로 머리를 내리찍었다.

"요즘 말이야 증거 없으면 무죄로 빠져나갈 수 있어. 변호사 사가지고 부인해라. 그래야 모가지도 연장하고 행여 나가면 복수도 하고 말이야. 돈 가지고 젊은 여자들 따먹는 그런 늙은 개들은 죽여야 하거든."

"검사나 변호사에게 안 죽였다고 해도 괜찮을까요?"

"네가 초짜라 잘 몰라서 그런데 변호사는 무슨 말을 해도 네 편이니 걱정하지 말고 안 죽였다고 그래. 검사한테 시인하면 재판에서 뒤집기 힘들다. 너 같이 넥타이공장에 갈 놈들은 오리발이 왕이야. 네 공범이 고문받다가 죽었다고 말해. 너 골프 선수냐?"

"선수는 아닙니다."

"선수도 아닌 놈이 코치를 한단 말이냐?"

"연습장에서 스윙 가르쳤습니다."

"어디서 배웠니?"

"학원에 다녔습니다."

"형들이 골프장으로 사업을 확장하고 있는데 너 나한테 골프 가르쳐라."

"깡패들 연습장에 많이 옵니다."

"개새끼, 혓바닥 내밀어!"

왕초가 성질을 버럭 내며 뺨을 때리고 발로 옆구리를 걷어찼다. 고영호가 혀를 내밀자 파리채로 내리치고 피가 흐르는 혀에다 가래침을 뱉었다.

12
조력자

재판이 없는 월요일 왕 변호사는 한파로 인한 추위와 도로사정을 무릅 쓰고 구치소로 갔다. 구치소와 법원 사이 도로는 빙판길이었다. 편도 5차선의 3·4차선에만 줄을 지어 꼬리에 꼬리를 물어 돌아설 수 없었다. 왕 변호사는 무려 한 시간 만에 구치소에 도착하였다. 앞선 변호사가 차에서 내려 정문으로 들어가는 것을 보고 왕 변호사가 차에서 내려 급히 뛰려다가 미끄러지며 엉덩방아를 찍고 말았다. 떨어진 서류봉투를 집으려다 다시 넘어져 무릎을 꿇었다. 운전기사는 빙판길 오르느라 보지 못하였고, 바라만 보던 교도관도 문을 닫았다. 장갑도 없고 외투도 없는 왕 변호사는 겨우 일어나 엉덩이와 무릎을 만지며 정문으로 닦아섰다. 구치소 정문은 큰 문과 작은 문이 있으며, 교도관은 여하한 경우라도 두 개의 문을 동시에 열지 않고 혼자서 문을 열지 못한다. 사람들은 작은 문으로 출입하고 차량이 출입할 때 만 큰 문을 연다. 교도관 한 사람은 초소 안 난로 가에 앉아있었고, 다른 한 교도관은 쓰레기를 실은 차에 올라 쇠창살을 가지고 쓰레기 자루를 쑤시고 있었다. 왕 변호사가 서류봉투를 가슴에 끌어안고 떨며 어서 열어달라고 말하며 작은 창문을 똑똑 두드렸다. 교도관이 안 된다고 손을 저으며 기다리라고 했다. 왕 변호사는 짜증이 날 대로 났다. 쓰레기차에서 내려온 교도관이 큰 문을 열었다. 왕 변호사는 덜덜 떨며 열리는 문 사이로 들어섰다. 교도관이 몸으로 막고 왕 변호사는 왜 막느냐고 항의하며 몸싸움을 하다가 작은 문 앞에 모여있는 교도관들을 보고서야 뒤로 물러섰다. 왕 변호사는 소장을 만나 단단히 따질 생각으로 화를 달랬다. 그러나 고영호가 소환 나가고 없는 바람에 깜박 잊고 그냥 돌아오고 말았다.

"교도관, 그놈들에게 멸시를 당하고 추워서 떨었는데 손을 볼 방법이 없을까?"

왕 변호사가 사무장에게 말했다.

"미처 손을 못 썼습니다. 오늘 중으로 손을 쓰겠습니다."

"놈을 오늘도 못 만났는데 어떻게 했으면 좋겠나?"

"다른 영감님들은 검사하고 통해서 구치감에서 면회합니다."

"글쎄, 그놈에게 사정하고 싶지 않단 말이야."

"그때와는 입장이 바뀌었을 텐데 눈감고 찾아가 보십시오!"

"그런 얼간이한테 굽실거리기 싫다."

"물증이 없더라도 검찰에서 임의진술한 자백은 뒤집기 어렵잖아요?"

"그게 문제란 말이야."

"자백만 번복하면 대박을 틀 수 있는데 늦기 전에 눈 딱 감고 한번만 부닥쳐보시지요."

"이미 강을 건넌 사이야. 그러니 구치소나 구치감이나 수단과 방법 가리지 말고 당장 손을 써봐."

"알겠습니다."

왕 변호사가 등을 떠밀었다. 강 사무장이 금고에서 돈뭉치를 하는 꺼내어 주머니에 넣고 밖으로 나갔다. 점심때가 되어서야 낙관도, 비관도 아닌 모습으로 들어왔다.

"어떻게 됐나?"

왕 변호사가 식사하러 나가다 문 앞에서 물었다.

"정식으로 안 되고 비공식으로 만날 수 있게 손을 써놨습니다."

"놈만 볼 수 있다면 당장 가자."

"그냥 가는 것이 아니라."

"그럼?"

"홍 검사가 고영호를 부를 때 연락이 오면 바로 가야 합니다. 그러니 오늘만 점심을 여기서 드십시오."

사무장이 왕 변호사를 안으로 떠밀며 문을 닫고 말했다.

"그놈 얼굴 보고 싶지 않다."

"홍 검사가 몰래 하는 겁니다. 구치감에서 나오는 그를 사무실에서 붙잡고 잠시 보는 것입니다."

"언제 나올지 알아서?"

"미리 다 짜놨으니 연락이 오면 됩니다."

"오늘 메뉴가 뭐야?"

"추어탕입니다. 그러니 오늘만 여기서 점심을 드십시오."

"미꾸라지를 중국에서 인분과 쇠똥으로 양식한 비위생적인 것 수입한다고 해서 싫다. 갈비탕이나 시켜라!"

"영감님 좋아하는 수원갈비탕도 광우병으로 나라 떠들썩하게 만들었던 미국산입니다."

"소고기는 미국산이 세계 최고다. 나는 갈비탕 시켜라."

왕 변호사가 옷을 벗고 소파에 앉았다. 그렇게 점심을 서둘러 먹고 기다리다 전화를 받고 사무장을 따라 구치감으로 달려갔다.

"어서 오십시오!"

구치감 담당 교도관이 강 사무장을 보고 큰 소리로 말했다. 때맞춰 구치감 방 출입문이 열리며 교도관이 포승에 결박된 고영호를 붙잡고 나왔다.

"아, 우리 영감님이 서명을 받으려고 오셨는데 잠시만 보겠습니다."

강 사무장이 앞을 막으며 말했다.

"내가 변호사로 선임된 것 알고 있지?"

왕 변호사가 닦아서며 물었다.

"네."

"매일 소환 된 바람에 상담을 못 했네. 자네 부모님 말씀은 경찰서에 허위로 자백을 했다고 하던데 맞나?"

"형사가 내 말을 믿지 않고 고문을 해서 시킨 대로 대답했습니다."

"고문했다는 증거가 있나?"

"네. 친구가 경찰에서 고문받다가 죽었습니다."

"그 이외 다른 증거는 없나?"

"없습니다."

"그럼, 그대로 진술하고 있나?"

"부인하고 싶은데 어떻게 해야 합니까?"

"그야 자네 맘이지만 검사에게 진술한 것은 번복해야 소용없다. 안 죽였으면 끝까지 안 죽인 것이고, 사실이면 용서를 빌어야지."

"이러지 마시고 정식 절차를 밟아 상담하십시오. 검사가 알면 큰일 납니다."

교도관이 고영호의 등을 떠밀었다.

"아, 미안하지만 조금만 더!"

강 사무장이 교도관 팔을 붙잡으며 사정했다.

"고문한 경찰 알고 있나?"

"한 명은 분명히 알고 있습니다."

"고문을 한다고 해서 안 죽인 사람을 죽였다고 하면 되나?"

"형사들이 재판 때 부인하라고 했는데 검사님한테 부인해도 괜찮습니까?"

"검사한테 조사 몇 번 받았지?"

"계속 받고 있습니다."

"손도장 몇 번 찍었느냔 말이야?"

"두 번 찍었습니다."

"증거도 없고 증인이 없다고 들었는데?"

"없습니다."

"그렇다면 문제가 달라지지. 검사는 형사들처럼 고문은 하지 않을 거야. 나를 믿고 앞으로 이랬다저랬다 하지 말란 말이야!"

"그렇지 않아도 같이 지내는 죄인들이 부인하라고 해서 망설이고 있습니다."

"첫사랑인 여자라고 했나?"

"네."

"아, 시간이 없군. 사실의 인정은 증거가 왕이지. 증거가 있으면 부인을 해도 힘들지만, 증거가 없으면 자백을 했다고 치더라도 죄를 논할 수 없지. 고문을 했다면 더 말할 것도 없고."

"고문 무지 당했습니다. 친구가 죽은 뒤로 괴로워서 자포자기하고 형사가 시킨 대로 하였습니다. 이제 와서 부인해도 괜찮을까요?"

"그건 자네 맘이지."

"부인하겠습니다."

"나는 자네를 대변하는 조력자일 뿐이야."

"더는 안 됩니다."

교도관이 사무장을 제치고 고영호를 떠밀며 밖으로 갔다.

13
진술 번복

홍 검사는 담당 형사에게 전화를 걸어 수단과 방법을 가리지 말고 인력을 총동원해서 칼을 찾아내라고 재촉하고, 입회서기에게 오늘 중으로 조사를 마치라고 했다. 입회서기가 시계를 보며 고영호 빨리 데리고 오라고 재촉했다. 교도관이 고영호를 데리고 들어왔다.

"고영호 너 가족들 보고 싶지?"

서기가 키보드를 끌어당기며 물었다.

"네."

"오늘 중으로 조사를 끝내면 검사님이 면회를 풀어줄 거야. 자―칼을 어디가 숨겼느냐? 가족들 만나고 싶으면 빨리 불어라. 하천에도 없었고 흙더미 속에도 없었다. 경찰들 고생 그만하게 어서 칼을 어디에다 숨겼는지 이제 불어라."

"모릅니다."

"헤헤, 너 장난 그만 치자. 네가 모르면 누가 아니?"

"내가 안 죽였습니다."

"뭐야!"

신경을 곤두세우고 있던 홍 검사가 깜짝 놀라며 벌떡 일어섰다.

"헤헤, 이 개자식이 나를 가지고 노는 거야!"

서기가 오른손으로 뺨을 쳤다. 홍 검사가 서기를 방으로 데리고 들어가 문을 닫고 머리를 맞댔다.

"그 인간이 앞으로 손을 쓴다면 모든 것이 허사니 더 이상 캐지 말고 잘 구슬려서 지금까지 받은 조서에 서명을 받으시오."

홍 검사가 심각한 표정을 지으며 작은 소리로 말했다. 서기가 고개를 끄덕이며 밖으로 나왔다.

"오늘은 다른 일 때문에 여기서 끝내야겠으니 여기 서명이나 해라."

서기가 지금까지 작성한 조서를 묶어서 주었다. 그는 조서를 받아 읽었다.

"네가 진술한 대로니까 어서 찍어!"

서기가 인주를 그의 손 밑으로 내밀었다.

"안 찍겠습니다."

"왜?"

"사실과 다릅니다."

"야, 네가 오전부터 대답한 그대로 적었는데 뭐가 다르다고 한 거야?"

"내가 그동안 대답을 잘못한 것입니다. 내가 안 죽였습니다."

"야, 고개 들고 나를 봐. 우리 검사님이 연쇄살인도 빼줬는데 너 왜 갑자기 맘을 바꾸니?"

서기가 일어서서 고영호의 턱을 쳐들었다.

"지금 네가 안 죽였다고 하는 거냐?"

홍 검사가 물었다.

"안 죽였습니다. 형사가 고문을 해서 잘못 대답했습니다."

"자식, 검사를 가지고 노는 거냐? 고문을 해서 허위진술을 했다? 이 자식, 형사를 불러야겠군."

홍 검사는 뛰는 가슴 누르며 담당 형사에게 전화를 걸었다.

"고문을 하면 서명하겠군. 내려가서 바닥에 꿇어앉아!"

서기가 주먹으로 머리를 쳤다. 고영호가 무릎을 꿇고 앉았다.

"서명을 할 거야 안 할 거야?"

서기가 무릎을 짓밟으며 주먹으로 머리를 계속 쳤다. 그는 주먹을 피하려고 머리를 흔들며 신음했다. 서기가 오후 내내 서명할 것을 종용했으나 그는 서명을 하지 않았다. 홍 검사가 야간작업을 해가면서 설득하였으나 서명을 하지 않았다.

"마지막 기회를 주겠다. 서명하고 날인을 해라! 너는 지금 아주 중요한 황금의 다리를 건너고 있다. 그대로 건너가면 다시는 돌아올 수 없다. 양형에 있어서 극형을 면치 못하리라. 그래서 나는 너에게 지금 연민을 가지고 사정한다. 서명해라!"

홍 검사가 머리를 써서 집요하게 서명을 하라고 하였으나 그는 서명을 하지 않았다. 홍 검사는 자괴감에 빠졌다. 그를 무지하고 어리석은 인간으로 얕보며 사람을 죽이고 뉘우칠 줄 모르는 악한 놈이라고 경멸했던 자신이 부끄러웠다. 그러나 의심의 여지가 없는 살인자를 증거가 없다고 해서 놓아준다는 것은 전례가 없는 일이며, 왕 변호사가 밉고 경찰들에게 미안해서도 풀어줄 수 없었다.

다음 날 옷을 벗는 한이 있어도 공소를 제기하려고 넥타이를 바르게 잡고 차장실로 갔다. 부속실에서 숨을 크게 쉬어 흥분을 가라앉히고 똑, 똑, 똑 세 번 노크하고 살며시 문을 열었다. 차장검사는 테이블 왼쪽 바닥에 잔디 매트를 펴놓고 요넥스 골프채를 가지고 퍼트 연습을 하고 있었다.

"뭐야?"

차장검사가 의자에 앉으며 짜증스러운 표정으로 물었다.

"먼저 말씀하신 연쇄살인 사건 때문에 왔습니다."

홍 검사가 두 걸음 앞으로 나가 결재 파일을 테이블 위에 놨다.

"증거를 찾았나?"

"찾고 있는 중입니다."

"아직도 못 찾았으면 그만 시대 착각하지 말고 풀어줘!"

"살인범을 놓아준다는 것은 검찰 수치입니다."

"아침 조회에 참석을 안 했던가?"

"사건 때문에 못했습니다."

"영감이 불법비리는 발본색원하시겠다고 했어. 특히 성 상납 사건으로 얼굴을 못 들고 다닌 이 마당에 말썽의 소지가 있는 사건은 덮어둬. 불법수사 하지 말란 말이야. 경찰보고 뒤를 캐라고 하고, 증거를 확보해서 다시 잡아 가두든 말든 일단 풀어줘!"

"놈은 살인범입니다. 모가지 걸고 찾아내겠습니다."

"협박과 고문에 의한 자백을 임의성이 없어서 유죄의 증거로 하지 못한다. 피고인의 자백이 피고인에게 불리하고 유일한 것일 때는 이를 유죄의 증거로 하지 못한다고 지금 판사들이 설치고 있으니 풀어줘!"

"왕 변호사가 감정을 품고 놈을 조정하고 있습니다."

홍 검사가 울먹이는 소리로 말했다.

"그분의 감정과 너의 감정은 다르다. 감정을 가지고 수사하나?"

"아닙니다."

"좋아, 너는 그만두면 변호사 안 할 거야?"

"설사 중도에 그만두는 일이 있더라도 내가 들었던 창을 향해 방패를 드는 일은 않겠습니다."

"장담하지 말고 나중을 생각해서 내 말 들어!"

"모든 책임 각오하고 기소하겠습니다."

"그럴 것이면 왜 보고하나?"

"죄송합니다!"

"꼴 보기 싫으니 나가!"

차장검사가 등을 돌렸다. 홍 검사는 정중하게 인사를 하고 뒷걸음질쳐서 나왔다. 살인자를 기소하지 않고 석방한다는 것은 검사로서 중대한 실수며, 절대로 그럴 수는 없는 일이라는 생각에 흔들림이 없는 데다 왕 변호사에 대해 앙심을 품고 담당 형사를 불렀다. 형사와 서기를 방으로 불러 문을 닫고 머리를 맞대고 앉았다.

"잘못하다가는 옷을 벗게 생겼으니 주리를 틀어서라도 무인을 받아야겠는데 서 형사가 협조 좀 해줘야겠습니다."

홍 검사가 서 형사에게 말했다.

"그놈 때문에 두 명이 구속되었고, 경찰서가 쑥대밭이 되었는데 겁나서 싫습니다!"

서 형사가 머리를 흔들며 말했다.

"내가 책임질 것이니 무인만 찍게 해주시오!"

"교도관들이 못하게 할 것입니다."

"그것들은 영감님이 알아서 살 것이니 걱정하지 말고 틀어서 서명을 하게 조집시다."

서기가 말했다.

"도적놈들은 말로 안 통합니다."

형사가 말하고 서기와 같이 특수조사실로 갔다. 홍 검사가 고영호를 불렀다. 교도관이 수의를 입은 그를 붙잡고 들어왔다.

"마지막 기회다. 부인을 계속하면 극형을 면치 못한다. 그러나 서명을 한다면 최대의 관용을 주마. 네가 한 말 모두 기록하였으니 고생하지 말고 서명을 해라!"

홍 검사가 조서를 주며 말했다. 그는 고개를 숙이고 조서를 보지 않았다.

"저놈을 특수실로 데리고 가시오!"

홍 검사가 성질을 버럭 내며 말했다. 교도관이 그를 붙잡고 특수조사실로 갔다. 형사와 계장이 죽도, 방성구, 재갈, 철사. 몽둥이. 수갑. 포승이 진열된 캐비닛을 활짝 열어놓고 기다리고 있었다.

"인마, 내가 무슨 고문을 했다고 개헛소릴 하니?"

서 형사가 성큼 닦아가서 손가락 사이에 코를 쥐고 흔들며 물었다. 고영호는 눈을 감고 이를 꼭 깨물었다. 불안을 떨쳐버리지 못한 홍 검사가 가서 문틈으로 엿봤다.

"서명 안 한다고 해서 검사님은 안 풀어준다. 좋게 말할 때 여기 서명을 해라!"

서기가 어깨를 눌러 의자에 앉히고 조서를 내밀며 서명하도록 종용했다. 고영호는 고개를 숙이고 눈을 감았다.

"개새끼야, 눈 떠!"

서 형사가 성질을 버럭 내며 죽도로 머리를 내리쳤다. 서기가 고무신을 벗겨 쥐고 고영호의 머리와 빰을 사정없이 마구 때리다 지쳤다.

"판사 앞에서 아니라고 하고 열 받게 하지 말고 서명해!"

형사가 호흡을 가다듬으며 말했다. 그는 서명하지 않았다. 서기가 의자를 뺏고 바닥에 양발을 틀어 앉혀놓고 허벅지를 짓밟았다.

"어차피 풀어주지 않는다. 전기 통닭구이나 코에 고춧가루 넣기 전에 서명해라!"

형사가 포승으로 입을 묶고 죽도로 머리를 내리치다 멈추자 서기가 고무신을 벗겨 쥐고 발바닥을 마구 치다 지쳤다.

"서명을 할래? 맞아 뒈질래?"

형사가 죽도로 턱을 추겨 올리며 물었다. 문틈으로 엿보건 홍 검사가 서기에게 그만두라고 손짓했다.

14
법조 예절

1월 중순 월요일에 왕 변호사는 구치소로 가서 주 중에 선고 재판을 받을 사람들을 모아놓고 예상 형량을 미리 알려주고 면회실에서 고영호를 불렀다.

"재판은 언제쯤 열리게 됩니까?"

"설 안에 열릴 거야. 검찰에서 자주 부르지?"

"네."

"말 바꾼 것 있나?"

"없습니다."

"이랬다저랬다 하면 이제까지 수고가 허사가 되는데 잘한 거야."

"사람들이 첫 사랑한 여자라고 말을 하지 말라고 하는데 어떻게 할까요?"

"당연히 아니라고 해야지. 내가 말하지 않았나? 첫사랑이니 짝사랑이니 하는 것이 순박하고 좋게 들릴지 모르나 사람이 죽은 마당에 동정을 받을 수 있는 일만은 아니니까."

"하라는 대로 하겠습니다."

"당연하지, 너에게 알려줄 뿐이다. 마을 사람들에게 진정서를 받아 제출하였다."

"고맙습니다!"

"그래, 나를 믿고 불리한 대답만 하지 않으면 좋은 결과가 있을 거야."

"저는 변호사님이 시키는 대로 하겠습니다."

"법정에서 보자!"

고영호가 일어서서 절하고 문 앞에서 다시 절을 했다. 저녁에 왕 변호사는 마음이 여리고 결단력이 부족한 담당 판사를 호텔 리베라 일식으로 불러내어 회를 먹고 단골 고급 룸으로 데리고 갔다.

"선배님!"

판사가 존경심 어린 얼굴로 바라보며 불렀다.

"왜?"

"아까 말씀드렸습니다만 스타일 바꾸신 것 참 잘하셨습니다. 지난날 은혜를 갚고 싶어도 못 갚아드렸는데 이 기회에 최선을 다해 봐드리려고 마음먹고 있습니다. 이 자리는 내가 맡겠습니다."

"우리의 세계에 그런 법은 없네. 우리 서로 선례대로만 하세."

"물론입니다만 저는 선배님에게 너무 도움을 많이 받았습니다."

"그야 자네가 능력이 있는 탓이지. 선배는 후배를 배려하고, 후배는 선배를 존경하는 것은 우리 사회의 미덕이네. 내가 왜 떴는지 알고 있는가?"

"그 서슬 퍼런 공화국 시절에 사전 구속영장에 제동을 걸으셨지요?"

"명판사가 되려면 때로는 기회가 왔을 때 판례나 관행이나 풍토의 틀을 과감하게 깰 수 있어야 하고 때로는 모험도 걸어야 하지. 자리에 너무 연연하면 아첨쟁이 아닌가. 위기에서 살려고 하면 죽고 주검을 각오하면 산다는 말이 있지. 고영호 사건 어떻게 처리하려고 하는가?"

"심증이 가는 살인 사건이라 담당 검사 때문에 고심 중입니다."

"홍 검사 그 옹졸한 놈이 지금까지 앙심을 품고 나를 엿 먹이고 있네."

"집요하고 앞뒤가 막힌 기피 일호 인물입니다."

"놈은 도를 넘어서 두고 볼 수 없네."

"선배님의 저에 대한 배려는 잊지 않지만, 그 사건은 위로 넘기려고 합니다."

"항소심에서 무죄판결이 나면 어떻게 하려고?"

"살인자를 놓아주었다는 비난보다 낫겠지요."

"증거재판주의 아래서 자백이 유일한 증거일 때는?"

"당연히 유죄의 증거로 삼지 못하지요. 그러나 증거를 찾아낼 것 같아 염려가 됩니다."

"만약에 피고인이 그 자백을 번복하고 그 인간이 증거를 찾아내지 못할 때는?"

"그럴 경우에는 공소기각이나 면소 판결을 해야지요."

"그 자백이 고문과 협박에 의해 이루어졌다면?"

"고문과 협박이 사실이라면 위법이지요."

"역시 명석한 법리적인 해석이야. 후배가 자랑스러워!"

“기본적인 것을 가지고 과찬을 하십니까?”

“기본적이라고 했는가?”

“기본이지요.”

“판사는 기본을 존중하고 기본에 충실해야 하지. 그러나 이 사건은 나에게 앞으로 중요하고 특별한 사건일세.”

“선배님 알고 있습니다. 하지만 비록 증거는 없으나 자백에 임의성이 있습니다.”

“법정에서 자백을 번복할 것이니 걱정하지 말게. 피고인이 자백을 번복하자, 홍 검사가 그 조서를 뺀 걸세. 변호사가 별것 있나? 현직에 있는 사람들이 잘 봐주어야지. 안 그래?”

“번복만 한다면 봐 드리겠습니다.”

“봐주라는 것이 아니고 법대로 하라는 걸세.”

“당연히 그렇게 하겠습니다.”

“장차 내 꿈이 무엇이라는 걸 아는가?”

“선배님은 동문과 법조의 희망이요, 자랑인데 힘껏 밀어드리겠습니다.”

“그렇게만 하면 자네는 뜰 거야! 앞에서 끌어주고 뒤에서 밀면.”

왕 변호사가 노래를 부르며 벨을 눌렀다. 한복을 입은 마담이 살비고 속옷 없는 개량 한복을 입은 어린 두 여자를 데리고 들어왔다.

“Come on, My pretty chicks!”

왕 변호사가 손을 쳐들려 말했다.

15
증거의 능력

봄볕 포근한 오전에 왕 변호사는 법원 현관 앞에서 비녀와 같이 차에서 내렸다. 그곳은 자신이 법원장이었을 때에는 차에서 내리면 수위는 물론이고 도열한 당직 판사와 비서관의 영접을 받았던 곳이다. 그러나 지금은 아무도 그를 마중 나오거나 영접하는 사람이 없었다.

"독신자가 저런 여자를 수행비서로 끼고 다닌다는 것 묘하지 않아?"

늙은 수위가 창문 열어놓고 서서 양비녀를 바라보며 물었다.

"나는 저런 여자들하고만 살 수 있다면 일생 소원이 없겠습니다."

창가에 앉아 있는 젊은 수위가 말했다.

"내가 가장 꼴 보기 싫은 사람이 누군지 아니?"

왕 변호사가 수위들을 흘겨보며 비녀에게 물었다.

"홍 검사님이겠지요."

그녀가 주위를 둘러보며 대답했다.

"그 인간도 그렇지만 저 비천하고 알량한 저놈들 말이야."

"힘들고 고단해보이기만 한데 왜죠?"

"네 눈엔 그렇게 보이느냐?"

그녀가 대답을 하지 않았다.

"비천하면 동정을 받도록 노력해야 하는데 저놈들은 근성이 못되어 먹었어."

"왜요?"

"내가 법원장이었을 때는 그림자만 비쳐도 벌벌 떨었던 놈들이 지금은 가만히 앉아서 물끗물끗 보며 숙덕거린 것 같단 말이야."

"그러려니 하고 마음 두지 마세요!"

"네 맘이 내 맘보다 넓구나!"

"아닙니다. 영감님!"

그녀가 팔짱을 끼려다 멈추었다.

"나는 지금 다리가 휘청거린다."

210호 법정 입구에서 걸음을 멈추고 돌아보며 작은 소리로 말했다.

"누가 들어요."

그녀가 문을 열고 가방으로 왕 변호사의 엉덩이를 떠밀었다. 법정은 천장이 필요 이상으로 높고 내부를 마호가니 줄 조각 목제로 장식했으며, 단상 벽 높은 곳에 태극기가 있고 태극기 아래 법 자가 새겨진 금빛 찬란한 무궁화장 아래 세 개의 등받이가 높은 붉은색 의자가 놓여있다. 법정 왼쪽 벽 중간에 구속 피고인 출입문이 있고, 방청석 맨 앞자리는 교도관들이 사이사이 앉아있다. 선고 재판을 마치고 잠시 쉬었던 재판장이 배석판사를 거느리고 들어와 자리에 앉았다.

"재판을 시작하겠습니다! 피고인 고영호!"

50대의 이마가 넓고 안경을 낀 재판장이 남성다운 목소리로 입을 열었다. 피고인이 자리로 가서 재판장에게 고개를 숙여 절을 했다.

"피고인 수갑을 풀어주시오!"

피고인이 교도관에게 말했다.

"재판장님 그건 좀 곤란합니다."
"왜?"
"피고인이 중죄라 곤란합니다."
"여기는 법정이니 풀라면 풀어!"
재판장이 성질을 냈다.
"법정 살인 사건을 모른 것 같은데 책임 없으니 풀라면 풀어줘!"
감독교도관이 얼굴을 찡그리며 성큼 닦아가 수갑을 풀었다.
"교도관들은 앞으로 내가 재판할 때는 여하한 피고인이라도 모두 수갑을 풀어서 나오게 하시오!"
재판장이 교도관들을 노려보며 말하고 방청석을 흩어보았다. 방청석이 잠시 술렁거렸다.
"조용히 하시오! 그리고 저기 껌 씹는 여자 밖으로 나가시오!"
신경이 날카로워진 재판장이 출구 쪽을 노려보며 말했다. 껌을 씹던 한 여자가 다른 사람 등 뒤로 얼굴을 감추었다.
"당장 나가!"
재판장이 소리쳤다. 여자가 놀라서 바닥에 주저앉았다.
"정리, 저 여자를 어서 밖으로 끌어내시오!"
재판장이 정리에게 말했다. 정리가 여자를 나가라고 떠밀었다.
"입에 껌이 있는지도 모르고 씹었어요. 한 번만 봐주세요!"
여자가 안 나가려고 버티며 정리에게 사정했다.
"안 나가면 구인하라!"
재판장이 큰 소리로 말하자 여자가 울면서 쫓겨나갔다. 재판장이 고영호에 대한 인정신문을 마치고 홍 검사를 바라보았다.

"피고인은 태안군 의항면 굴포리에서 어업에 종사하는 가정에서 칠 남매 중 막내로 태어나 태안에서 고등학교를 졸업하고, 육군 사병으로 입대하여 만기 전역하였으며, 지난해 오월부터 안산 신도시 소재 반달골프연습장에서 코치로 종사하였지요?"

홍 검사가 공소장을 들고 앉아서 물었다. 그는 고개를 돌리고 대답하지 않았다.

"지난해 칠월부터 그곳에 골프 교습을 받으러 온, 주소 서울시 동대문구 용두동 000번지, 나이 이십사 세, 피해자 장미화를 만나게 되었지요? 피해자 장미화는 같은 중학교에 다닐 때 알게 되었고, 피고인이 첫사랑이었던 여자였지요?"

"첫사랑은 아닙니다."

"피고인은 지난 팔월 말경부터 안산 신도시 와동 000번지 소재 단독주택에 셋방을 얻어서 피해자와 동거를 하게 되었지요?"

"정식 동거가 아닙니다."

"그러나 피해자는 피해자가 다니고 있는 반월신용금고 이사장 신달수와 깊은 관계를 맺고 외박을 자주 하고, 피고인을 함부로 대하며, 피고인이 신달수와 관계를 끊고 결혼을 하자고 수차 사정하였으나 피해자가 말을 듣지 않고 양다리를 걸치고 살았지요?"

"아닙니다."

"십이월 칠 일 저녁, 피고인은 같은 골프 코치 선배와 같이 소주를 두 병씩 마시고 열한 시에 퇴근하였지요? 피해자가 집에 없는 것을 보고 그 길로 밖으로 나가 피고인의 집과 큰길과 약 일 킬로미터 거리의 골목길을 왔다갔다하며 피해자를 기다렸지요?"

"아닙니다."

"피고인은 술도 취했고 화가 날 대로 나서 집으로 가서 부엌에 있는 과도를 들고 나가 집과 큰길과 중간 지점 건물 옆에 숨어서 피해자가 오기만 기다렸지요?"

"아닙니다."

"동월 팔일 새벽 두 시 경에 피해자가 신달수의 차를 타고 와서 피고인이 숨어있는 지점에서 신달수와 입을 맞추고 차에서 내려 비틀거리며 집으로 걸어가고 있는 피해자에게 달려가 바지 주머니에서 과도를 꺼내 오른손에 쥐고 앞을 막았지요?"

"아닙니다. 그런 적 없습니다."

"늙은 놈과 계속 놀아날 것이면 죽여버린다고 위협을 했지요?"

"아닙니다!"

"피해자가 오히려 병신 같은 것이라고 빈정거리며 핸드백을 휘두르고 발로 걷어차며 대들어서 순간적으로 격분하여 피해자의 등과 가슴과 옆구리를 일곱 번 찔러 피해자를 현장에서 죽게 하였지요?"

"안 죽였습니다."

"피고인은 상가 건물 신축 중인 공사장 흙더미 속에 칼을 숨기고 연쇄살인 사건으로 은폐하려고 같은 골프연습장 코치이자 친구인 박명이와 같이 피해자를 차에 싣고 화성군 동탄면 금곡리 하천에 버렸지요?"

"아닙니다!"

"이상입니다."

홍 검사가 진술을 마쳤다.

“왕 변호사님 반대신문을 하십시오!”

“피고인은 지금부터 내가 묻는 말에 재판장님에게 대답하시오.”

왕 변호사가 일어서서 말했다.

“피고인과 피해자 장미화는 서로 좋아한 것은 사실이지요?”

“네.”

“피해자와 동거를 했다고 경찰에서 진술을 했는데 사실인가요?”

“진짜 동거는 하지 않았습니다.”

“피해자가 다른 사람과 관계를 갖는 것을 목격하거나 미행을 하거나 한 적이 있나요?”

“사장이 자기를 친딸처럼 대해준다고 하였습니다.”

“피해자가 신달수와 관계를 가진 것을 목격했다거나 피해자로부터 관계를 가졌다는 말을 들은 적이 있습니까?”

“없습니다.”

“사건이 발생한 그 날 밤, 피고인은 고인 된 박명이와 같이 저녁을 먹고 2차 가서 소주와 맥주를 마시고 밤늦게 집에 와서 술에 취해 잠이 들었지요?”

“네.”

“피고인이 경찰과 검찰에서 진술한 내용은 연쇄살인범으로 몰아붙이며 혹독한 고문을 한 바람에 허위자백을 했다고 했는데 사실입니까?”

“네,”

“고문을 누가 어떻게 하던가요?”

“형사들이 서로 돌아가면서 잠을 못 자게 하고, 창살에 손발 묶어서 밥을 안 주고. 잣대로 뺨을 때리고, 발바닥을 고무신이나 철사로 때리고, 꿇어 앉혀놓고 종아리를 밟고, 뒤로 묶어서 비틀거나 줄에 매달아 돌리고, 지하로 끌고 가서 코에 소금과 고춧가루를 넣고, 물통 속에다 머리를 처박고, 전기로 지지고, 권총을 꺼내서 입에 처넣고 쏴 죽인다고 그랬습니다."

"견딜 수 없는 고문에 못 이겨 형사들이 하라는 대로 허위자백을 했다고 했지요?"

"네."

"친구 박명이가 경찰서에서 조사를 받다가 죽었는데 왜 죽었다고 생각하지요?"

"고문을 받다가 죽은 것으로 알고 있습니다."

"피고인이 목격하였는가?"

"직접 보지는 못하였으나 비명 소리는 들었습니다."

"설사 제 아무런 고문을 한다고 치더라도 사람을 죽였다고 허위자백을 한 것은 대단히 잘못된 일이라는 것을 지금 깊이 깨닫고 있지요?"

"네, 배에 칼이 들어와도 안 한 것은 안 했다고 해야 하는데 숨이 끊어질 것 같아 살려고 그랬습니다."

"그 뒤로 정신이 온전하지 않지요?"

"떨리고 무섭고 머리가 아프고 식은땀이 납니다."

"정신과 진료를 받아보았나요?"

"없습니다."

"지금까지 본 변호사가 묻는 말에 대답한 것을 모두 사실이지요?"

"사실입니다."

"법은 지키려는 의지가 있어야 합니다. 피고인이 경찰에서 진술한 것은 고문에 의한 것이며, 허위로 한 자백 이외 다른 증거가 없으므로 공소를 기각하여주시길 바랍니다!"

왕 변호사 반대신문을 마쳤다.

"그러니까 사람을 죽이지 않았는데 경찰이 고문을 해서 허위로 자백을 했단 말인가?"

재판장이 물었다.

"네."

고영호가 작은 소리로 대답했다. 핸드폰 벨이 울렸다.

"거 누구요?"

재판장이 심문을 중지하고 방청석을 바라보며 고함을 질렀다. 전대가 달린 앞치마를 입은 여자가 가운데 앉아서 핸드폰을 귀에 대고 머리를 숙이고 통화를 했다.

"정리, 저 사람은 구인하시오!"

재판장이 정리에게 명령했다. 정리가 여자를 붙잡아 끌었다.

"감히 여기가 어디라고 신성한 법정에서 재판 중에 핸드폰을 열어 놓고 통화까지 버젓이 한단 말이오! 정리! 어서 당장 구인하시오!"

재판장이 성질을 내며 "판사를 무엇으로 보고…."라고 작은 소리로 말하며 방청석을 흩어보았다.

"판사님, 한 번만 봐주십시오! 핸드폰이 켜져있는 것을 깜박 잊었습니다. 판사님 앞에서 다시는 핸드폰 켜놓고 있지 않겠습니다."

여자가 떨며 사정했다.

"정리, 어서 구인하시오! 아직 핸드폰을 끄지 않는 사람이 있으면 모두 다 핸드폰을 끄시오! 다시 핸드폰이 울리면 마찬가지로 모두 다 구인하겠습니다."

재판장이 방청석을 내려다보며 말했다. 정리가 용서해달라고 사정하는 여자를 붙잡고 변호사들이 출입하는 문으로 나갔다.

"피고인, 요즘이 어떤 세상인데 경찰이 고문을 했단 말인가?"

"경찰서에 가보면 고문을 많이 합니다."

"경찰이 고문을 한단 말인가?"

"저도 고문을 많이 받았고, 친구도 고문받다 죽었습니다."
"피고인은 묻는 말에 대답하라! 그럼 고문을 한 경찰들의 얼굴을 보면 알 수 있나?"
"잘은 모릅니다."
"왜 몰라?"
"모르게 하니까 모르지요."
"그렇겠지, 검찰은 새로운 다른 증거가 없습니까?"
재판장이 홍 검사에게 물었다.
"사건 직후 많은 비가 내린 탓에 물증을 확보하지 못했습니다. 계속 수색 중입니다."
홍 검사가 작은 목소리로 대답했다.
"목격한 증인이 없고 피고인은 사건을 부인하고 있는데, 다른 입증할 증거가 없는데 피고인은 경찰서에서 한 자백이 고문에 의한 허위 자백이라고 주장하는데 죄를 입증할 증거가 없는 피고인을 계속 구속하면서 죄를 논하는 것은 위법이 아닌가요?"
재판장이 홍 검사를 바라보며 말하고 오른쪽 배석판사에게 "삼백구 조, 고문협박에 의한 자백은 증거능력제한 삼백십일 조, 불이익한 자백 증거능력 제한, 풀어줘야지요?" 하고 작은 소리로 물었다. 배석판사가 고개를 끄덕거렸다. 왼쪽 판사에게 얼굴을 돌리고 "공소를 기각해야겠지요?" 하고 묻고 홍 검사와 왕 변호사를 돌아봤다.
"피고인이 범죄 사실을 부인하고 있고 유죄를 인정할만한 다른 증거가 없으면 피고인을 재판할 수 없으므로 증거재판주의 원칙에 따라 본 사건에 대한 심리를 마치고 피고인에 대한 검찰의 공소를 기각한다!"
재판장이 결정을 내렸다. 왕 변호사는 어깨를 펴며 환한 미소를 짓고, 홍 검사는 비통함에 참지 못하고 책상을 치며 일어나 고개를 숙이고 밖으로 나갔다.

"살인자를 풀어준다. 누가 잘못한 것이냐? 아, 애써 고생한 경찰관들 대할 면목 없고 차장검사를 대하느니 차라리 옷을 벗자!"

혼자 말하며 뒷문을 통해서 검찰청으로 갔다. 살인죄로 구속된 피고인에게 법원이 공소를 기각했다는 사실이 지방신문에 보도되자 증거재판주의를 찬성하는 시민과 설사 증거가 부족하더라도 살인자는 석방해서는 안 된다고 반대하는 시민들 사이에는 논쟁이 벌어졌다. 구치소에 갇혀있는 사람들 사이에서는 왕 변호사에 대한 인기가 하늘을 찌를 듯했다. 이미 선임한 계약을 해약하고 왕 변호사를 선임하는 사람들이 많았다.

법치주와 민주주의를 열망하는 시민들은 증거재판주의 원칙(열 사람의 범인을 놓치는 일이 있더라도 한 사람의 억울한 시민을 벌해서는 안 된다. 죄의 입증은 증거에 의해야 한다. 고문이나 협박, 기망에 의한 자백은 증거능력이 없다.)을 지키려는 새 시대를 열망하는 한 법관의 의지라고 격려를 아끼지 않았다. 법치주의가 시민을 위한 시민의 것이며, 그 시민으로부터 권한이나 권력을 일시적으로 위임받은 자들은 그 권한이나 권력의 근원과 배경을 오해하고 있기 마련이다. 특히 공직을 가진 자는 주인은 자신이고 자신이 주는 것은 베푼 것이며, 하는 일이 봉사라고 생각한다. 그것이 오류라는 것을 알 사람은 다 알아도 유독 공직만 모르고 있었다.

2편

홍 검사의 모험

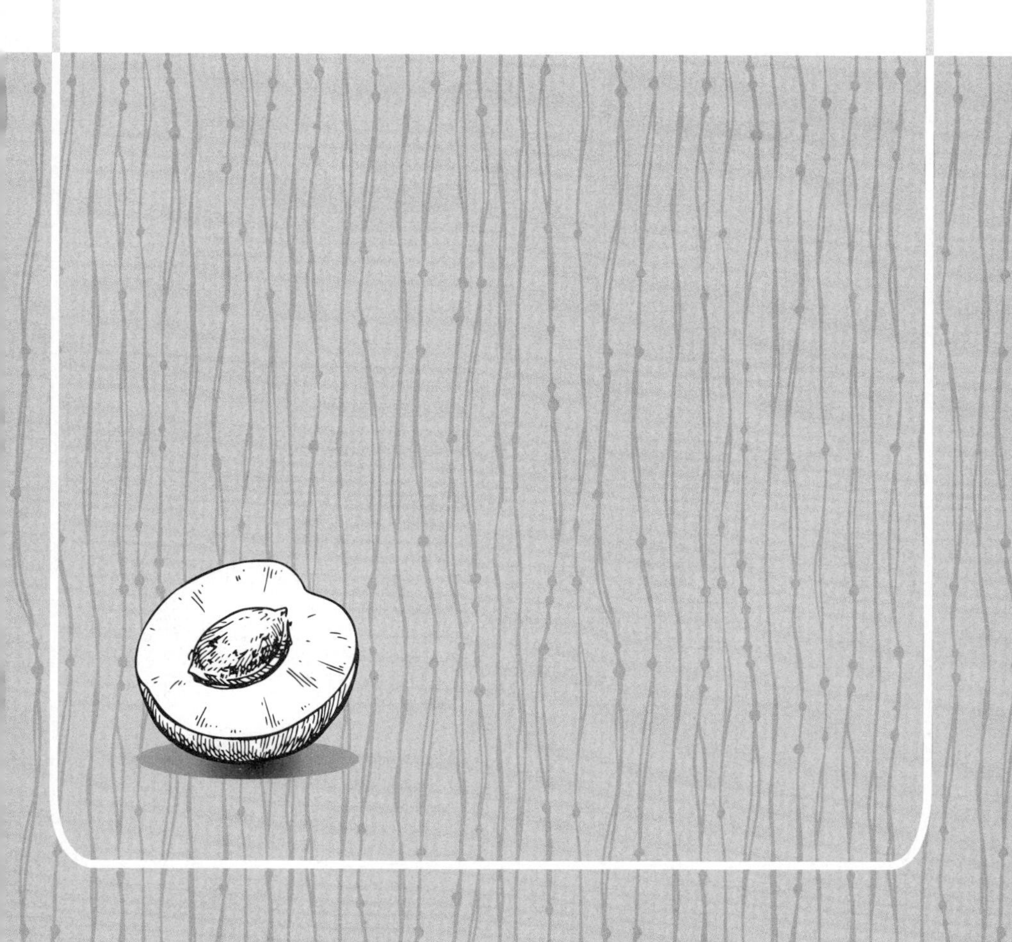

1
생존자의 지옥

홍 검사는 사람들의 얼굴을 피하려고 변기에 앉아 '증거재판주의 이건 꿈이나 영화가 아닌데 법의 양심에서 깨어나지 못한 내가 너무 어리석다!'라고 가슴을 치며 후회했다. 그리고 고영호에 대한 증거를 찾아내어 뼈에 사무친 이 원한을 풀자고 복수를 다지며 화장실을 나왔다. 어떤 질책이나 수모를 겪더라도 참자고 마음을 다지며 이를 깨물며 차장검사를 찾아갔다. 퍼트 연습을 하던 차장검사 경멸에 찬 눈으로 바라보며 닦아왔다.

"어물전 꼴뚜기 같은 것, 먹칠 그만하고 옷을 벗어!"

차장검사가 골프채로 배를 찔렀다.

"잘못하였습니다!"

홍 검사가 고개를 숙이고 배에 힘을 주었다.

"그 오만한 낯짝 보기 싫으니 내가 부르지 않는 이상 내 앞에 나타나지 말고 어서 나가!"

차장검사가 더 힘을 주어 배를 찌르며 문 쪽으로 떠밀었다. 홍 검사는 떠밀려 밖으로 나왔다. 쥐구멍에라도 들어가고 싶은 심정이었다. 사무실로 가서 문을 닫고 소파에 앉아 자신을 돌아보았다. 고시의 관문만 통과하면 과거와 같이 화려한 관모에 아름다운 어사화 세우고 홍패의척 허리에 차고 백마 타고 문민 질고 찾아나선 위엄한 행

차는 아닐지라도 더 이상 빰 때리고 허벅지 꼬집어가며 졸림 쫓고 공부에 매달릴 필요 없고, 최소한의 연애와 여행과 휴식을 즐기며 부러울 것 없고 바랄 것도 없는 법관의 길이 열려있을 것으로 믿어 의심하지 않았다. 초임부터 서울에서 근무하게 된 것은 큰 행운이었다. 그러나 합격만 하면 바로 이룰 것 같았던 연애, 결혼, 여행, 휴식에 대한 꿈은 이전보다 더 멀어졌다. 예상보다 엄격한 조직의 틀에 갇혀 스크럼을 짜고 보조를 맞춰 한 발 한 발 한 계단을 걸어 부장검사 문턱에서 왕 판사와 자존심 싸움을 하다 장흥으로 좌천되었다. 필사적인 몸부림 끝에 수도권으로 올라와 왕 변호사를 대적하다 위기에 빠졌다.

홍 검사는 '중요한 고비를 넘을 때마다 나타나는 이 원수를 어떻게 할꼬. 판사가 살인범의 인권을 따져서 면소 판결을 내린 적은 없다. 고문이 불법이란 모르는 검경은 없다. 구속된 살인자가 변호사 사고 부인 안 한 사건 있나? 살인 사건까지 자기 죄를 숨기는 것이 면책사유라면 구속 기간도 예외 조항을 둬야 한다. 대부분의 구속 신청은 경찰이 하고, 그 신청 서류만 보고 검사는 법원에 청구를 하면서 비난이나 책임은 검사만 지는 것은 오류다. 법원의 영장 실질 심사가 이루어지는 현실에서 경찰과 검찰의 수사권과 기소권한에 대한 분리 독립이 이루어져야 하고, 검사는 공소권을 유지하여야 한다. 판사가 되었더라면 이놈과 등을 지고 나만 곤경에 빠질 일도 없었을 것이다. 놈은 살인자를 옹호해서 면소 판결을 받게 하고도 비난은커녕 유명세를 타고 떼돈을 벌면서 여의도를 향해 달리고 있다. 살인자의 입을 틀어 범죄를 숨기게 한 이런 배반자, 교사범, 파렴치한 법조 쓰레기 뒤를 캐서 정계에 들어가지 못하게 해야 한다!'라고 혼자 말하며 주먹을 불끈 쥐고 일어섰다. 그러나 증거에 발목이 잡혀 주저앉고 말았다. 증거를 찾는 방법을 놓고 고심하다 법이 증거인멸을 막기 위해 범법자를 구속하지만 입은 막을 수 없다는 소환 담당 교도관의 말이 떠올랐다. 홍 검사는 그 교도관에게 고영호뿐만 아니라 다른 구속자들이 사건을 부인하게 된 이유를 물었다. 교도관은 판결 전 구금은 독거 구금이 원칙이나 물적, 인적 사정으로 3일 이상 가둬놓고 하는 일 없이 지내게 하기 때문에 교도소는 범죄 학교며, 생존자의 지옥이라고 하였다. 홍 검사는 고영호의 증거를 알아보기 위해 신분을 속이고 잠시 구치소에 들어가 그가 갇혔던 방으로 가서 증거가 될 만한 말을 하였는지 알아보고 싶은 생각에 사로잡혔다. 오랜 생각 끝에 결단을 내리고 입회서기와 머리를 맞댔다.

"기발한 방법이긴 하지만 낯익은 교도관들과 구속시킨 놈들 때문에 위험합니다."

입회서기가 손사래를 치며 말했다.

"장 판사에게 이미 부탁해버렸습니다."

"만에 하나라도 들통나면 큰일 납니다."

"만약까지 염려가 된다면 소설이나 영화를 만들 수 없지."

"차라리 놈과 같이 지낸 놈들을 불러서 물어보십시오."

"그런 생각도 가졌지만 그건 불법 행위고, 어차피 검사 오래 할 것이면 구속 피고인들의 구금 실상을 체험해본 것도 괜찮겠지요."

"마음을 굳히셨다면 더 늦기 전에 실행하십시오!"

"첫 휴가를 낼 테니 해외여행 간 것으로 합시다."

홍 검사는 서기와 입을 맞추고 구치소에 들어가려고 휴가를 냈다. 7월 21일 금요일 오후 퇴근 무렵에 법원 판사와 짜고 가상의 부정수표 단속 위반 피의자 김일원으로 구속영장을 받고 수용 지휘서를 만들었다. 옷을 벗고 집에서 미리 준비해온 종이가방에서 낡은 바지와 체크무늬 남방으로 바꿔 입고 수갑을 차고 포승으로 결박하였다. 시험을 해보기 위해 입회서기 책상 앞에 앉아 가장 낯이 익은 소환 담당 교도관을 불렀다.

"이 분을 알아요?"

입회서기가 홍 검사를 가리키며 교도관에게 물었다.

"모르겠는데요."

교도관이 옆으로 닦아서 얼굴을 살피고 고개를 저으며 말했다.

"아는 사이라고 해서 불렀는데 자세히 봐요!"

입회서기가 더욱 진지한 표정을 지으며 말했으나 교도관이 기억을 더듬으며 당황한 빛을 보였다.

"됐소. 나 검사요. 안에 가서 이야기 좀 합시다."

홍 검사가 정색을 하고 웃으며 말하고 일어섰다.

"이대로 구치소에 들어가야 할 일이 있어서 현재 수용 실정을 알아볼 겸사로 불렀습니다."

홍 검사가 말하며 교도관을 데리고 방으로 가서 소파에 마주 앉았다.

"먼저도 말씀드렸지만 교도소는 생지옥입니다. 그야말로 인생 막장, 범죄의 소굴이며 더러운 악의 소굴입니다. 만약 독방에라도 갇히면 그건 벽장과 같아 뇌 망가집니다."

"염려 말고 비밀이나 지켜주십시오!"

"당연히 지켜드리겠습니다."

"당부합니다!"

홍 검사는 교도관의 다짐을 받고 비장한 각오로 서기 앞에 앉았다. 서기가 경찰을 불렀다. 경찰관이 수갑과 포승을 가지고 들어왔다.

"이 사람을 구치소로 호송해주시오!"

서기가 수용 지휘 서류를 내밀며 말했다. 경찰관이 서류를 대충 검토하고 서명을 하고 홍 검사의 손에 수갑을 채우고 출구를 향해 등을 떠밀며 기다리고 있는 작은 호송차에 태우고 구치소로 갔다.

홍 검사는 다른 피의자들과 함께 정문 앞에서 내렸다. 구치소 안으로 들어가 줄을 지어서 인원 확인 검사를 받고 벽과 철창으로 막힌 미결사 신입실로 갔다. 덥고 좁아서 답답하고 칸막이 화장실에서 풍기는 오줌 냄새가 정문에 들어선 순간 코를 찌르는 악취가 겹쳐 가슴이 답답하고 구역질이 났다. 불빛 아래서는 파리들이 윙윙거리고 어두운 곳에서는 모기들이 윙윙거렸다. 경찰이 포승과 수갑을 풀고 교도관이 신원 확인을 하고 인수를 받았다. 사람들이 떠들었다.

"자, 아가리 다물고 사열 종대로 서서 팬티만 남기고 모두 벗어라!"

교도관이 책상을 치며 소리쳤다. 홍 검사는 왼쪽 맨 앞에 서서 옷을 벗었다. 교도관들이 벗은 옷을 검색하고 자루에 담았다. 커튼 칸막이 유리 발판 위에 올라서서 팬티까지 벗게 하였다. 질병을 묻고 팔을 벌려 입안과 치아 상태, 체형, 피부색, 흉터, 점, 털, 치아 상태를 신분카드에 기록했다. 최후로 발판 밑에 카메라를 작동시켜 항문 검사를 하고 주황색 반팔 옷을 풀어 놓고 앞줄에서부터 가져다 입으라고 하였다. 홍 검사는 기가 막혔다.

"걸레 같아 못 입겠습니다."

홍 검사가 흐르는 땀을 손바닥으로 훔치며 말했다.

"더운데 피곤하게 굴지 마라!"

교도관이 노려봤다.

"입을 옷이 없소."

"거기 많잖아!"

"작아서 몸에 안 맞아요."

"야, 도적놈아! 네 몸이 뚱뚱한 거지. 먼지 그만 털고 아무거나 입어!"

교도관이 검정 고무신을 던지며 말했다.

"동작 그만!"

교도관이 불쑥 들어오는 당직 간부를 보고 소리쳤다.

"인마, 옷 이따 고르고 자리에 와 앉아!"

간부가 홍 검사를 보고 말했다. 홍 검사는 알몸으로 자리에 앉았다. 담당 교도관이 당직 간부의 발아래 모기약을 뿌렸다.

"자, 모두 입을 다물고 나를 주목해라. 지금부터 내가 너희들에게 필요한 교육을 간단히 하겠다. 하필 무더운 여름에 들어와서 고생이 많겠다. 모기 물고 날씨 더워 요점만 읽겠으니 입을 다물고 주목하기 바란다.

첫째, 구치소에서는 교도관의 지시에 복종해야 한다.

허가 없이 옆 사람과 말하지 못하며, 함부로 움직이거나 혼자 다니지 못한다.

둘째, 정해준 자리에서 주는 것만 먹고, 주는 것만 입고, 자라면 자고, 일어나라면 일어나야 한다.

너희들은 성인이다. 양심에 비추어 무엇을 해야 하고, 무엇을 해서는 안 된다는 것을 삶의 경험을 통해서 다 알고 있다. 양심이 법이고, 규칙이다. 국가나 사회가 너희들에게 모든 법규를 구체적으로 가르쳐 주지 않고 위반하면 처벌을 하듯이 구치소도 마찬가지다. 너희들의 수용 생활은 행형법과 교도관의 근무 준칙에 의하여 보장되고 제한된다. 관계 법령과 준칙을 지키고 한 지키는 것은 너희들의 양심과 이성에 달려있다. 죄짓고 구치소에 들어온 불행 중에 법과 질서를 이해하고 지키는 것을 다행으로 삼아라. 법규를 위반하면 반드시 처벌을 받는다는 것을 명심하고 교도관의 허가 없이 움직이거나 말하지 못하며, 교도관의 지시에 복종하여야 한다. 이상!"

당직 간부가 교육을 마치고 나갔다. 모기를 쫓던 홍 검사가 돌아서서 옷을 뒤졌다.

"인마, 아무것이나 빨리 입어!"

교도관이 소리쳤다. 홍 검사는 손에 닿은 옷을 간신히 껴입었다. 교도관이 소년을 시켜서 플라스틱 밥그릇, 국그릇, 수저, 젓가락을 각자에게 지급하고 무리 지어 앉게 한 다음에 저녁밥을 먹게 했다. 보리밥, 시래기 된장국, 배추김치와 콩나물 무침이었다. 식은 밥과 국의 역한 냄새와 김치의 신 냄새가 진동했다. 홍 검사는 그것들을 한 입 넣고 씹다가 삼키지 못하고 국에다 뱉고 수저를 놨다.

"시간 없다. 빨리빨리 먹어라!"

교도관이 재촉을 했다. 식사가 끝나자 다음에는 치약과 칫솔, 수건, 젓가락과 수저, 그릇 등 생필품을 각자에게 주고 2열 종대로 집합시켰다. 사람들이 꾸물거리자 번호와 앉아 일어서를 반복시켰다. 홍 검사의 방은 5동 상층 3방이었다. 철창으로 막힌 통로로 나가서는 교도관이 앞과 뒤에서 호위하며 오리걸음을 걷게 하였다. 철문을 들어서 바로 계단을 올라 2층 복도에 줄을 지어 앉았다. 담당 교도관이 인원을 세어 인수를 받고 각자 방에 들어가면 봉사원의 지시에 따라야 한다고 말하고 방문을 열었다.

2
추락하는 소년들

홍 검사는 신입 3방으로 들어갔다. 방에는 푸른 수용복을 입은 봉사원이 기다리고 있었다. 중년을 넘은 체격이 좋은 봉사원이 통로 창문을 등지고 서서 5명씩 횡으로 번호 순서대로 줄을 지어 앉혀 인원을 세고, 지금 앉은 자리가 자신의 자리라고 정해주며 번호 연습을 시켰다. 번호를 4회 연속시키고 나서 뒤로 돌아앉게 한 다음 몸 하나 간신이 움직일 수 있는 좁은 화장실로 들어갔다.

비닐 뭉치로 만든 변기 마개를 뽑아 들고 용변 보고 세수하는 방법을 설명하였다. 구린내 풍기는 화장실을 나와 번호 순서대로 절반을 끊어서 오른쪽 벽에 세우고, 나머지 8명을 왼쪽 벽에 세워서 잠자리를 정해주었다. 그렇게 하여 정해진 홍 검사의 자리는 동쪽 벽 화장실에서 두 번째 자리였다.

교도관이 취침 인원 점검을 마치고 '취침'하고 소리쳤다. 봉사원이 번호 순서대로 오른쪽에 7명이 눕고, 왼쪽에 9명이 누웠다. 그러나 너무 좁아 바로 눕지 못하고 옆으로 누었다. 가로가 너무 좁아 마치 엮은 굴비처럼 반대쪽 사람의 발을 겨드랑이와 등에 끼고 발과 발 사이에서 칼잠을 자야 했다. 사람들이 '아!' 하고 고통에 신음하며 한숨을 쉬었다.

"이건 아니다! 내가 미쳤다!"

홍 검사가 불편과 불만을 참지 못하고 가슴을 치며 후회했다.

"인마, 안자고 왜 소리치며 지랄이야!"

봉사원이 소리쳤다. 두 사람의 자리를 차지하고 벽에 기대어 책을 읽고 있는 봉사원이 홍 검사에겐 처음부터 눈에 거슬리며 불평불만을 더욱 부채질하였던 것이었다. 홍 검사는 벌떡 일어나 봉사원을 걷어차고 밖으로 뛰쳐나가고 싶은 충동이 솟았다.

"네가 뭐냐? 이 방에 왕이냐?"

홍 검사가 작심하고 일어나서 봉사원을 노려보았다.

"나도 그래. 거기가 왕인가?"

방 사람들이 같은 생각을 품고 있었던지, 모두 일어나 봉사원을 노려보며 말했다.

“왜 안 자고 일어 떠드는 거야?”

교도관이 와서 소리쳤다.

“내가 잘못했습니다! 조용히 자게 하겠습니다!”

봉사사원이 일어나 교도관에게 두 손을 빌었다.

“봉사원 잘해! 그리고 모두 어서 자빠져!”

교도관이 이를 드러내며 말했다. 봉사원이 자신의 자리를 좁히며 옆 사름을 붙게 하고 왼쪽 문 옆에 있는 사람을 오른쪽 창문 밑으로 옮겼다. 홍 검사는 하고 싶은 말을 참았다. 밤이 깊을수록 밝아지는 형광등 아래 열기는 식을 줄 몰랐다. 몸이 땀에 젖고 악취에 숨이 막힌 데다 모기까지 윙윙거렸다. 골이 날대로 난 봉사원이 잠을 안 자고 모기약을 함부로 뿌려댔다. 새어 나오는 신음 소리, 꺼지는 한숨 소리 창밖에서 간간이 들려오는 고함 소리와 벽이 흔들리는 철문 소리, 교도관들의 함부로 걷는 발자국 소리에 잠을 거의 이룰 수 없었다. 뜬 눈으로 지루하고 답답한 첫 밤을 보내고 방으로 스며드는 햇살을 보며 누워있다가 교도관이 ‘기상’ 하고 외치자 반사적으로 ‘기상’ 하고 따라서 외치며 자리에서 일어났다.

봉사원이 시키는 대로 침구를 정돈하고 번호 순서대로 앉아 점검을 받았다. 순서대로 화장실을 사용하고 나머지는 청소를 하고 세수를 하였다. 장판지 상을 펴고 둘러앉아 식사를 하고 두 줄로 마주 앉아 그릇을 씻었다. 청소하고 인원 점검을 받고 봉사원으로부터 수용생활에 대한 교육을 받았다. 홍 검사는 봉사원의 말이 귀에 들어오지 않았다. 고영호가 지냈다는 1동 상층 5방으로 가는 방법에만 몰두했다.

"여기서 며칠이나 있습니까?"

한 사람이 봉사원에게 물었다.

"삼 일"

"그 안에 다른 방으로 갈 수 없습니까?"

"그야 구치소 형편이지."

"방 배정은 누가 합니까?"

"보안과장."

"내가 원하는 방으로 갈 수 있습니까?"

"장관 백이 있으면 몰라도 그렇게는 안 돼. 그리고 교도관들은 가려고 하는 방은 더 안 보낸다."

봉사원이 지나는 교도관을 손가락질하며 말했다. 홍 검사는 눈앞이 캄캄해졌다.

"교도관!"

홍 검사는 소장을 만나야겠다는 생각에 벌떡 일어나 창가로 닦아가며 소리쳤다.

"인마, 교도관이 네 친구냐?"

교도관이 걸음을 멈추고 노려봤다.

"소장을 만나게 해주십시오!"

"겁대가리 없는 새끼! 소장이 네 친구냐?"

교도관이 노려보며 말하고 돌아갔다.

"이 방에 김일원이 있나?"

다른 교도관이 와서 물었다. 홍 검사가 흥분 때문에 대답을 못 하고 손을 들어 보였다. 담당이 문을 열었다.

"인마, 벙어리냐? 짐 들고 빨리 나와!"

"어디로 갑니까?"

홍 검사가 문 앞에 서서 물었다.

"소년 방 봉사원으로 간다."

"그것이 뭔데 왜 일방적으로 시킵니까?"

"도적놈 새끼야, 따지지 말고 빨리 나와!"

담당 교도관이 홍 검사의 어깨를 잡아 끌어냈다.

"이것 놓고 말조심해!"

홍 검사가 손을 잡아 뿌리쳤다.

"도적놈의 새끼가 교도관을 뭣으로 보고!"

담당 교도관이 주먹으로 가슴을 쳤다. 홍 검사가 손으로 막으며 가슴을 밀었다.

"이런 싸가지 없는 도적놈의 새끼, 패 죽여버리겠다!"

담당 교도관이 모자를 청소부에게 던지며 멱살을 잡았다.

"왜 이러는 거야!"

감독자가 소리치며 달려왔다.

"도적놈의 새끼가 말을 안 듣고 대들잖아요!"

담당이 물러서며 말했다.

"담당은 경위서 한 장 써! 그리고 너는 따라와!"

감독자가 담당에게 말하고 홍 검사의 팔꿈치를 붙잡고 밖으로 끌었다. 관구실로 가서 벽에 세워놓고 홍 검사의 신분카드를 살폈다.

"야, 너 어디서 많이 본 얼굴 같은데 서울대 나온 놈이 죄짓니? 가짜지?"

감독계장이 얼굴을 살피며 물었다.

"아닙니다!"

"그럼, 왜 교도관을 얕보고 대드느냐?"

"얕본 것은 아닙니다. 아무런 설명이 없어 물어본 것입니다."

"그럼 봉사원 하겠느냐? 못 하겠느냐?"

"조건이 있습니다."

"뭐냐?"

"오늘 중으로 소장님을 만나게 하여주십시오!"

"이유?"

"말할 수 없습니다."

"그렇다면 담당에게 면담 신청서를 내라. 그리고 봉사원이 무엇이냐 하면 소년 방에서 소년들 선도하여 잘 데리고 있으란 거야. 소년들이라고 해도 물이 들 대로 든 불량 쓰레기 같은 놈들이니 능력이 있으면 잘해보시고, 아니면 곱징역 사는 셈 치고 눈감고 조용히 있다가 나가라!"

감독계장이 말하고 밖에 서있던 담당 교도관을 불렀다. 홍 검사는 교도관을 따라 3동 상층으로 갔다.

"인마, 아니꼬우면 들어오지 말거나, 죄짓고 들어왔으면 우리한테 함부로 대들지 마라!"

담당 교도관이 몸을 수색하고 소지품을 검사하고 나서 5방 쪽으로 떠밀며 말했다. 악취가 풍기는 방에서 소년들이 속옷 차림으로 벽 밑에 둘러앉아 바둑과 장기를 두거나 서로 무리를 지어 이야기를 하고 있다가 홍 검사에게 시선을 모았다. 그중에 청부살인 공범 김영태가 있어서 더욱 들어가고 싶지 않았다.

"이 새끼들아! 누가 바지까지 벗으라고 했어? 빨리빨리 옷 못 입어?"

담당 교도관이 열쇠 뭉치로 문을 두드리며 고함을 질렀다. 소년들이 입을 삐죽거리며 느릿느릿 옷을 입었다.

"누가 씨부렁거리는 거야? 도적 새끼들 빨리 옷 입고 줄 맞춰 앉아!"

교도관이 철문을 발로 차며 고함쳤다. 소년들이 바지와 러닝을 입고 열을 지어 앉았다.

"오늘부터 새로 지정된 봉사원이다. 말을 안 듣고 말썽을 피우면 조져버린다. 알았나?"

"네, 알겠습니다!"

소년들이 대답을 했다. 교도관은 문을 닫고 사라졌다.

"야 꼰대! 저 짭새 말 곧이곧대로 듣지 마!"

김영태가 바지를 벗어 다른 소년에게 던지며 닦아와 어깨를 찍으며 말했다

"야, 감방 천장은 튼튼하니 그렇게 서있지만 말고 저기 가서 앉아!"

곁에 있는 소년이 엉덩이를 차며 말했다. 소년들이 달려들어 주먹으로 치고 발로 차다가 자리로 돌아갔다.

"앉으라면 앉아! 감방에서는 봉사원이고 나팔이고 없어. 먼저 들어온 사람이 왕이야."

김영태가 주먹으로 가슴을 치며 말했다. 홍 검사는 목까지 끌어 오른 화를 삼키며 창문 밑에 앉았다.

"꼰대, 봉사원은 저 짭새들하고 잘하는 거야. 이 방에 왕은 저기 형이고, 꼰대는 이 방에 신입이야."

김영태가 허벅지를 뒤꿈치로 밟고 주먹으로 머리를 내리찍었다.

"야, 다른 방처럼 가죽을 벗기고 피를 말리는 일은 하지 않을 것이니 시킨 대로만 해라!"

왕초가 누어서 말했다.

"형이 물으면 대답해!"

김영태가 옆구리를 찼다.

"좋게 대할 때 대답해라. 죄명이 뭐야?"

"부정수표 단속법 위반."

"인마, 징역은 먼저 들어온 사람이 왕이야. 똑바로 대답해!"

김영태가 닦아와 주먹으로 허벅지를 내리찍었다.

"몇 살?"

"마흔다섯입니다."

"어디서 많이 본 얼굴인데 어디서 왔어?"

"서울입니다."

"별 있니?"

홍 검사가 고개를 저었다.

"고개 끄덕거리지 말고 말로 해!"

김영태가 주먹으로 허벅지를 다시 내리찍었다.

"학교는?"

"서울대학교 나왔습니다."

"씨발, 서울대학 나온 놈도 죄짓나?"

김영태가 만능 노트로 가슴을 찍었다. 소년들이 낄낄 따라 웃었다.

"웃지 마! 대통령도 죄짓고 징역 산다."

키 큰 소년이 말했다.

"죄 안 진 대통령도 있어."

뚱뚱한 소년이 말했다.

"누군데?"

"우리나라 경제를 발전시킨 대통령."

"야, 유신독재하다 심복에게 총 맞아 죽은 것? 그야말로 일본 강점기에 천황에게 충성을 맹세한 혈서를 썼고, 헌병 장교로 만주에서 독립군 잡으러 다녔고, 해방 뒤에는 국방수비대 근무하면서 김일성이 선물 받았고, 제주사건에 가담하여 무기징역 받았다고 위키백과 사전에 기록되어있는 진짜 친일, 공산주의 빨치산이야. 내가 그가 왜 오일육 쿠데타를 일으켰는가 하고 생각해보았지. 육이오전쟁이 터진 바람에 군인이 된 거야. 이승만 독재 정권에서 승승장구하다 사일구가 터져서 민주화가 되려니까 자신이 살려고 혁명을 일으킨 것으로 여겨졌단 말이야. 다른 군인 아닌 그가 혁명을 일으켰다는 것이 이상하잖니?"

"그래! 너 어떻게 그런 걸 다 아니?"

왕초가 놀라며 물었다.

"백과사전에 나와 있어."

"좌빨들이 하는 소리야."

뚱뚱한 소년이 말했다.

"야, 개새끼야!"

김영태가 벌떡 일어나 소년의 가슴을 걷어찼다. 소년이 쓰러져 가슴을 웅크리고 헐떡거렸다.

"저 새끼, 왜 저런 거야?"
교도관이 복도를 지나면서 물었다.
"개새끼야, 일어나!"
김영태가 배를 밟았다. 소년이 일어나 앉았다.
"내가 좌빨로 보이냐? 나 말이야, 죄짓고 징역 살아도 빨갱이란 소리는 듣기 싫어! 이 나라 발목 잡은 저 불량 집단 김일성 두목 생각하면 피가 거꾸로 솟구치고, 좌빨이라는 말만 들어도 피가 거꾸로 솟구치고 총이 있다면 다 쏴 죽여버리고 싶어! 교도소가 아니었으면 너 죽였을 거야. 앞으로 한 번만 더 그 입에서 좌빨이니 뭐니 하면 혀를 잘라버린다."
김영태가 그의 입을 손바닥으로 쳤다. 피가 흐르는 입술을 손등으로 돌려치고 발로 옆구리를 걷어차고 나서 화장실로 들어갔다.
"꼰대는 초범이라 합의만 하면 나가겠지만 우리들은 여기가 집이야. 항상 배가 고프거든. 아까 들어올 때 문턱을 밟은 것하고 말 함부로 하는 것하고 대학 나온 죄하고 모두 합해서 매일 삼만 원씩만 내라!"
김영태가 손을 씻고 나와 조잡하게 만든 만능 노트를 홍 검사에게 주며 신상과 사건 내용을 적으라고 했다.
"지미, 나는 삼천 원 뺏고 들어왔는데 삼 억이나 사기를 쳐?"
왕초에게 부채질을 하는 소년이 말했다.
"인마, 나는 건달이라는 이름 하나로 들어 왔어. 꼰대도 잘 들어! 우리는 한 방에서 징역 사는 한 식구니까 저 짭새들 앞에서 주둥아리 함부로 놀리지 마! 만약에 주둥아리 잘못 놀려서, 우리 중에 하나라도 징역 깨지게 하면 혀를 잘라버리고 눈깔을 파버릴 거야! 이 방에 너 증인 서 줄 놈 없고, 추가 떠봐야 일이 년이야. 그리고 가족들까지도 가만두지 않을 테니까."

왕초가 말하고 있을 때 복도에서 청소부가 '배식'하고 외쳤다. 저녁 식사 시간이 되었다. 소년들이 김영태의 지시에 따라 각자 맡은 일을 하기 위해 민첩하게 움직였다. 어떤 소년은 선반에 말아서 올려놓은 장판지를 방바닥에 펴고, 어떤 소년은 식기를 꺼내고, 어떤 소년들은 구입한 가공 반찬을 꺼내고, 어떤 소년은 배식구 앞에 앉아 청소부들이 넣어준 밥, 국, 반찬을 받아 밥상을 차리고, 정해진 자리에 둘러앉아 식사를 하였다. 왕초는 박스로 만든 상에서 소년의 시중을 받으며 식사를 하였다. 식사가 끝나자 소년들이 화장실 문을 열고 두 둘로 마주 앉아 설거지를 하였다. 홍 검사는 화장실 옆에 있는 허리 높이의 푸른색 물통에서 물을 떠 주고 폐수를 변기에 버리는 일을 맡았다. 설거지가 끝나자 네 명의 소년이 손에 걸레를 들고 한 줄로 서서 '바닥을 닦겠습니다.'라고 큰 소리로 말하고 캥거루 자세의 발로 바닥을 쿵쿵 찍으며 걸레질을 하였다.

청소가 끝나자 김영태가 홍 검사의 신입 인사를 받자고 하면서 소년들을 복도 쪽에 두 줄로 앉히고 그중의 한 명을 창가에 세워놓고 망을 보게 하였다. 홍 검사는 김영태가 시키는 대로 소년들 앞에 무릎을 꿇고 앉아서 신상에 대해서 김영태가 묻는 대로 대답했다. 사건 내용을 말하고 김영태가 편지지에 적어준 질서를 지키겠다는 서약서를 읽고 배를 깔고 양손을 펴고 누어서 바닥에 이마를 세 번 찍었다. 그리고 왕초에게 큰절을 하고 소년들에게도 큰절을 하였다. 신입 신고식을 마치고 김영태 앞에 무릎을 꿇고 앉아서 방 생활에 대한 교육을 받았다.

그사이에 가요『톱텐』을 재방송하던 텔레비전이 꺼지고 취침 시간이 되었다. 홍 검사의 자리는 화장실 쪽 잡수통 옆이었다. 왕초가 옷을 벗고 화장실로 들어갔다. 한 소년은 치약을 묻힌 칫솔과 물컵을 받쳐 들고, 한 소년은 속옷을 받쳐 들고, 시중드는 소년은 다른 소년과 함께 왕초의 잠자리를 폈다.

왕초가 샤워를 하고 두 마리의 용 문신으로 얼룩진 알몸으로 들어와 펴놓은 자리에 다리를 벌리고 섰다. 시중을 드는 소년이 수건을 들고 서서 물기를 닦았다. 왕초가 흰 수건 깔린 매트 위에 앉았다. 소년이 수건으로 머리 물기를 닦아주고, 한 소년은 곁에 서서 부채질을 하였다. 왕초는 다리를 벌리고 누워서 자신의 맨드라미꽃처럼 너덜너덜한 성기의 물기를 닦아주던 소년을 뒤에서 끌어안았다. 신음을 하는 소년의 머리를 주먹으로 때리며 성폭행을 하였다. 다른 소년들도 서로 포옹을 하고 애무를 하거나 화장실에서 자위를 하였다.

홍 검사는 예상치 못한 소년들의 실상을 보고 큰 충격에 빠졌다. 땀에 젖어 끈적거리는 다른 사람의 살에 대한 불결함과 더위에 대한 짜증도 잊고 눈앞에서 벌어지고 있는 풍경을 엿보았다. '범죄에 물들어 사회가 격리한 소년들이 감방에서 새로운 범죄 소년들과 친구가 되어 서로 위로받고 의지하며 새로운 범죄를 구상한다면 법은 악이요, 구금 시설은 범죄 학교가 맞다. 범법자가 형벌에 의해 악습이 개선되지 않는다면 형벌은 파멸이며, 사회는 더욱 위험해진다. 어리고 양 같은 소년들이 일시적으로 잘못을 저질렀을 경우라도 불가분 사회와 격리시키는 것은 사회 방위며, 그 첫째는 개선이며 둘째가 오염 방지다. 부모나 사회는 어찌 못하고 그 소년에게 고생 좀 하면서 뉘우치고 새 양이 되어서 나오리라 기대한다. 그러나 그 양은 구치소에서 저렇게 이리로 변하고 있다. 이것은 보호가 아니라 위험이요, 파멸이다. 범법자 구금 시설은 생존자의 지옥이며 범죄 학교다. 그것은 사회적으로나 개인적으로 아주 위험하고 불행한 일이며, 국가의 책임이고 공무원의 책임인데 교도관들이 모르거나 태만하여 방치하고 있다. 무능하고 썩어빠진 교도관들, 어디 저들뿐이냐? 검찰, 법원, 경찰 모두 다 무능하고 너무 썩었다.' 홍 검사는 이를 깨물고 주먹을 꼭 쥐었다.

"야, 어서 더 세게 쪽쪽!"

왕초가 절정에 다다랐는지 소년의 머리를 때리며 말했다.

"교도관!"

홍 검사가 흥분을 더 이상 참지 못하고 벌떡 일어나 창으로 가며 외쳤다. 김영태가 앞을 막고 다른 소년들이 뒤에서 붙잡았다.

"다들 앉아!"

교도관이 와서 소리쳤다. 소년들이 뒤로 물러섰다.

"어서 문 열어!"

홍 검사가 문을 등지고 재촉했다.

"누구한테 명령이야!"

교도관이 홍 검사를 노려봤다.

"내가 심심해서 장난친 것을 가지고 봉사원이 초짜라 괜히 그러니 그냥 가요!"

왕초가 홍 검사를 자리로 떠밀며 말했다.

"어서 문 여시오!"

홍 검사가 뿌리치며 소리쳤다.

"골치 아픈 인간이군!"

담당 교도관이 짜증을 내며 인터폰을 들었다.

"꼰대 너, 허튼소리 함부로 해서 한 명이라도 독방에 가는 날엔 네 놈 처자식들 모조리 생매장해버릴 거야!"

왕초가 홍 검사를 발로 차며 말했다. 두 명의 교도관이 달려와서 문을 열고 홍 검사를 보안과로 데리고 갔다. 당직 간부가 하루도 조용할 날이 없다고 귀찮게 여기며 홍 검사에게 경위를 말하게 하고 눈은 텔레비전 연속극 『서울의 달』을 보고 있었다.

"네가 당한 것도 아닌 것 같은데 경위서를 써!"

당직 간부가 건성으로 듣고 연속극이 끝나자 짜증을 내며 자술서 약식과 볼펜을 주었다. 홍 검사는 흥분을 억제하고 자술서를 썼다.

"초짜라 뭘 모른 것 같은데, 놈들은 소년들이라고 해도 이미 물이 들 대로 든 전과자들이야. 이 사건을 처리하자면 고생하는 직원들이 다치고, 너는 곱징역을 살게 된다. 별것 아닌 것을 가지고 소장님에게 보고를 해서 골치 아프게 하지 말고 나에게 맡겨라!"

당직 간부가 경위서를 대충 훑어보고 사정 조로 말했다.

"처리하시오!"

"도적놈의 새끼가 말이 건방지다!"

당직 간부가 담배를 짓이겨 끄고 노려보았다.

"봉사원 잘못 뽑은 거야. 오늘 잠 다 자고 내일 퇴근 못 하게 생겼군. 썩을 도적놈들 무사히 넘어가는 날이 하루도 없구나! 아, 교도관 못 해먹겠다. 가서 여기 자술에 적힌 놈들 다 독방에 처넣고 왕초 놈 끌어와!"

당직 간부가 성질을 버럭버럭 내며 지시했다. 지시받은 교도관들이 왕초를 데리고 왔다.

"이놈이 그랬단 말이지?"

당직 간부가 홍 검사에게 물었다.

"저 꼰대 새끼가 무슨 말을 하였는지 모르나 관규 어긴 것 없습니다."

왕초가 당직 간부 앞으로 닦아서며 말했다.

"이 새끼 수갑 채우고 저 사람은 방에 넣어!"

당직 간부가 지시했다.

"소년이라고 해도 조직에다 물이 들 대로 든 전과자들이고, 구치소에 조폭들 쫙 깔렸다. 네가 당직 말을 들었어야 하는데, 앞으로 징역 살기 아주 힘들 거야."

교도관이 홍 검사의 소매를 잡고 미결사로 들어서면서 말했다.

"봉사원 그만두고 다른 방으로 가려면 어떻게 합니까?"

"소장 아니면 힘들어."

"소장을 만나려면 어떻게 합니까?"

"그건 담당한테 말해."

교도관이 철문을 열고 홍 검사를 떠밀며 말했다.

"네가 뭘 몰라서 벌집을 쑤셔놓은 거야."

1층 교도관이 안에서 문을 열어주며 말했다. 홍 검사는 묵묵히 2층으로 올라갔다.

"도적놈들 징역 드나들면서 징벌 사는 것 대수롭잖게 여겨. 그리고 안 했다고 우기면 너만 곤란해지니 잘 생각해라!"

교도관이 문을 열었다. 남은 소년들이 등을 돌리고 줄지어 앉아 기압을 받고 있었다. 홍 검사는 왕초의 자리에 앉아서 소년들의 얼굴을 살폈다. 소년들은 신음을 하며 땀을 흘렸다. 교도관이 창가에 서서 홍 검사에게 날이 새면 소문이 퍼질 것이고, 보복을 당할 것이니 창밖에 얼굴 내밀고 있지 말라고 했다. 밖에 나오지 말고, 부득 밖에 나오면 교도관 옆에 바싹 붙어 다니고, 당분간은 운동 나가지 말라고 했다.

다음 날 홍 검사는 교도관의 말을 무시하고 운동장으로 나갔다. 복도 옆에 넓이 5m가량 되는 좁은 운동장이었다. 소년들이 우리에서 풀려난 망아지처럼 줄을 지어 뛰거나 무리를 지어 사다리등 태우기 등 장난 같은 운동을 신나게 하였다. 홍 검사는 출입구 옆에 서있는 교도관 곁에서 벽을 등지고 서서 운동하는 소년들을 바라보았다. 모서리에서 김영태의 공범 소년이 다른 소년과 머리를 맞대고 소곤거리고 있었다. 홍 검사는 가만히 닦아서 엿들었다.

다른 소년은 평택기지촌 폭력조직이었다. 그의 두목 정훈은 대천해수욕장에서 단합대회를 열고 새로운 폭력조직을 결성하고 자신이 두목이 되려고 하였다는 것이었다. 정훈은 자신을 반대하는 조직원과 결투를 하면서 은닉한 칼로 찔러 제압하고 모든 부하에게 칼로 한 번씩 찌르게 하여 죽인 뒤에 친구인 권혁중을 불러 차에 싣고 가서 산에다 암매장하였다는 것이었다. 그래서 소년은 그 사건이 터질까 걱정되어 잠을 편하게 못 잔다는 것이었다.

홍 검사는 정훈이가 청부살인을 하게 된 원인을 알아냈다. 즉 정훈은 자신의 살인 사건 은폐를 도와준 권중혁에게 빚을 갚기 위해 부하 3명을 데리고 밤에 가정집에 들어가서 권중혁 정부의 남편을 이불로 덮어 질식시키고 난로의 석유를 뿌려 불을 질렀다는 것이다. 피해자의 아내는 기지촌에서 살롱을 경영하고 있었다. 홍 검사는 피해자가 소아마비 장애자라는 점과 그의 아내가 살롱을 경영하는 미모라는 점에 착안하여 치정살인 사건으로 여기고 수사를 하였으나 주변 인물이 너무 많아 혐의자를 찾지 못하고 강도방화 사건으로 정훈과 공범 2명을 체포하였던 것이었다. 홍 검사는 정훈의 공범 소년을 가정법원에서 재판을 받게 해주겠다고 하였다는 왕 변호사의 말과 정훈이가 사람을 죽이고 은폐한 사건을 추리하느라 정신을 팔고 있었다.

"인마, 빨리 들어오란 말이야!"

운동 담당 교도관이 철문을 차며 소리쳤다. 홍 검사가 운동장을 나와 계단에 올라섰을 때 11방에서 한 사람이 "야, 밀대 새끼!" 하고 소리치며 과자봉지를 홍 검사의 얼굴을 향해 던졌다. 홍 검사가 깜짝 놀라며 쳐다본 사이에 다른 한 사람이 계란을 마구 던졌다. 오른쪽 얼굴과 옷에 과자봉지 속의 더러운 인분과 계란 테러를 당하고 멍하니 서있는 홍 검사를 교도관이 계단으로 떠밀었다. 담당 교도관이 달려와 방 앞을 막고 제지했다. 홍 검사는 보복이라 짐작하고 교도관을 따라가 1층 세면장으로 들어가서 오물을 씻고 관독계장 앞에 섰다.

“운동 나가지 말라는 담당의 지시를 무시한 네 잘못이 크다. 그러나 이 일 위에 보고하면 난리가 난다. 놈들은 내가 불러내어 혼을 내겠으니 없었던 일로 덮어두자!”

감독계장이 사정했다.

“그렇게 못하겠습니다.”

홍 검사는 소장을 만날 생각으로 단호히 거부했다.

“다친 데도 없이 놈들을 독방에 가두면 난동 벌어지고, 너는 독방에서 지내야 한다. 놈들을 잡아다 너 앞에서 사과하라고 하겠으니 덮어두자!”

“처벌하지 않으려면 소장을 만나게 해주시오!”

“싸가지 없는 도적놈의 새끼가 좋게 대해주니 주제넘게 나불거려. 소장이 네 친구야?”

“여러 말 하고 싶지 않으니 소장만 만나게 해주시오!”

“소장 함부로 만날 수 없다. 네놈이 원하는 대로 해주겠으니 따라와서 어느 놈이 그랬는지 네가 찍어내라!”

감독계장이 홍 검사를 끌고 가서 방 앞에 세우며 말했다. 홍 검사는 실망감을 감추고 왼팔 어깨에 여자 나체 문신이 있는 사람을 손가락질했다.

“× 자식아, 생사람 잡지 마!”

변을 던진 사람이 벌떡 일어나 인상을 쓰며 창살 사이로 주먹을 내밀었다. 담당이 문을 열자 그와 다른 한 명이 총알같이 튀어나와 홍 검사를 발로 차고 주먹으로 쳤다. 도관들이 달려들어 두 사람을 붙잡아 수갑을 채워 계장 앞에 꿇어 앉혔다. 성질이 날 대로 난 계장이 그들의 뺨을 치고 발로 마구 찼다.

"개자식, 눈깔을 파 버릴 거야!"

변을 던진 사람이 벌떡 일어서며 홍 검사를 발로 찼다. 계장이 붙잡아 발을 걸어 바닥에 눕히고 그의 배를 내리찍었다.

"아이고 열 받아, 내가 미쳐버린 꼴 보려고 이런 거야!"

그가 벌떡 일어나면 계장에게 대항했다.

"이 자식이 누구한테 감히 얼굴을 쳐들고 주둥아리를 놀려!"

계장이 배를 힘껏 걷어찼다.

"에잇, 열통 터지기 전에 부숴버려야지!"

그가 머리를 벽에다 마구 찍었다. 교도관이 붙잡아 바닥에 앉히자 이번에는 바닥에다 이마를 마구 찍다가 쭉 뻗어버렸다. 감독계장이 비상벨을 눌렀다. 교도관들이 달려와 그를 들것에 싣고 나갔다. 홍 검사는 뜻하지 않는 자해 사건에 대해 조사를 받고 목격자 진술서를 썼다.

"인마, 사고가 생긴 것은 너 때문이야. 우리 관구계장이 잘못해서 자해를 유발한 것처럼 쓰면 안되지. 놈이 조사를 받으러 나와서 머리를 벽에다 찍고 바닥에 찍은 사실만 간단하게 쓰란 말이야!"

조사 담당이 진술서를 볼펜으로 북북 긁으며 새 종이를 내밀었다. 홍 검사가 성질을 억제 못 하고 자리에서 일어섰다.

"인마, 함부로 어딜 나가!"

조사 담당이 앞을 막고 멱살을 잡았다.

"소장 만날 테니 막지 마!"

홍 검사가 고함치며 손을 뿌리쳤다.

"너 무슨 짓 하는 거야!"

밖에서 엿보던 과장이 성큼 들어오며 소리쳤다.

"이 도적놈, 아주 악질 중의 악질입니다."

"멍청한 놈, 입 다물고 나가!"

과장이 조사 담당의 머리를 주먹으로 치며 내보내고 문을 닫았다. 홍 검사가 자리에 앉았다.

"밑에 것들이 말 함부로 하고 그 방에 다시 보낸 잘못 다 내가 책임지겠다. 그러나 자해 사건은 동기와 이유를 떠나서 중앙에 보고해야 한다. 목격자 진술서를 쓰란 대로 써라! 내가 힘이 닿는 데까지 손을 써서 네가 수용 생활을 원만히 하도록 최선을 다해 주겠다."

보안과장이 말했다.

"그렇게 하면 내가 가고 싶은 방으로 보내주겠습니까?"

"가고 싶은 방이 있느냐?"

"일 동 상층 오 방입니다."

"그 방은 강력범들이 들어있는 방이라 규칙상 사기 초범을 그 방에 넣을 수는 없다. 그런데 그 방으로 가려고 한 이유가 무엇이냐? 이유를 어서 말해라!"

"이유는 다음에 대겠습니다. 책임은 내가 지겠으니 단 하루만이라도 그 방으로 보내주십시오!"

"허허, 참 웃기는 놈이구나! 너 때문에 지금 구치소가 무너질 판인데 도적놈이 무슨 책임을 지겠다는 거야? 독방에 처넣기 전에 이유를 대라!"

"나는 홍 검사요. 나 모르겠소?"

"뭐야!"

"검찰청 홍일동 검사요."

"너 진짜 미친 또라이놈이구나!"

"자세히 보시오!"

진지한 표정으로 말했다. 보안과장이 검사의 얼굴을 찬찬히 살폈다.

"딱한 사정이 있어서 몰래 들어왔소. 정보를 캐려고 그러니 입 다물고 보내주시오!"

"아, 영감님!"

보안과장이 넋을 잃고 바라보다 몸을 부들 떨면서 바닥에 무릎을 꿇었다.

"아-그러면 누가 봅니다. 어서 바로 앉아 아까처럼 대하시오!"

"전혀 몰라뵈어 정말 죄송합니다!"

과장이 파리해진 얼굴로 말했다.

"이러면 지금까지 참아온 것이 허사가 됩니다. 제발 나를 위해서 처음처럼 나를 대하며 그 방으로 보내주시오!"

"봉변이라도 당하면 큰일 나니 제발 당장 그만두고 나가십시오!"

"지금까지 있었던 일과 그 방에서 일은 내가 알아서 할 터이니 어서 보내시오!"

홍 검사가 조건을 걸었다.

"강력 방에다 조직폭력배들이 들어있는데 괜찮겠습니까?"

"걱정하지 마시오!"

"소년들과는 다릅니다. 드릴 말씀은 아니나 어차피 아시게 될 것이고, 어젯밤에 목격을 하셔서 잘 아시겠지만 구치소에서도 손을 놓고 있습니다. 전과자들의 횡포도 크지만, 조직과 공안들이 목숨을 걸고 대항을 합니다. 요즘은 조직들이 구치소에서는 파벌 위주가 아니라 전국구로 뭉쳐서 대항을 합니다."

"오죽하면 이렇게 하겠소. 어서 들어주시오!"

홍 검사가 사정했다. 보안과장이 안절부절하며 인터폰을 들고 감독계장을 불렀다.

"저분을 일 동 상층 사 방으로 모시고 담당에게 특별한 분이니 잘 보살피라고 당부를 하고 바로 와!"

"안 됩니다!"

감독계장이 단호하게 거부했다. 과장이 계장에다 대고 작은 소리로 말했다. 계장이 뒤로 물러서 홍 검사의 옷깃을 붙잡고 말없이 미결사 1동 상층으로 올라갔다. 감독자를 보고 잰걸음으로 닦아오는 담당 교도관의 팔을 붙잡고 세면장으로 들어갔다.

"높은 데서 봐줄 것이며 좋은 방으로나 보낼 것이지."

담당 교도관이 홍 검사의 얼굴을 살피며 말했다.

"네가 원한 일이니 말썽 생기지 않게 잘하고 있어!"

감독계장이 홍 검사에게 말하고 계단으로 사라졌다.

"대통령은 아닐 테고, 청와대 누구야?"

담당이 빈정대며 물었으나 대답하지 않았다.

"내 말이 말 같지 않니? 아니 꼬아?"

"어서 방에나 들어가게 해주시오!"

"그 방은 네 같은 말썽꾸러기 사기꾼이 들어갈 방이 아니란 말이야!"
"알고 있소."
"일 동 상에서 소년들 밀대질한 놈이 알긴 뭘 안다고 말대답이야!"
담당 교도관이 홍 거사의 가슴을 주먹으로 지르며 말했다.
"과장이 허가했지 않소?"
"무슨 꿍꿍이 수작이 있는지 몰라도 사고 나면 다 내 책임이야."
"내가 책임지겠소!"
"이미 사고 낸 도적놈이 무슨 책임을 진다고 개소리하지 말고 서약서나 한 장 써라!"
담당 교도관이 메모지와 볼펜을 꺼냈다.
"왜 쓰라고 합니까?"
"너 일 동 상에서 이미 사고 쳤지?"
"네."
"상식적으로 죄인이 교도관 책임질 수 있니 없니?"
"없습니다."
"그러니까 쓰란 거야."
"쓰겠습니다."
"그래야지, 내가 초안을 잡아주지."
담당 교도관이 써준 초안을 보고 담당으로부터 수용 생활에 대한 교육을 받았으며, 수용 질서를 지키겠다는 서약서를 작성하였다.

3
악의 소굴

홍 검사는 서약서를 쓰고 몸수색을 받고 비로소 4방 앞에 서서 방 사람들의 얼굴을 살폈다. 그중에 청부살인 공범 곱슬머리 정훈이 창가에 서서 자신을 흘어보고 있었다.

"이 사람 특별한 사람이니 잘 봐줘라!"

담당 교도관이 방문을 열고 사람들에게 말하고 문을 닫고 바로 돌아섰다.

"야, 꼰대! 재수 없게 왜 문턱을 밟고 들어왔니?"

정훈이 닦아서며 홍 검사의 배를 걷어찼다.

"인마, 저기 창 밑에 무릎 꿇고 앉아!"

덩치가 크고 온몸에 용 문신을 한 왕초가 뒤로 물러나는 홍 검사의 엉덩이를 발로 찼다. 정훈이 홍 검사의 팔을 잡아끌어 창가에 세우고 어깨를 눌러 벽에 붙여 앉게 했다.

"너 몇 살이야?"

왕초가 물었다.

"마흔다섯 살입니다."

"개자식아, 형이 물으면 고개 숙이고 대답해!"

정훈이 허벅지를 걷어찼다.

"죄명?"

"사깁니다."

"담당!"

왕초가 일어서서 복도를 향해 소리쳐 불렀다.

"왜?"

"사기를 왜 강력 방으로 보내?"

"알고 있으니 가만히 있어라!"

"원칙을 무시하고 개판이네. 관구계장 면담할 거야."

"귀찮게 굴지 마라!"

"관구계장에게 따져야겠으니 문 열어!"

"잘 데리고 있으라고 하니까 왜 말썽을 부린 거야?"

담당 교도관이 닦아왔다.

"왜 법을 어긴 지 이유를 알아야겠어! 우리에게만 원칙대로 하라고 하지 말고 과장도 원칙대로 해야 할 것 아냐. 권한 없으면 문이나 열어!"

왕초가 문을 발로 꽝 찼다. 담당 교도관이 쩔쩔매며 문을 열었다.

"야, 꼰대! 돌아앉아 벽에 머리를 박아!"

정훈이가 담당이 사라지자마자 홍 검사의 옆구리를 차며 말했다. 홍 검사는 돌아앉아 벽에 머리를 대고 있었다. 얼마 지나지 않아 왕초가 들어왔다.

"야, 밀대! 너 사기꾼이 강도 방에 왜 왔는지 솔직히 말해!"

왕초가 가부좌를 틀고 앉아 물었다.

"인마, 형한테 고개 숙여!"

정훈이가 곁에서 홍 검사의 머리를 주먹으로 쳤다.

"너 소년 방에서 밀대질하고 보안과장이 보내서 왔지?"

왕초가 물었다.

"야, 인마! 나는 사람을 멱따고 석유를 뿌려서 태운 놈이야. 그리고 저기 우리 형이 누군지 알아? 과거 안기부 지부 요원 행세도 하신 큰 형 되시는 분이다."

"야, 속상하게 그런 말을 왜 하느냐? 뒤돌아보면 정말 잘나갔지. 일본 야쿠자도 나 보고 놀라더라."

"야쿠자와도 통해요!"

"인마, 강원도 태백산에서 야쿠자와 같이 군총 가지고 가서 사냥할 때, 그때가 참 좋았다. 평생 못 잊을 거야. 야쿠자들 내가 군총 가지고 사냥을 하니까 눈이 휘둥그러지더라. 안기부 쥐고 국회의원들이 줄줄이 쫓아다니던 그때가 참 좋았다. 그 당시는 선거를 매년 했으면 좋겠더라. 국회의원 그 썩을 자석들, 우리와 다른 점은 허가를 냈다는 거지. 그 시절 그 추억이 또다시 온다 해도 건달 세상 후회하지 않겠어요."

"허가 난 도적이야 변호사지요."

"인마 사기꾼이 강력 방에 왜 왔는지 빨리 대!"

왕초가 다그쳤다.

"봉사원 못하겠다고 하니까 부로 보낸 것 같습니다."

홍 검사가 감을 잡고 둘러댔다.

"그러니까 봉사원을 못하겠다고 하니까 이 방으로 가라고 했단 말이지?"

"네."

"맞아! 그 서천구석 악질이 그렇게 하고 남을 놈이지. 소년봉사원

서로 안 하려고 하지. 그야말로 곱징역이지. 맞아, 너 말이 맞아! 네가 싫다고 하니까 그 과장 놈이 네 골탕 먹이려고 보낸 거야. 자식들, 좋았어. 이 과장 이것, 엿을 좀 먹여야지. 인마, 우리는 짭새들과는 달라. 만약 우리 방에서도 밀대질하면 네 마누라와 새끼들까지 생매장해버릴 테야 알았나?”

“알겠습니다.”

“특별히 봐준다.”

왕초가 손뼉을 치며 말했다. 홍 검사는 가부좌를 틀고 앉아서 벽을 등지고 빼곡히 둘러앉아 있는 사람들의 얼굴을 엿보았다. 팬티만 입고 있는 사람이 있고 바지에 러닝을 입고 있는 사람도 있었다. 선풍기는 왕초만 위해 돌아가고 다른 사람들은 부채로 더위를 날리고 있었다.

저녁을 먹고 홍 검사는 정훈이 시키는 대로 무릎을 꿇고 앉아서 왕초에게 먼저 큰절하고 방 사람들에게 큰절을 하였다. 그리고 앞으로는 밀대질하지 않고 방 질서를 지키겠고 언약을 하였다. 취침 시간이 되었다. 왕초는 동성섹스를 하고 정훈은 화장실에서 담배를 피웠다. 두 사람이 종이상자로 만든 커다란 부채를 들고 망을 보면서 담배 연기가 복도로 나가지 않게 부채질을 해댔다.

다음 날 왕초는 화장실에서 샤워를 하고 출정 나갔다. 홍 검사는 정훈이 때문에 꼼짝 못 하고 오전 내내 벽을 향해 앉아있었다. 왕초가 재판을 받고 돌아왔다.

"형 어떻게 되었어?"

정훈이 물었다.

"야-자그마치 사주나 연기 탔다."

"와-역시 왕 변호사네!"

"인마, 집행유예 실효를 조건으로 삼천만 원을 줬어."

"집행유예가 끝나려면 내년 이월이 되어야 하잖아요?"

"인마, 항소 기간이 있지. 두고 봐라, 집행유예 깨고 징역 시월 이하 받아 나가려고 조건부로 산 거야. 샤워하자."

왕초가 싱글싱글 웃으며 옷을 벗었다.

"기율 반장님!"

홍 검사가 고영호에 대해서 알아보기 위해 창가에 서있는 정훈 곁으로 닦아갔다.

"뭐야?"

"담배 한 대 피우게 해 주십시오!"

홍 검사가 귀에다 대고 사정했다.

"문제야, 쇼해!"

정훈이 놀란 기색을 감추며 갑자기 벽에 등을 기대고 졸고 있던 이문제에게 닦아가서 엉덩이를 차며 말했다.

"어머니, 어머니, 보고 싶어요! 문 열어주세요! 문 열어주세요!"

이문제가 벌떡 일어나서 철창을 두드리며 고함을 질렀다.

"인마, 짭새가 와서 뭐라고 해도 계속해!"

정훈이 이문재의 머리를 주먹으로 때리며 말하고 홍 검사의 옆으로 닦아섰다.

"너 그렇지 않아도 좀 수상하게 여겼는데 누구한테 들었는지 솔직하게 말해. 거짓말하면 혀를 잘라서 그 주둥아리에서 말이 나오지 못하게 만들어 버릴 테니까."

정훈이 홍 검사의 옆구리를 주먹으로 지르며 말했다.

"어젯밤에 보았습니다."

홍 검사가 당당하게 맞섰다.

"너 중고등학교 다니는 아들딸 있다고 했지?"

정훈이가 이마를 홍 검사의 광대뼈에다 문지르며 물었다. 홍 검사가 대답을 안 했다.

"네 입으로 뽀록나 봐야 증거 없어. 설사 난다 해도 독방 한 달이면 충분해. 나 같은 꼴통은 징벌도 다 안 살려. 잘 들어. 나는 인생 종친 놈이야. 하지만 밖에 식구들 많아. 나 친구 위해 사람 죽이고 들어온 놈이야. 네 처, 딸, 자식 소중하거든 내 말을 잘 들어. 지금부터 너는 마약 밀수꾼이고 나는 가상 인물이야. 너 재산은 얼마나 돼?"

"먹고살 만큼 있습니다."

"보험금 오십만 원에 개비당 십만 원이야. 입금이 확인되면 화장실 창틀 위에 두고 갈 거야."

"통장번호를 적어주십시오."

"나도 몰라. 그것도 누군가가 화장실 창틀 위에 둘 거야. 면회 갈 때 가져가."

"야! 미친 개자식아, 조용히 해!"

담당 교도관이 와서 소리쳤다. 그러나 이문제는 교도관의 말을 무시하고 계속 소리를 질렀다.

"또라이 개새끼야, 그만 떠들고 꺼져!"

정훈이 이문재를 걷어찼다.

"저 새끼 못 떠들게 약 먹여 재워!"

교도관이 정훈에게 말하고 돌아섰다. 정훈이 문재의 등덜미를 잡아채서 사람들에게 밀어제쳤다. 서로 주먹으로 때리고 발로 찼다. 그는 얼굴을 감싸고 구석에 박혔다.

"노파심에서 말하는데 일단 그 입에서 말이 나온 이상 너는 이미 뽕을 한 거야. 내가 했다는 증거 있니?"

"없습니다."

"설사 있다 해도 증거가 왕이야. 살인 및 사체유기죄로 들어온 놈이 증거가 없어서 자백을 번복하여 무죄로 나갔다."

정훈이가 묻기도 전에 먼저 입을 열었다.

"설마, 그럴 리가 있나요?"

"모르면 가만히 있어. 돈 두고 징역 살 놈 있어?"

"없지요."

"이 나라는 유전무죄 무전유죄야. 돈 없이 풀려난 놈 없고, 돈 있고 징역 산 놈 없어. 연쇄살인범으로 들어온 고영호란 놈이 있었는데."

"이 방에서 그런 사람이 살았다고요?"

"들어봐. 골프 강산가 코친가 했다는 놈인데 첫사랑 했던 여잘 늦게 만난 거야. 그런데 년이 돈 많은 놈에게 붙어 양다리를 걸친 거야. 죽으려고 색을 쓴 거지. 놈은 내 추측엔 늙은 색마한테 이용당한 거야. 놈이 칼을 가지고 양다리 걸친 년에게 겁을 주려고 하다가

년이 겁은커녕 무시하고 대드니까 죽인 거야. 나 같은 청부살인 빼고 살인 사건은 대개 격분이야. 죽인 놈은 죽일 수밖에 없고 죽은 놈은 죽임을 당할 일을 한 거야. 놈은 내가 손을 좀 썼지."

"어떻게 손을 썼는데요?"

"응, 그 사건 담당 홍 검사 그 새끼가 우리 엄마를 악마라고 했어. 고영호 그놈이 배신한 년을 새벽에 아무도 없는 골목에서 죽이고 친구를 불러서 시체를 동탄 금곡 하천에 버린 거야. 멍청한 경찰과 홍 검사가 연쇄살인범으로 몰아붙인 거야. 비가 많이 내려 모든 것이 지워지고 증거나 증인이 없는 데다 놈이 칼을 버린 곳을 불지 않으니까 경찰들이 고문을 한 거지. 고문 받다가 공범이 죽었어. 내가 살인죄로 두 번씩이나 경찰 검찰에서 조사를 받아보았는데 이 나라 형사나 검사들 미련하고 게으른 멍청이들이야. 외국영화 보면 유전자 감식을 하고 사건 현장은 현미경으로 뒤지는데 우리나라 형사들은 불지 않으면 오직 자백을 받으려고 고문이나 하려는 미련 악당들이야. 나는 앞으로 완전범죄 할 자신 있어."

"늙은 색마에게 이용당했다는 말은 무슨 뜻이며, 어떻게 증거를 없앴습니까?"

"들어봐. 돈 가지고 젊은 여자들 따먹은 놈들 모두 죽여야 돼. 그 늙은 색마가 혹 떼려고 놈을 이용한 거야. 부로 밤늦게 집 부근까지 차에 태웠고 와서 보라는 듯이 입 맞추고 했다는 것을 들어보면 놈이 기다리고 있는 것을 알아챈 거야. 그리고 그 멍청한 홍 검사 그 새끼가 쩔쩔매는 것을 보고 내가 골탕을 좀 먹이려고 놈의 뒷다리를 긁었지. 그렇게 술술 대답하면 넥타이공장만 가까워지니 오리발을 내밀라고 했지. 그래야 모가지도 연장하고 혹시 좋은 국선변호사라도 붙으면 무죄를 받을 수 있으니 부인하라고 했지. 밑지거나 손해볼 것 없으니 자백을 번복하라고 했지. 보나 마나 넥타이공장 감이니 억울한 너는 우선 세상 볕을 조금이라도 더 쪼이고, 나는 홍 검사 그 놈 애를 먹이려고, 변호사 사서 무조건 부인하라고 이 주먹으로 조졌지. 놈이 왕 변호사를 사고 자백을 부인했던 거야. 왕 변호사가 개업한 지 얼마 되지 않을 때 맡은 사건이라 더 쉽게 나갔지. 그 사건 때문에 왕 변호사 대박을 튼 거야. 변호사가 개업을 하면 몇 년 동안은 판검사들이 봐 준대. 너 변호사 있어?"

"없습니다."

"이 새끼, 그 악질 검사 놈 닮았네!"

"놀라 간 떨어지겠습니다. 그 검사 말만 들어도 꿈자리 사납습니다."

"너 똑 닮았어. 자기 얼굴은 모르는 법이라 닮은 사람을 봐도 모르겠지. 그 악질이 너를 직접 구속했다고 했지?"

"그런데 어떻게 무죄를 받아요?"

"놈은 친구가 죽은 뒤로 경찰에서 사실대로 자백을 한 거야. 증거도 없고 증인도 없는 사건이었는데 놈이 그 충격에 정신이 혼미해서 칼을 공사장 흙더미 속에 버렸다고 했어. 기둥 거푸집 속에 넣어버리고 말이야."

"아, 기둥 세우려고 짜놓은 틀 속에!"

홍 검사가 흥분을 감추지 못했다.

"응, 놈은 운이 기막히게 좋은 거야. 이상난동으로 겨울에 큰비가 내려서 증거는 없어져 버렸고, 칼은 콘크리트 기둥 속에 버렸는데 형사 새끼들은 칼을 찾으려고 주리를 틀었던 거야. 형사 새끼들 짜 맞춰놓고 도장 찍으라고 하잖아? 미련하고 게으른 놈들, 결국 인간들은 다 제 머리에 속은 거야."

"연쇄살인은 잡혔나요?"

"그런 놈은 없고 있어도 안 잡혀. 정신병 아니면 무단히 연쇄살인할 악질은 없어. 연쇄살인 놈들은 대부분 여자들을 강간하다 저항하니까 죽이고 증거를 없애려고 살인 사건이 벌어진 곳에 시체를 버린 거야. 연쇄살인이라고 경찰, 그 바보 같은 것들이 개수작 부리고 있을 때 왕 변호사가 손을 써서 무죄를 받은 거야. 꼰대는 변호사 안 사?"

"사."

"인마, 맞먹지 마!"

정훈이 홍 검사의 머리를 주먹으로 쳤다. 홍 검사가 팔로 막았다.

"너 뭐하는 거야?"

교도관이 의심에 가득 찬 눈으로 쏘아보며 물었다.

"이 사람이 담당님 통해서 변호사 산다고 해서."

정훈이 홍 검사를 가리고 창가로 닦아서며 둘러댔다.

"도적놈의 새끼야, 막지 말고 저리 비켜! 거기 무슨 일 없나?"

교도관이 창살 사이로 손을 넣어 정훈을 제치고 홍 검사의 얼굴을 살피며 물었다. 홍 검사가 말없이 얼굴을 저었다.

"너 자꾸 눈에 거슬리는 데 걸리지 않게 조심해라!"

교도관이 주의를 주고 지나갔다.

"야, 개새끼야, 너 두 번 다시 저런 짭새들 창가에 세우지 마!"

왕초가 정훈의 옆구리를 걷어찼다. 정훈이 문틀 구석에 처박혔다.

"야, 심심한데 신입들 후장치기나 시켜라."

왕초가 쓰러진 정훈의 엉덩이를 걷어차며 말하고 자리에 누웠다. 정훈이 벌떡 일어나 벽을 향해 앉아있는 신입 두 사람에게 옷을 벗게 했다.

"왜 옷을 벗고 있나?"

교도관이 걸음을 멈추고 물었다.

"팬티 갈아입히려고요, 새끼들아, 어서 가서 씻고 나와!"

정훈이 둘러대며 화장실로 떠밀었다. 교도관이 의심의 눈초리로 정훈을 노려보다 지나갔다. 정훈이 홍 검사를 창가로 끌어당겨 망을 보게 하고 신입 두 사람을 화장실에서 끌어내 방 가운데 세웠다. 키가 큰 사람을 바닥에 엎드리게 하고 다른 키가 작고 체격이 좋은 신입에게 로션을 주며 엎드린 사람의 그곳에 바르게 하고 그의 그것을 세워서 넣으라고 했다. 그가 오므라진 그것을 쥐고 쩔쩔맸다.

"인마, 빨리빨리 세워!"

정훈이 주먹으로 그의 머리를 쳤다.

"야, 네놈들만 하는 게 아냐. 누구나 이 방에 처음 들어오면 다 하는 거야. 그러니 기왕에 할 것 재미있게, 신나게 해. 으흐흐 재밌다."

왕초가 말했다. 다른 사람들이 낄낄 웃었다.

"저것들, 안 되겠다. 빨라고 해!"

왕초가 정훈에게 말했다.

"문제야, 네가 빨아!"

정훈이 문제의 머리를 주먹으로 때렸다. 문제가 앞에 주저앉아 그것을 입에 넣었다.

"교도관!"

홍 검사가 흥분하여 소리쳤다. 정훈이 달려들어 앞을 막았다.

"교도관!"

홍 검사가 밀어젖히며 외쳤다.

"저 미친 새끼 입 틀어막아!"

왕초가 소리쳤다. 정훈이 홍 검사의 허리를 감싸고 다리를 걸어 넘어뜨리며 손으로 입을 막았다. 왕초가 발꿈치로 홍 검사의 엉덩이를 내리찍고 다른 누군가가 홍 검사의 머리털을 잡고 주먹으로 쳤다.

"교도관!"

홍 검사가 고함을 질렀다. 교도관이 달려와 보고 돌아가 비상벨을 눌렀다.

"모두 제 자리로!"

왕초가 소리쳤다. 신입 두 명은 정훈이 입을 막고 다른 방 사람들은 왕초가 제자리로 돌아가게 하여 입을 막았다. 불과 몇 초 사이에 담당 교도관의 눈에도 띄지 않게 집단 폭행을 당한 홍 검사만 문 앞에 서있었다. 교도관들이 수갑, 포승, 교도봉을 차고 왔다가 방안만 살피고 돌아갔다. 홍 검사는 감독계장을 따라가 방에서 일어나고 겪은 일을 말했다.

"그것 봐라, 네 말만 듣고는 놈들 처벌 못 해. 누구 한 놈이라도 네 편에서 증인을 서야 하는데 무슨 잘못 있었느냐는 거야. 정훈이 그놈도 너에게 밀쳐 허리를 다쳤다고 하는데 따져봐야 너만 힘들어. 그러니 크게 다친 곳 없으면 없던 일로 하고 방이나 옮겨라."

감독계장이 말했다.

“나는 검찰청 오백오 호 홍 검사요.”

“너 또라이지?”

“과장한테 알아보시오!”

계장이 인터폰으로 과장과 통화했다.

“꿈에도 모르고 함부로 대해서 죄송합니다!”

감독계장이 통화를 끊고 두 손을 빌었다. 과장이 달려와서 계장의 뺨을 때리며 놈들 묶어서 독방에 넣고, 담당 놈은 모가지를 떼어버리라고 호통을 쳤다.

“검사님과 약속을 지켰으니 직원들이 잘못이 있더라도 제발 눈감아 주십시오!”

과장이 사무실로 와서 땀을 흘리며 사정했다.

“놈들을 조사해서 검찰에 고발하십시오!”

“계간 소년들 지금까지 안 했다고 하고, 오물 사건으로 놈들이 단식투쟁을 하고 있습니다. 이 사건은 저희들에게 맡겨주십시오!”

보안과장이 손을 비비며 사정했다.

“멍청한 것들!”

소장이 달려와서 과장의 정강이를 걷어찼다.

“시정하겠습니다!”

과장이 아픔을 참고 뒷걸음질 쳤다.

“검사님 저가 책임지고 철저히 조사해서 진위를 밝혀서 보고를 드리겠습니다. 이 자리에 힘들게 올라온 이 모가지 지켜주시면 평생을 두고 은인으로 삼겠습니다. 눈 딱 감으시고 저에게 맡겨주십시오!”

소장이 사정했다. 홍 검사는 소장의 손을 뿌리치고 구치소를 나와 왕중왕을 향한 복수의 칼을 뽑아 들었다. 형사를 불러 건물 기둥 속에 칼이 있는지 확인하여 있으면 고영호를 긴급체포하라고 지시하였다. 그리고 며칠 뒤에 정훈을 소환하여 자백을 받아냈다. 보령군 남포면 야산에 암매장된 시체를 찾아내어 언론에 공개했다. 기둥 속에 있는 칼을 꺼내어 증거로 삼고 고영호를 구속하여 자백을 받고 언론에 공개했다. 그렇게 하여 실추된 위신을 다시 세우고 정식부장으로 올라가는 발판을 만들었다.

3편

빛 좋은 개살구

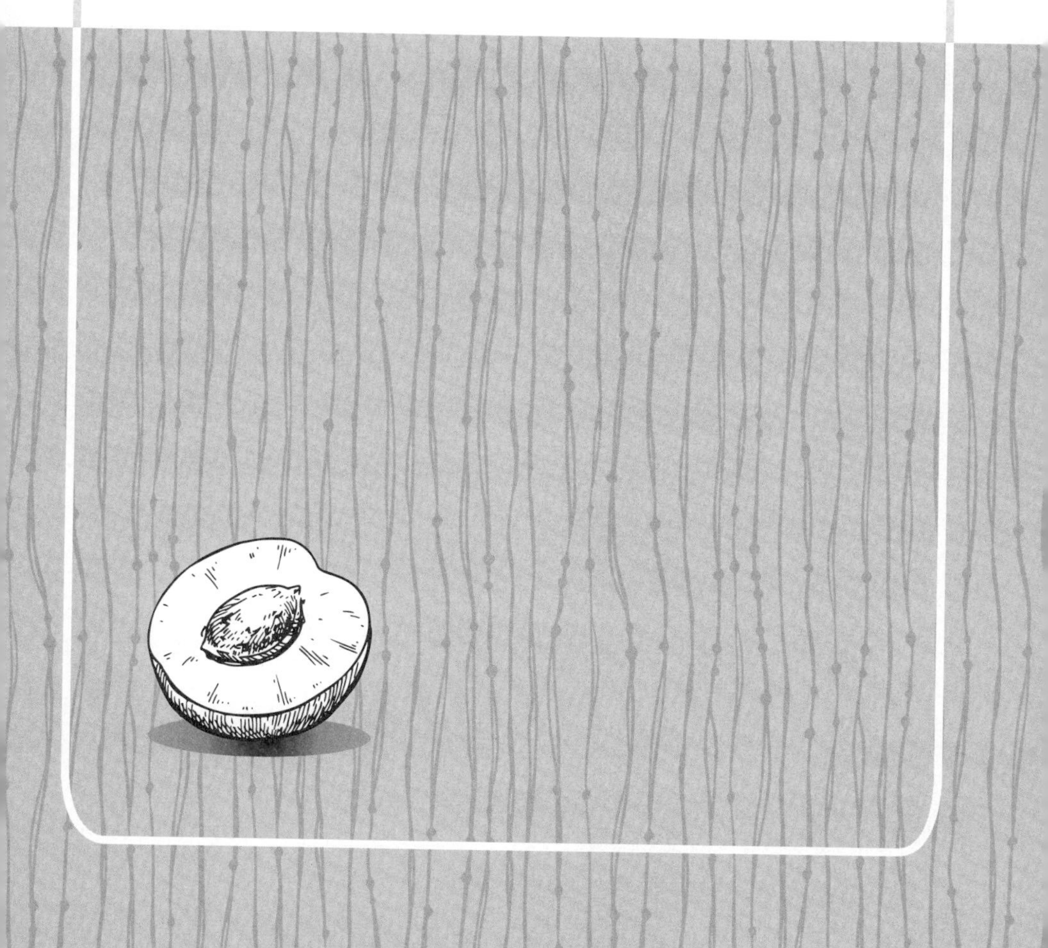

1
불행의 씨앗

왕 변호사는 양비녀와 같이 점심을 먹고 들어와서 탁자에 발을 올려 놓고 종아리를 주무르는 그녀의 허벅지를 만지며 눈을 감고 있었다.

"반달그룹 신 회장이 구속되었답니다."

"놀이공원과 골프장 건설하려는 사장 말이냐?"

"네."

"거물이지?"

"거물 중의 거물이지요."

"저기 신문 좀 집어주고 가서 사무장 오라고 해라."

그녀를 떠밀며 바로 앉았다. 그녀는 신문을 뒤적거려 신달수 구속 기사를 펼쳐주고 밖으로 나가 사무장을 데리고 왔다.

"이 사건 알고 있지?"

"알고 있지요."

"어떻게 손을 쓰고 있나?"

"사방에 그물을 겹겹으로 쳐놨습니다."

"놓치면 수치지?"

"제일 잘나간다고 할 수 없고, 유명하다고 할 수 없지요."

때마침 전화벨이 울리자 사무장이 수화기를 들어주었다.

"반달백화점 사장 김영자입니다."

"이름은 들어서 알고 있습니다."

"왕 변호사님이 제일 유명하시다고 해서 사건 때문에 상담을 하려고 전화했습니다."

"서안평 골프장 사건입니까?"

"그 악랄한 환경단체와 주민들 때문에 남편이 갑자기 검찰에 잡혀갔습니다."

"그 사건이라면 너무 억울하시겠습니다."

"맞아요, 억울해도 너무 억울하지요. 투자한 사람도 많고 큰 사업입니다. 당장 못 나오면 큰일 나는데 손을 쓸 수 있나요?"

"시간이 촉박하군요. 벌써 구속영장을 신청했는지 모르니 어서 이곳으로 오십시오."

"바로 가겠습니다."

"기다리고 있겠습니다."

왕 변호사가 수화기를 놓고 재판을 모두 4시 이후로 연기하라고 시켰다. 그녀는 가슴 트이고 주름 잡힌 연분홍 원피스에 초록색 망사 베레모를 손에 들고 왕 변호사의 사무실 입구에서 내렸다. 기다리고 있던 사무장이 그녀를 맞아 안내했다.

"어서 오십시오! 아, 미인이십니다!"

왕 변호사가 의자에서 일어서서 그녀를 맞았다.

"변호사님도 미남입니다!"

그녀도 매혹이 넘치는 눈 미소를 지으며 말했다.

"영광입니다. 앉으십시오!"

왕 변호사가 자리를 권하고 자리를 옮겨 마주 앉았다.

"요즘 사업하기 참 힘들지요?"

"민주니, 인권이니 하는 것 때문에 사업하기 힘들어 더 죽겠어요."

"갈수록 어려워질 것이니 대비를 하십시오."

"빨갱이 같은 환경단체 것들이 무식한 농사꾼들을 앞세워 군청, 도청, 청와대에 찔렀어요."

"반달그룹 정도라면 법무팀이나 법률고문을 둬야지요."

"두고 싶어도 고지식한 그이 때문에 못 뒀지요. 군청, 도청, 국회의원까지 손을 썼는데 딱 검찰만 못 썼어요."

"저런, 진짜 써야 할 곳을 못 쓰셨습니다."

"환경단체가 개입한 줄을 몰랐어요. 대통령이 좌파라서 그런지 요즘은 노동자 천국이고, 별 이상한 단체가 많이 생겨서 사업하기만 힘들어요. 이러다 나라 망하겠어요. 이 나라 것들은 풀어주면 안 돼요. 독재라고 하지만 박정희 같은 분이 또 나와야 해요. 대법원장까지 지내신 변호사님이 대통령으로 나오세요!"

"나간다면 후원해주시겠습니까?"

"목소리가 제 부모님 고향 같은데 제발 나오세요. 그러면 신도시 표는 다 몰아드릴 테니 우선 남편부터 빼내주세요!"

"조금 늦기는 했으나 손을 써서 잘 풀어드리겠습니다."

"고지식한 우리 그이 잡혀간 것 다 내 잘못입니다. 무서운 죄인들한테 잡아먹히기 전에 손을 써주세요!"

"밤하늘에 별이 천차만별이듯 변호사라고 해서 다 같은 것은 아닙니다. 내가 이런 사람입니다."

왕 변호사가 명함을 뽑아 주었다.

"서울대 수석, 최연소 수석 합격에 법원장에 대법 판사까지! 와!"

그녀가 얼굴과 명함을 번갈아 보며 탄복했다.

"그런 사람이니 믿고 맡기십시오."

"다 맡기겠습니다. 남편만 빨리 빼내 주세요!"

"변호사는 판사들하고 친분이 두터워야 합니다. 가장 빠른 방법은…."

"가장 빠른 방법으로 해주세요!"

"첫째, 법원에 선수를 써서 구속영장이 안 떨어지게 하는 것입니다. 이 선수를 놓치면 일은 배로 어려워집니다. 두 번째는 구속적부심사를 청구하고, 세 번째는 보석을 신청하는 길이 있습니다."

"두 번째, 세 번 다 빼고 첫째 빠른 수를 써주세요!"

"영감님, 지금 신 사장님은 환경보전법 위반죄와 산림보호법 위반죄로 고발되어 일 호 수사관실에서 조사를 받고 있는 중이며 담당 검사는 오백오 호 홍 검사랍니다."

사무장이 들어와서 말했다.

"그래, 홍 검사라…. 잘되었군. 지금 들으신 바와 같이 신 회장님께서는 산림보호법과 환경보전법 위반죄로 검찰청에서 조사를 받고 있습니다. 내가 판사 시절에 눈감고 봐주었던 사건들인데 요즘은 많이 달라졌습니다. 그러나 운 좋게도 담당 검사가 동기입니다."

"불행 중 다행이네요. 첫째 수가 뭐라고 하셨지요?"

"당직 판사에게 미리 손을 써서 구속영장 신청을 기각시키는 방법입니다. 이것은 촌각을 다투는 일입니다."

"그럼 당장 써주세요!"

"내가 손을 쓰려면 선임 계약을 하셔야 합니다."

"비용은 얼마나 드려야 하지요?"

"비용 문제는 나가서 사무장과 의논을 하십시오."

"영장이 기각되면 오늘 바로 나오나요?"

"물론입니다."

"언제 저녁 같이해요!"

그녀가 일어났다.

"우리 영감님을 잘 찾아오셨습니다. 일이 잘 풀리려고 운이 닿은 것입니다. 우리 영감님이 살인 사건도 무죄로 빼내신 것 아시지요?"

사무장이 마주 앉아 계약서를 탁자에 펴보이며 말했다.

"수사관들이 제일 유명한 변호사님이라고 소개했어요. 얼마를 드려야 하지요?"

"이런 사건에는 비용이 많이 필요합니다."

"빨리만 풀어준다면 달라는 대로 드리죠."

"빠를수록 비용이 많이 들어갑니다. 우선 계약금 오백만 원, 착수금 이 억, 성공 사례금은 별도입니다."

"나올 수만 있다면 돈이 문제이겠습니까. 우선 이억을 드리겠습니다."

그녀가 수표 두 장을 꺼냈다. 문틈으로 엿듣던 왕 변호사는 "답답한 놈, 기왕에 최소 오 억은 요구할 것이지." 하고 혼자 말하며 문을 열고 사무장에게 들어오라고 손짓했다.

"문 꼭 닫고 당직 판사에게 전화 걸어서 알아봐!"

귀에다 대고 말하고 소파에 앉았다. 사무장이 전화를 걸었다.

"파인데요. 무슨 뾰쪽한 수가 없을까요?"

사무장이 전화를 끊고 실망에 가득한 모습으로 물었다.

"더 잘된 일이다."

"잘된 일이라니요?"

"입 다물고 있다가 배 떠난 뒤라고 해라."

"역시 머리 회전이 빠르십니다. 잘 구슬려 돌려보내겠습니다."

사무장이 싱긋 웃으며 밖으로 나왔다.

"영감님이 법원에 가서 손을 써야 하니 일단 돌아가셔 기다리십시오. 처리된 대로 연락을 드리겠습니다."

"시간이 오래 걸릴까요?"

"아닙니다. 해지기 전에 해결됩니다."

"나오기만 한다면 수고비를 더 드리겠습니다. 꼭 나올 수 있도록 힘을 써주세요."

그녀가 일어났다. 왕 변호사는 문틈으로 엿보고 있다가 밖으로 나왔다.

"지금 법원에 가려고 합니다. 댁에 가서 마음 편하게 기다리십시오."

"두 번째도 말고 첫째 손을 써주세요!"

그녀가 거듭 당부하며 계단을 내려갔다. 왕 변호사는 그녀의 모습이 사라질 때까지 서서 손을 흔들었다.

"말썽 없이 처리할 수 있겠나?"

"제가 알아서 요리하겠으니 염려 놓고 가셔서 재미나 보십시오."

"잘해!"

왕 변호사는 양비녀와 같이 나갔다. 사무장은 시간을 재며 커튼을 내리고 문을 걸었다. 하소연이 화장실에서 씻는 동안에 김영자에게 전화를 걸었다.

"김 회장님 참 안타깝게 되었습니다."

"왜 텄나요? 손을 못 썼나요? 판이 깨졌나요?"

"조금만 일찍 오셨어야 했는데 딱 반 발 늦었습니다. 한 발짝만 먼저 찾아오셨더라도 오케이인데 너무 안타깝게 되었습니다. 영감님이 법원에 도착하기도 전에 영장이 발부되었답니다."

"둘째 손이 있다고 했잖아요?"

"있고말고요. 구속적부심사가 있으니 상심하지 마시고 며칠만 더 기다리십시오. 우리 영감님이 명예를 걸고 빼내실 것입니다. 저 지금 운전 중입니다."

사무장은 소파에서 옷을 벗고 기다리고 있는 하소연을 보고 혁대를 풀며 전화를 끊었다.

서안평 주민들이 신달수를 검찰에 진정했다. 진정 사건을 맡은 홍 검사는 왕중왕이 변호사로 선임되어있는 것을 알고 앙심이 생겼다. 신달수를 구속하기 위해 진정 내용을 세밀하게 검토하고 신상과 배후를 조사했다. 구속영장 신청서를 작성하여 들고 차장검사를 찾아갔다.

"배후를 조사해봤나?"

차장검사가 서류를 대충 훑어보며 물었다.

"큰 배후는 없습니다."

"사내 법무팀이나 고문은 없나?"

"그런 것은 없습니다."

"단순하고 무모하면 할수록 뒤엔 배경이 있기 마련이야. 배경 없이 이런 골프장을 갖춘 큰 사업을 벌이겠나?"

"지역 국회의원 이외 큰 배경은 없었습니다."

"인마, 이 나라에서 사업한 사람치고 국회의원보다 더 큰 배경 있나?"

"국민과 지역주민이 있습니다."

"주민들의 주장대로라면 백화점 사장인 그 부인이 실세라고 하는데 그 배후에 법조인이 있을 거야. 시민의 정부라고 해도 겉과 속은 달라. 윗분들에게 누를 끼치는 일이 있어서는 안 되니 조심해서 접근하고 무슨 일이 있으면 제발 함부로 덤비지 말고 미리미리 보고해."

"명심하겠습니다!"

"가봐!"

차장검사가 등을 돌리며 손을 저었다. 홍 검사는 구속영장을 허가받아 수사관에게 주었다. 수사관 두 사람이 공사장으로 가서 신달수를 체포했다. 사건을 배당받은 홍 검사는 왕 변호사를 경계하기 위해 접견을 금지시키고 매일 소환했다.

"무슨 죄로 잡혀 온 이유도 모르고 억울하다?"

입회서기가 빈정거리며 되물었다.

"네, 억울합니다!"

"산림을 훼손하고 절대농지를 함부로 훼손한 죄야."

"우리나라에서 산 안 깎고 만든 골프장 있습니까?"

"연습장 허가 내놓고 골프장 만든 배경이나 배후가 누구야?"

"배후나 배경 없습니다."

"어떻게 재벌이 된 거야?"

"부모님이 물려준 땅 키운 것입니다. 저를 잡아 가두고 죄인 취급한 것 너무 억울합니다!"

"인마, 허가를 안 낸 죄야."

"허가신청 다 하고 공사계약을 맺었습니다. 군민과 군청에서 요청한 사업입니다. 그런데 군청에서 허가를 미룬 바람에 불가분 공사를 한 것입니다. 여기저기 알아보니 다 그렇게 한다고 하고 군청에서도 곧 내준다고 하여 한 것입니다."

"고영호 알지?"

홍 검사가 닦아와 물었다.

"네."

"최근에 본 적 있나?"

"사형당하지 않았으면 교도소에 있겠지요."

"풀려났지."

"그런 연쇄살인한 놈은 왜 풀어주고 저는 왜 가둡니까?"

"그 변호사에게 물어봐."

"내 아는 사람 중에 법조계에 근무하는 사람이 하는 말인데 형사법상 확정판결이 있기 전까지는 불구속이 원칙이라고 하였습니다. 제발 좀 풀어주십시오!"

"왕 변호사가 빼주겠지."

"내가 못 나가면 부도나서 피해 볼 사람 많습니다. 투자한 피해자들을 위해서 한 번만 봐주십시오!"

그가 눈물을 흘리며 말했다. 홍 검사는 '그럴 것이면 법을 위반하지 말 것이지, 그 인간을 변호사로 선임한 이상 동정은 없다.'라고 속으로 말하며 밖으로 나갔다. 한편 왕 변호사는 김영자의 재촉에 못 이겨 사무장에게 신달수에 대한 구속적부심사 청구 서류를 제출하라고 지시했다.

"계약서에 서명을 받아야 합니다."

사무장이 서류를 책상 위에 올려놓으며 말했다.

"지금까지 무엇하고 이제 말하나?"

"홍 검사 때문이지 내 잘못 아닙니다."

"맞아, 그 얼간이 때문에 큰 사건마다 일이 꼬이고 엉망이 되는군. 아무리 덜떨어진 놈이라고 해도 두 번 당했으면 감이 게임을 걸지 못하겠지. 수가 있으니 놈한테 전화 걸어!"

양비녀가 전화를 걸어 수화기를 넘겨주었다.

"신달수 맡고 있지?"

"그렇다."

"지금 만나게 해주겠나?"

"나에게 사정하는 거냐?"

"그렇다. 박 대표의 부탁이다."

"그렇다면 여기 와서 봐라."

홍 검사는 박 대표와 동향이며 친분이 두텁다는 것을 알고 있는 터라 거절 못 하도록 머리를 썼다. 왕 변호사는 사정이 급한 나머지 수를 읽지 못하고 전화를 끊고 검찰청으로 갔다. 홍 검사는 신달수를 급히 불러 책상 앞에 앉혔다.

"부탁이긴 하지만 미안하다!"

왕 변호사가 억지로 웃으며 말했다.

"사건이 복잡하니 안에서 간단히 끝내라."

홍 검사가 방으로 들어가 책상 앞에 앉고 왕 변호사는 소파에 앉았다. 교도관이 신달수를 데리고 와서 왕 변호사 앞에 앉혔다.

"봐주려면 화끈하게 봐주라!"

왕 변호사가 난감한 표정으로 바라보며 말했다.

"서명만 받는다고 했지 않았느냐?"

"자리 좀 비워줄 수 없나?"

홍 검사가 대답을 않고 고개를 저었다.

"잘 기억해 둬라. 두고두고 후회하게 될 것이다."

왕 변호사가 서류봉투를 들었다.

"내가 징역 살면 죄 없는 투자자들이 다 망합니다. 그러기 전에 손을 써주십시오!"

신달수가 다급히 사정했다.

"조사가 끝나면 구치소로 바로 달려가겠으니 서명이나 해주시오."

왕 변호사가 선임 계약 서류를 꺼내어 탁자에 놨다.

"내 뱃속 채우려고 이런 골치 아픈 일 한 것 아닙니다. 군수와 군민이 원해서 하는 사업인데 빨갱이 환경단체 것들이 나선 바람에 이렇게 되었습니다."

신달수가 손도장을 찍으며 말했다.

"조사 끝나면 봅시다."

왕 변호사가 계약 서류를 봉투에 넣고 홍 검사를 흘겨보며 나갔다. 홍 검사는 왕 변호사의 뒷모습을 흘겨보며 '놈을 곧 잡아드릴 테니

두고 봐라.' 하고 속으로 말하며 미소를 지었다.

강 사무장은 법으로부터 신달수의 보석 신청을 기각했다는 느닷없는 전화 통지를 받고 당황해서 왕 변호사 앞으로 뛰어갔다.

"영감님 큰일 났습니다!"

"뭐가?"

"구속적부심 청구 기각되었습니다."

"그게 큰일이란 말이냐?"

"큰일이 아니고 더 큰 일이 무엇이 있습니까?"

"법원 서기 헛했구나. 어차피 보석도 어려운 사건이야."

"그렇게 얕보지만 마십시오."

"얕보지 않으면?"

"저도 집행유예를 받기도 힘든 사건이라는 것은 짐작하고 있습니다."

"알았으면 됐지."

"김 사장님 때문이지요. 이번에는 뭐라고 둘러댈까요?"

"알아서 처리할 것이지 조금만 힘이 들면 스스로 처리할 생각은 않고 하나하나 나에게 물으면 어쩌란 거야."

"미루는 것이 아니라 말을 맞추어야 할 것 아닙니까? 영감님과 각별한 사이가 되어서인지 나는 상대를 하지 않으려고 합니다."

"넘겨짚지 마라. 꼬리 치니까 그런 게지 보통 사이다. 그 사건은 어차피 단계적으로 밀고 나가야 할 사건이야."

전화벨이 울렸다. 사무장이 밖으로 나와 김영자의 전화를 받았다.

"아, 사장님! 그렇지 않아도 지금 막 전화를 드리려고 했습니다."

"나오게 되나요?"

"우리 영감님께서 백방으로 손을 썼지만 일이 그만 안 되었습니다."

"그게 무슨 말씀이세요?"

"요새 젊은 판사들이 럭비공 같아서 죄송하게 되었습니다."

"당연히 된다고 했잖아요?"

"일이 꼬였습니다."

"이제나저제나 전화 오기만 학수고대하고 있는데 억장 무너질 소릴 하세요? 먼저는 손을 늦게 써서 그랬다고 치더라도 이번에는 만반에 준비를 다하셨으니 걱정하지 말라고 하셨잖아요?"

"설명을 드리자면 깁니다. 간단히 말씀드리자면 신 회장님이 처음부터 시인을 하고 용서를 빌어야 하는데 부인을 해서 그렇습니다."

"사실대로 진술하되 숨길 것은 숨기라고 했잖아요. 당연히 나온다고 장담했잖아요?"

"신께서 모든 일에 예외란 것을 만들어 인간을 기쁘게 하기도 하고 슬픔을 겪게 하나 봅니다. 영감님께서 화가 나서 지금 판사에게 따지려고 가셨습니다. 전혀 길이 없는 것은 아니니 조금만 더 참으십시오."

"맨날 참아라, 참아라, 죽을 때까지 참아야겠네요."

"감옥이라는 것이 들어가기는 쉬워도 나오기는 힘들다는 말이 있지 않습니까. 첫 단추가 꼬인 바람에 일이 꼬였습니다."

"처음부터 일이 어려울 줄을 몰랐단 말인가요?"

"짐작이야 했지만 영감님이 손을 쓰면 더 어려운 일도 잘 풀렸습니다. 그런데 이상하게 이번 사건은 판사가 법원에서 제일 깐깐한 데다 언론에 보도되어 어려울 뿐입니다. 우리 영감님이 손을 안 썼다거나 힘이 부족해서가 아닙니다."

"줘!"

왕 변호사가 곁에서 듣다가 수화기를 뺏었다.

"사장님, 그렇지 않아도 그 일 때문에 지금 법원에 가서 판사하고 한 판 하고 오는 중입니다. 큰소리쳐놓고 일이 안 되어 정말 염치없습니다. 입이 열 개라도 드릴 말씀이 없습니다만 결코 내가 손을 안 썼다거나 잘못 써서 안 된 것이 아니라 청와대에 진정되고 언론에 보도된 사건이라 판사가 사정이 매우 딱하다고 했습니다. 언론에 보도된 사건을 망각하고 실망을 시켜드려서 정말 죄송합니다!"

왕 변호사가 정중하게 사과했다. 그녀는 잠자코 듣기만 했다.

"그러나 희망이 없는 것은 아닙니다. 여론이 잠잠해질 때까지만 참아주시면 보석을 신청하겠습니다. 일이 이렇게 된 이상 서두르지 마시고 더 믿어보십시오. 자찬이라고 여길지 모르나, 내가 안 되면 다른 어느 변호사가 맡아도 결과는 마찬가지일 것입니다. 희망이 없는 것은 아니니 나를 믿고 기다리십시오!"

"저야 뾰쪽한 수가 없죠. 기다리라면 기다려야지요."

"이해해주시니 감사합니다! 바쁘지 않으시면 언제 저녁 식사라도 대접하면서 위로해드리고 싶습니다."

"어머나, 오늘 저녁에 만나요!"

"오늘은 선약이 있습니다."

"그럼 내일 만나요."

"좋습니다. 여러모로 죄송합니다!"

"아녀요. 제가 법에 대해서 아는 것은 없고, 그이가 하도 안달복달을 내서 그래요."

"솔직히 구속이 되면 모든 사건이 어렵기 마련이나 저를 믿고 조금만 더 기다려 주십시오."

"저야 변호사님만 믿겠습니다. 내일 어디서 만나죠?"

"그럼 강남 한강호텔 커피숍으로 오세요."

"아이 좋아요!"

그녀는 저녁 식사를 같이하자는 말을 연애로 받아들이고 가슴 설레어 콧노래를 불렀다. 다음 날 오후에 화장을 곱게 하고 연녹색 원피스를 입고 챙 넓은 모자에 선글라스를 끼고 신달수를 만나려고 구치소로 면회실로 들어갔다.

"웬 선글라스요?"

신달수가 불안에 가득 찬 모습으로 바라보며 물었다.

"남들 눈에 띌까 봐 그래요. 같이 있는 죄인들 무섭지요?"

그녀가 관심을 돌리려고 안타까운 얼굴을 하며 물었다.

"죄인들은 다 좋은데 관속에 갇힌 것 같아 질식하겠소. 적부심이 왜 부결되었소?"

"사건을 부인해서 그렇대요."

"변호사 새끼가 그래?"

신달수가 성질을 내며 소리쳤다.

"간 떨어져!"

"그 새끼 이름만 났지 별 볼 일 없는 놈이야. 자연 뽕 노린다면 당장 갈아 치워!"

"나한테 성질 내지 말아요! 난들 속이 편한 줄 아세요? 내가 판산가요? 검산가요?"

"아, 미치고 팔짝 뛰겠네! 나를 무시하고 밀어붙인 당신이 모르면 누가 알아?"

"인정해요. 그렇지만 재수 없게 정권이 바뀌었잖아요. 오늘 변호사 만나서 따져보려고 해요."

"구치소에 보니 변호사 믿을 것 못 돼요. 빛 좋은 개살구들이야."

"대통령도 갇힌 세상이라 법원 검찰이 변해서 빽도 돈도 소용없고 변호사 아니면 뾰쪽한 길이 없어요."

"여보, 나 죽겠으니 제발 나 좀 어서 꺼내줘요!"

그가 울며 말했다.

"백방으로 손을 쓰고 있으니 조금만 참아요."

그녀가 손수건을 꺼내 끝을 말아 고인 눈물을 찍어내는 사이에 면회 시간이 끝났다. 가림막이 내려지고 마이크 전원이 꺼졌다. 그녀는 검정 투피스에 빨간 베레모 망사 모자를 쓰고 있었다. 왕 변호사가 정한 약속 장소를 서울 하얏트호텔로 바꿨다. 왕 변호사가 좋아한다는 파리스그릴 특별룸에서 한강을 바라보며 기다렸다. 왕 변호사는 날로 더해가는 양비녀의 쾌락에 취해 핑계를 대려고 핸드폰을 들었다.

"저 호텔에서 기다리고 있어요."

"재판이 이제 끝났는데 다음에 만나지요."

"늦어도 상관없으니 꼭 오세요!"

"알겠습니다."

"웬 여자가 호텔에서 만나자고 하나요?"

양비녀가 얼굴을 찡그리며 물었다.

"김 사장인데 말이야 썩 만나고 싶지 않거든."

"그 여자, 영감님 대하는 태도가 싫어요. 내일 사무실로 오라고 하세요."

"지금 너 투기하는 거냐!"

왕 변호사가 화를 버럭 내며 허벅지에서 손을 뗐다.

"아녀요, 잘못했어요!"

그녀가 눈물을 흘리며 두 손을 빌었다.

"내 일에 간섭하거나 시기하면 끝장이다."

"잘못했어요! 한 번만 용서해주세요!"

"알았으니 울지 마라!"

왕 변호사가 어깨를 토닥거리며 차에서 내렸다.

"어서 오세요!"

김영자가 활짝 미소를 지으며 일어섰다.

"오늘은 더욱 아름답습니다!"

왕 변호사는 그녀의 우아한 모습에 마음이 끌려 손을 내밀었다.

"변호사님도 너무 멋지셔요!"

그녀가 손을 잡고 거의 안길 듯이 붙어서며 말했다. 왕 변호사는 열정에 불타는 눈을 바라보다 손을 놓고 자리에 앉았다.

"프랑스 요리를 좋아하신다고 해서 이곳으로 모셨는데 좋아하신 메뉴가 있습니까?"

"가리지 않으니 사장님 좋은 대로 하십시오."

"감사합니다!"

그녀가 메뉴판을 펴고 암송아지 스테이크와 와인으로 부르고뉴를 주문했다.

"내 기호를 어떻게 아시고! 정말 놀랍습니다."

"제가 정보 좀 캤죠. 저 파워우먼으로 매스컴 많이 타요. 탤런트 해보라는 사람들이 있었지만 파워우먼이 되고 싶어서 사업을 택했지요. 사업을 하다 보니 대학만 나왔다면 정치판에도 뛰어들어 보고 싶어요. 정주영이가 왜 대통령 하려고 했는지 이유를 알아요. 남편 몰래 군청, 도청, 토지공사 국회의원까지 줄 것 다 주고 손을 쓸 곳은 다 썼는데 좌파 정권이 들어선 바람에 일을 망쳤어요."

"보수 정권이 사업하기는 좋지요?"

"좋다마다요. 없는 것들 판치는 빨갱이 세상 빨리 끝났으면 좋겠어요."

"이 정권은 시민이 왕인데 지금이라도 주민들과 협상을 하십시오!"

"세상이 이렇게 변할 줄을 상상이나 했겠어요? 하지만 저는 손을 썼지요. 이장, 부녀회장까지 다 손을 섰어요. 주식을 배당하고 자녀들 학비 대주고 취직시켜준다고 약속을 했지요."

"그런데 왜 진정을 했을까요?"

"정부가 풀어주니까 없는 것들이 뱃속 채우려고 한 짓이고, 그 빨갱이 같은 환경단체 때문이지요. 저 이래 봬도 썩은 재래시장 철거하고 백화점 세운 사람입니다."

"철거반원들에 염산 뿌리고 분신한 사건 알고 있습니다."

"전쟁 같은 그 무서운 사건이었지요. 무드 깨기 싫어요. 만남을 위해 건배해요."

그녀가 잔을 쳐들어 건배를 하고 쭉 마셨다. 왕 변호사는 웨이터를 끌어당겨 귀에다 입을 대고 방을 예약해달라고 하는데 핸드폰이 울렸다.

"박 대표께서 갑자기 만나자고 하니 아쉽지만 오늘 이만 헤어져야 하겠습니다."

왕 변호사가 통화를 끊고 몹시 안타까운 표정을 지으며 말했다.

"이보다 더 중요한 일이라면 어쩔 수 없죠. 러브 샷 해요!"

그녀가 술잔을 들고 왕 변호사 옆으로 옮겨 앉았다. 왕 변호사가 웨이터에게 나가라고 손을 저었다.

"하하 좋습니다!"

"너무 안타까워요!"

그녀가 술잔을 놓고 목을 감싸며 불타는 입술을 내밀었다.

"아, 더 뜨거워지면 힘들어 안 됩니다."

왕 변호사가 입을 맞추고 팔을 풀며 일어섰다.

"다음에 만나면 안 되나요?"

그녀가 욕정을 억제하지 못하고 목을 끌어안고 입을 내밀었다.

"공천과 관계된 일이니 오늘만 참으십시오!"

왕 변호가 얼마 동안 입을 맞추고 손을 풀며 뒤로 물러섰다.

다음 날 왕 변호사는 신달수가 검찰소환 된다는 통지를 받고 사무장을 불렀다.

"사무장이 구치감에 가서 신달수를 만날 수 없나?"
"홍 검사의 허락만 받아주십시오."
"그럴 것이면 내가 가지 미쳤다고 너에게 시켜? 입회서기를 통해서 할 수 없나?"
"요즘 입회서기들 아무 힘 없습니다."
"오늘 내가 만약에 면회를 안 가면 문을 닫겠다고 김 사장과 약속을 했거든."
"홍 검사와 관계를 톡 까놓고 말해버리지요."
"그것은 안 돼!"
"안 될 이유가 무엇입니까?"
"놈하고도 아주 절친하다고 했거든."
"재미는 좋으셨습니까?"
"시기냐?"
"아닙니다."
"조롱이냐?"
"아닙니다."
"시건방구진 것, 입조심 해라!"
"죄송합니다!"
"빌 것까지는 없다. 일이나 잘 풀리게 머리를 짜보자."
"영감님!"
"왜?"
"범인을 체포하거나 구속입건 할 때는 변호사를 선임할 수 있다는 것과 묵비권이 있음을 반드시 고지해야 하지요?"

"미란다 원칙이지."
"수사 중이라고 해서 변호사 상담을 못 하게 하는 것은 위법이지요?"
"당연하지. 검찰에게 불만이 많지만 상생을 하기 위해서 서로 그만저만한 이유 때문에 그럭저럭 넘어가는 거야."
"중요한 사건마다 왜 하필 홍 검사일까요?"
"그 인간 이름만 들어도 속이 느물거린다."
"겔포스 드릴까요?"
"농담하지 마라!"
"속 안 좋으면 제가 사올게요."
양비녀가 엿듣고 있다가 문을 열고 말하며 우산을 들고 밖으로 뛰었다.
"불량배한테 뺨도 얻어맞은 처지에 놈한테 사정하는 것은 양반이지. 자존심이 밥 먹여주나. 내가 화해의 손을 먼저 내민 것이 좋겠지?"
"지당한 말씀입니다."
"역시 터놓고 의논할 수 있는 사무장이 좋아. 내가 그런 놈한테 꿀릴 수 없지. 당당하게 가야지."
"비 개면 가시지요."
"비가 살 뚫나."
왕 변호사는 자존심을 꺾고 홍 검사를 만나러 갔다. 홍 검사는 수의를 입은 신달수를 앉혀놓고 관련 공무원들의 혐의를 캐고 있었다.
"신 회장 만나려고 왔다."
왕 변호사가 홍 검사와 신달수의 얼굴을 번갈아 보며 말했다.
"기소하면 봐라."

홍 검사가 방으로 들어가 문을 닫으며 말했다.

"감정 풀자!"

"풀고 말 것 없다."

"박 대표의 부탁이라 마지못해 왔다."

왕 변호사가 정색을 하며 준비해온 카드를 꺼냈다.

"그분의 부탁이라면 구치감에 가서 기다려라."

홍 검사는 반신반의 속에 물러섰다. 왕 변호사는 '에잇, 더러운 놈! 너에게 두 번 사정할 일이 생긴다면 이곳을 뜨거나 문을 닫고 말겠다.'라고 속으로 말하며 밖으로 나왔다. 홍 검사는 '앞으로 너에게 꿇릴 일은 없을 거야.' 속으로 말하며 교도관에게 대화 내용을 모두 기록하라고 부탁하고 신달수를 보냈다. 왕 변호사는 구치감 휴게실 식탁에서 신달수와 마주 앉았다.

"영장기각은 늦어서 그랬다 치고 적부심사는 왜 기각되었습니까?"

신달수가 왕 변호사를 노려보며 따져 물었다.

"사건을 부인했기 때문이야."

"그럴 것이면 다른 통할 길이 있는데 부인하지 말라고 왜 말 안 했습니까?"

"검사가 매일 소환한 바람에 만날 길도 없었고 사건을 부인한 줄 몰랐지. 형사사건은 투쟁사건이 아니라 동정사건이야. 검사나 판사한테 진실을 밝혀달라고 동정을 구해야 하는 거요. 무조건 부인하면 보석도 어려우니 큰 죄가 되지 않을 것은 다른 사람 다치지 않게 부인하지 마시오. 그러면 기소가 되는 대로 사건을 파악해서 바로 손을 써서 보석을 신청하겠소."

왕 변호사가 교도관을 엿눈질 하면서 말했다.

"시인하면 보석으로 빼내 주겠습니까?"

"기소되면 손을 쓰겠으니 더 참고 기다리시오."

"아이고 나 죽겠네! 검사 조사한 것 보니 언제 끝날지 모르겠던데 변호사님 그때까지 어떻게 기다려요. 하루가 백 년보다 더 깁니다."

"압니다. 그래서 내가 이렇게 검사를 찾아다니며 손을 쓰고 있잖소."

"언제나 나갈 수 있는지 똑 부러지게 말씀을 해주십시오."

"일단은 기소를 해야 합니다."

"아이고 나 죽어!"

"안달 내지 말고 느긋하게 기다리시오."

"생지옥 같고 관속 같은 감옥에서 당장 숨이 끊어질 처진데 어떻게 느긋하게 기다리란 말입니까? 보석을 신청하면 얼마나 걸립니까?"

"신청하고 빠르면 일주일, 신 회장님은 사건이 사건인 만큼 시간을 벌어야 하니 그리 알고 마음을 차분히 하고 기다리시오."

"믿고 기다리겠습니다."

"검사가 김 사장님에 대해서 의심하지 않나요?"

"캐고 있습니다."

"입조심 하라고 신신당부했소."

"징역살이, 이 심장이 말라비틀어지는 것 같고 영혼이 녹아내리는 것 같이 고통스럽습니다. 죽을 수만 있다면 죽어버리고 싶습니다. 제발, 하루라도 빨리 나가게만 해주십시오!"

그가 눈물을 흘리며 말했다.

"기소가 되는 날로 보석을 신청하겠으니 참고 기다리시오."

왕 변호사가 일어서서 어깨를 토닥거리며 말했다. 신달수는 기소통지서를 받고 보석 신청을 재촉했고, 왕 변호사는 마지못해 보석 신청서를 제출했다.

"영감님 큰일 났습니다!"

강 사무장이 신달수의 보석이 기각되었다는 소식을 듣고 왕 변호사에게 말했다.

"벌써 심사를 했단 말이야. 요즘 젊은 판사들 단순해서 큰 탈이야. 사건을 좀 깔고 앉았다가 앞뒤를 재고 나서 결정을 했어야 했건만. 쯧쯧!"

"미루어달라고 왜 말씀 안 하셨습니까?"

"알아서 길 줄 알았지."

"이번에는 무엇으로 입을 맞추지요?"

"지금 전화해서 언론을 탄 사건이라고 덮어씌워."

"조금 기다렸다 하지요!"

"안된 일일수록 성의를 보여야 하는 거니까 지금 걸어. 전화가 올 때까지 기다리면 불신만 커진다."

사무장이 김영자에게 전화를 걸었다.

"보석이 글쎄."

"잘 안되었나요?"

"젊은 판사가 우리 영감님을 생각한답시고 심사를 서둘렀는데 검사가 너무 완강하게 반대를 해서 기각되었습니다."

"잘 통하는 검사라고 했잖아요?"

"검사가 봐주고 싶어도 언론에 공개된 사건이라…."

"틀림없이 나온다고 해서 그이가 철석같이 믿고 있는데 자꾸 말을 바꾸면 곤란하잖아요. 변호사님을 바꿔주세요!"

김영자가 신경질을 부렸다. 사무장이 말을 못하고 수화기를 왕 변호사에게 주었다.

"입이 열 개라도 죄송하다는 말 이외 드릴 말씀이 없습니다."

"어머, 곁에서 들으셨다면 미안해요!"

그녀가 목소리를 낮추었다.

"사무장 입장에서 한 말이니 이해합니다. 그보다는."

"무슨 일이 생겼나요?"

"보석보다 더 중요한 일이 터졌습니다."

"공무원들이 불기라도 했나요?"

"그것도 중요하지만, 검사가 김 사장님을 표적으로 삼고 내사 중이라는 정보가 있습니다. 저들 입 잘 막으시고 혹시 검찰이 부르더라도 유도신문에 말려들지 마십시오."

"갇히지 않는 사람들 입은 제게 맡기시고 갇힌 사람 입은 변호사님이 맡아주세요."

"알았습니다."

왕 변호사가 전화를 끊고 점심시간에 구치소로 가서 신달수를 만났다.

"변호사님 믿고 시키는 대로 시인했는데 이제 와서 내가 서두른 바람에 보석이 기각되었다고 둘러대십니까?"

신달수가 따지고 대들었다.

"뭘 모르는군. 처음에는 김 사장님이 관련된 줄 몰라서 그랬지. 그러나 잘못하면 김 사장님까지 뇌물 사건으로 입건되니까 서둘지 말고 시간을 벌자고 한 말인데 거기가 안 듣고 재촉했잖아나?"

왕 변호사가 주먹으로 책상을 치고 벌떡 일어서며 맞고함 쳤다.

"나는 법은 모르고 징역이 너무 괴로우니까 하루라도 빨리 나가려고 그랬지요. 그걸 아신 변호사님이 나를 설득하셨어야지요."

"성질만 내지 말고 앉아요. 그게 말이지 판사가 조금 깔고 앉았다가 심사를 해야 하는데 젊은 판사가 나를 생각한답시고 바로 심사를 한 탓입니다."

왕 변호사가 한 발 물러섰다.

"잘 아는 판사가 왜 기각을 시켜요?"

"방송 신문에 나서 세상 떠들썩하게 만들었는데 판사가 아니라 대통령도 못 내보내지. 그것뿐이요? 군청 과장과 계장이 구속되었고 군수, 토지공사 사장, 국회의원까지 내사를 하고 있어요. 내가 비록 잘나간다고 해도, 대한민국에 어느 변호사라 할지라도 솔직히 집행유예 받기도 어려운 사건이요. 그래도 때가 되면 신청을 하려고 했고 또 조금만 참고 기다리고 그렇게 사정했는데 큰소리치며 떼를 썼지요?"

"…."

"그러나 낙심하지 말아요. 병보석이 남아있으니까. 그보다 중요한 것은 지금 검찰에서 김 사장님도 엮으려고 하고 있단 말이요. 김 사장 안 다치게 하려고 나도 손을 쓰고 있지만 조만간 검찰이 부를지 모르니 말조심하시오."

왕 변호사가 신중히 말했다. 그는 불안한 표정을 지으며 의자에 앉았다.

"최선을 다해 힘을 쓰고 있으니 그리 알고 참아요. 상황 봐서 병보석을 신청할 테니까."

"병이 있어야 병보석이 되는 것 아닙니까?"

"그야 꾸미기 나름이지."

"나갈 수만 있다면 병은 제가 만들어보겠으니 힘을 써주십시오."

"믿고 기다리시오."

왕 변호사는 서둘러 면회실을 나갔다.

2
성공 사례금

무더운 날 회색빛 허름한 신사복을 입은 거지가 왕 변호사 사무실 문 앞에서 얼쩡거렸다.

"또 왔다!"

박미라가 아이스크림을 먹으며 옆에 있는 하소연에게 말했다. 때 묻은 양복을 입은 이상로가 땀을 흘리며 문안으로 들어섰다.

"여름에 웬 양복 입은 거지야?"

하소연이 작은 소리로 말하며 서랍을 열고 500원 동전을 꺼내어 쳐들었다.

"나 거지 아닙니다. 이것 때문에 형편이 워낙 어렵고 곤란해서 염치를 불구하고 변호사님 만나러 왔습니다."

헝클어진 반백의 머리에 검은 턱수염이 많이 자란 그가 영수증을 내밀었다.

"이건 선임 계약서 아닙니까? 무엇이 잘못되었습니까?"

강 사무장이 하소연 뒤로 와서 그녀의 등에 몸을 붙이고 허리를 숙여 계약서를 보며 말했다.

"사무장님! 저는 집행유예로 풀려났지만 모든 기반이 무너졌습니다. 회사는 부도가 나고 사원들도 모두 흩어졌습니다. 건설 장비 사무실 집기와 집까지 압류되어 빚쟁이들에게 시달리고 있습니다. 가까운 친척에게까지 빚을 져 의지할 곳이 없습니다. 나는 노숙을 하고 처자식은 빚진 친척 집을 떠돌고 있습니다."

"집행유예로 나왔으면 되었지 뭘 어쩌란 말입니까?"

"왕 변호사님이라면 돌려주시리라 믿고 왔습니다."

"우린 할 일 다 했는데 무얼 돌려달란 말입니까?"

"거기 적힌 성공 사례금을 약속한 대로 돌려받고 싶어서 왔습니다."

그가 천천히 떨리는 목소리로 말했다. 왕 변호사는 문틈으로 엿들었다.

"처음에 무죄를 받게 해준다고 하시지 않았습니까? 그러나 나는 무죄를 받지 못했으니 약속대로 성공 사례금을 돌려주십시오."

"정신이 돌았지, 세상에 그런 돈을 돌려달라고 한 사람이 처음 봤습니다. 재수 없으니 헛소리 말고 어서 나가시오!"

사무장이 문을 가리키며 노려봤다.

"나는 변호사님 믿고 전세금을 뺐습니다. 제 형편이 너무 곤란합니다. 노숙을 두 달째 하면서 생각 많이 했습니다. 사정 좀 봐주십시오!"

"우리 변호사님 자선사업가 아니니 개소리 말고 썩 나가!"

사무장이 닦아서며 등을 떠밀었다.

"사정이 안 통하면 법대로 할 수밖에 없겠습니다. 변호사나 만나고 가겠습니다."

"미친 개소리 말고 나가!"

사무장이 밖으로 떠밀고 문을 닫았다. 그로부터 며칠 뒤에 사무장은 내용증명 편지를 받았다.

"헤헤, 하룻강아지 범 무서운 모른 이상로, 이 정말로 미친 거지새끼."

사무장이 편지를 들고 와 변호사 앞으로 가서 말했다.

"야, 낮에 맛있게 먹은 것이 넘어오려고 하니 내 앞에서 들먹이지 마라."

왕 변호사가 말하며 나가라고 손을 저었다. 강 사무장은 며칠 뒤에 다시 한 통의 내용증명 서신을 받아 발송인 이름을 보고 바로 분쇄기에 넣어버렸다. 세 번째 내용증명은 읽어보지도 않고 분쇄기에 넣어버렸다. 그로부터 며칠 뒤에 사무장은 법원으로부터 성공 사례금 반환 청구 소송이 제기되었다는 전화를 받고 속으로는 당황했다.

"그놈이 소송을 제기했습니다."

사무장이 왕 변호사에게 전화로 알렸다.

"네놈이 책임진다고 했지 않았나?"

"이렇게까지 나올 줄을 몰랐습니다."

"우라지게 큰소리치더니 나보고 어쩌란 말이야?"

"미안합니다!"
"멍청아, 곧 공천이 떨어진다. 말썽이 되지 않게 알아서 처리해!"
"알겠습니다."

❧

어느 날 점심때 왕 변호사의 사무실 입구에 안에 쫓겨나온 사람과 들어가려는 사람들이 뒤섞여 웅성거리고 있었다.
"보금자리 털어 변호사 사고 아, 노숙하는 내 신세야!"
때 묻은 운동화를 신고 더러운 면바지를 입은 더벅머리 헙수룩한 40대의 한 남자가 사무실 안에서 큰 소리로 떠들며 소란을 피우고 있었다.
"변호사는 변론을 하면 끝이야. 술 마시고 와서 횡포 부리면 신고할 거야!"
사무장이 고함을 질렀다.
"참, 웃기고 있네. 나는 당신네들처럼 간덩이가 크지 못해서 맨정신으로는 못 와. 처음부터 합의를 하라고 했으면 미쳤다고 변호사 사나? 계약하고 나니까 합의 보라고 했지? 어서 신고해봐. 변호사가 사기 쳤다고 동네방네 떠들고 다닐 테니까."
그가 손가락질하며 사무장 앞으로 바싹 닦아서며 말했다. 사무장이 말을 못하고 뒤로 물러섰다.
"왜 말을 못해요? 구속이 되니까 뭐라고 했소? 구속적부심으로 빼준다고 했지요? 적부심이 안 되니까 보석으로 빼준다. 보석이 안 되니 집행유예를 받게 해준다고 했지? 여러분, 변호사 사러 왔거든 잘 알아보고 사시오! 세상 사람들 말 다 믿어도 변호사들 그중에 왕 변호사가 한 말은 다 믿지 마시오!"

그가 기세를 잡고 구경하는 사람들을 바라보며 큰 소리로 말했다. 누군가가 "옳소, 옳아!" 하고 소리쳤다. 곤경에 빠진 사무장이 창가로 가서 등을 돌리고 담배를 피웠다.

"여러분, 왕 변호사가 나를 어떻게 속였느냐 할 것 같으면 선임을 하려고 왔을 때는 구속이 안 되게 해준다고 큰소리쳤고, 그 말을 믿고 보금자리 털어 변호사를 샀습니다."

그가 사람들 앞으로 가서 떠들자 더 많은 사람이 모여들었다. 왕 변호사는 법원에서 비녀와 같이 차를 타고 와서 사무실 입구에서 내렸다. 비녀가 사람들 사이를 비집고 계단을 올라가고 왕 변호사는 그 뒤를 따라 올라가다가 김영자의 뒷모습을 보고 걸음을 멈추었다.

"그다음에는 어떻게 되었소?"

누군가가 큰 소리로 물었다.

"나가리지. 판사를 한 양반이 빵소니가 되고 안 되고를 몰랐겠소? 친고죄는 합의가 왕이랍니다. 그걸 알았으면 미쳤다고 변호사를 삽니까? 여러분! 내 말이 틀렸습니까?"

"옳아!"

체크무늬 남방을 입은 남자가 땀을 흘리며 응수했다.

"변호사, 판사, 검사 한통속이야. 선후배 간에 짜고 치는 고스톱, 무지를 이용한 장사꾼들이야."

왕 변호 바로 앞에 있는 30대의 남자가 말했다. 왕 변호사는 얼굴을 벽 쪽으로 감추고 계단을 내려가 화장실 변기에 앉아 강 사무장에게 핸드폰을 걸었다.

"꿀 먹은 벙어리가 되었소? 큰소리칠 때는 언제고 약효가 죽었소? 여하튼 내 돈만 내주시오! 사무장 양반, 약속을 안 지켰으니까 당연히 내 돈을 내놔야 하는 것이 아니요? ×발 세상에 잘난 변호사 양반이 허허 그래 내 같은 놈에게 사기를 쳐요."

"이 개자식아, 집행유예로 나왔지 않아?"

"집행유예 좋아하네. 변호사가 집행유예 줬나? 합의하니까 풀려났지. 나보다 더 큰 죄진 놈도 합의하고 변호사 없이 집행유예로 풀려난 것 많이 봤어!"

"에잇 더러운 새끼, 퉤!"

주먹으로 책상을 꽝치고 창가로 가서 침을 뱉었다.

"팰 테면 패봐!"

그가 닦아가 오른쪽 팔을 머리로 밀며 모가지를 내밀었다.

"이런 한주먹거리도 안 된 새끼!"

강 사무장이 두 손으로 멱살을 움켜잡고 무릎으로 배를 찼다. 사무원들이 달려들어 뜯어말렸다. 왕 변호사는 싸우는 소리를 듣고 화장실을 나와 사람들 사이를 비집고 성큼 들어갔다.

"아, 변호사 양반!"

정오길이 밖으로 떠밀려 나오다 왕 변호사를 보고 소리쳤다.

"미친 개새끼야, 가서 고소해!"

강 사무장이 그를 문밖으로 떠밀며 엉덩이를 걷어찼다.

"정신 나갔군. 따라와!"

왕 변호사가 성질을 버럭 내며 사무장의 팔을 붙잡아 끌고 들어가 문을 닫았다.

“밖에서 대강은 들었는데 성질이 난다고 해서 손을 대서 쓰나?”

“머리가 돌아 미치겠습니다.”

“얼마야?”

“또 주면 안 됩니다.”

“성질 돋우지 말고 빨리 줘서 쫓아버려!”

왕 변호사가 고함쳤다.

“손 안 댈 테니 다 알아서 하십시오!”

사무장이 문을 박차고 나갔다.

“에잇 재수 없어! 기다린 사람 있나?”

왕 변호사가 넥타이를 풀며 양비녀에게 물었다.

“김 사장이 계십니다. 노여움을 푸세요.”

그녀가 옆으로 닦아섰다.

“저놈이 문제야.”

“당장 갈아 치우세요.”

“나서지 말고 입조심 해라. 그리고 김 사장 보고 다음에 보자고 말씀드리고 나갈 준비 해라.”

왕 변호사가 그녀의 엉덩이를 떠밀었다.

“영감님께서 기분도 언짢고 몹시 피곤해서 쉬시겠답니다.”

양비녀가 그녀를 흘겨보며 말했다.

“아가씨, 왜 그런 눈으로 나를 보지?”

그녀가 노려보며 따져 물었다.

"사장님 때문에 그런 것 아녀요. 죄송합니다!"
양비녀가 둘러대며 사과했다.
"위에나 아래나 다 볼수록 개떡, 빛 좋은 개살구들이네!"
그녀는 사무원들을 흩어보며 말하고 밖으로 나갔다.

3
예정 정사

왕 변호사에게 바람을 맞고 허탈감에 빠진 김영자는 운전기사가 차 안에서 일본 포르노영화를 보고 있는 것을 보고 주저 없이 문을 열고 들어갔다.
"아, 죄송합니다!"
운전기사가 놀란 척하며 핸드폰을 접었다. 여자의 기성 소리가 새어 나왔다.
"기다리기 심심해서 좀 봤습니다."
그가 핸드폰을 열어서 끄며 말했다.
"그이는 뭐라고 해?"
"아무 말 없이 그냥 저에 관해서 묻고."

"필요한 것은?"

"저도 깜박 잊었고, 회장님도 말씀하지 않았습니다."

"서로 깜박했군. 변호사 보면 볼수록 빛 좋은 개살구야. 식사시간 지났는데 어데 가서 같이 식사나 할까?"

"사장님 좋은 대로 하십시오."

"조금 가면 호텔이 있어. 그곳으로 가. 김 기사는 미혼이라고 했지?"

"네."

"애인도 없다고 했지?"

그녀는 몸을 앞으로 숙이며 속삭이듯이 물었다.

"저 같은 촌놈한테 무슨 애인이 있겠습니까?"

고영호는 힐긋 돌아보며 말하고 '내 수가 적중했군, 발정한 암캐처럼 꼴린 거로군, 복수의 여신이 드디어 내 편을 드는군.' 하고 속으로 말하며 미소를 지었다.

"일이 제대로 안 풀리니까 몹시 피곤하군. 점심 먹고 김 기사하고 잠시 쉬었다 가고 싶은데 괜찮겠어?"

"사장님 원하시는 대로 하십시오."

"김 기사의 앞날을 내가 책임질게."

그녀는 차에서 내려 먼저 호텔로 들어갔다. 카운터에서 계산을 하고 방 키를 핸드백에 넣고 뷔페로 갔다. 그는 조금 떨어져서 따라갔다.

"시간이 없으니 저기 가서 빨리 먹고 가."

그녀는 식당으로 들어가며 흥분된 목소리로 말했다. 그는 말없이 그녀의 뒤를 따라가서 접시를 들고 좋아하는 음식을 담고 식탁에 마주 앉았다.

"사람이란 성에 있어서 다 같은 거야. 남자나 여자나, 젊거나 늙거나, 돈이 있건 없건, 명예가 있건 없건, 서로 같이 살다가 혼자 지내려면 외롭고 괴로운 것은 마찬가지야. 그러니 내 속을 보지 마. 대신 아까 말한 대로 대가는 충분히 치를게. 이건 둘만의 약속이야."

그녀는 식사는 조금만 하고 술을 거푸 두 잔을 마셨다. 그는 그녀를 지긋이 바라보며 '으음, 드디어 빛을 받게 되는군. 디오니소스가 해결사 노릇까지 하는군!' 속으로 웃으며 말했다.

"약속해!"

"저 같은 놈에게는 꿈에도 생각 못 할 큰 영광입니다. 사장님을 위한 일이라면 목이라도 내놓겠으니 걱정을 마십시오!"

"처음부터 마스터 김이 맘에 들고 좋아! 대가는 충분히 치를 거야."

그녀는 붉어진 눈으로 쳐다보며 웃으며 말했다.

"사장님이 좋으시다면 영광입니다!"

"공짜는 재미가 없어. 값어치가 얼마나 나갈지 감정을 해보고 결정을 할 거야. 내가 먼저 갈 테니 조금 있다가 오백십이 호야."

그녀는 주위를 살피며 엘리베이터를 타고 방으로 가서 옷을 벗고 속옷 차림으로 침대에 걸터앉아서 기다렸다. 그가 문을 살짝 열고 얼굴을 내밀었다.

"문 잘 닫고 어서 와!"

그녀는 흥분을 못 참고 재촉했다. 그가 돌아서서 문을 잠그고 천천히 걸어왔다.

"거기 서!"

그를 방 가운데 화장대 앞에 서게 했다. 그가 걸음을 멈추고 그녀를 바라보았다.

"시키는 대로 한다고 했지?"

"네."

"그럼 거기 서서 어서 옷을 벗어. 나는 솔직히 미스터 김 같은 젊고 잘생긴 남자를 아직 보지 못했어. 밝은 데서 찬찬히 보고 싶었어. 어서 벗어봐!"

그녀는 자신의 속옷 오른쪽 어깨끈을 걷어내며 말했다. 그가 상의를 벗어서 옷장에다 넣으려고 몸을 돌렸다.

"나 너무 좋아! 움직이지 말고 나를 보고 벗어!"

그는 벗은 옷을 차례로 탁자 위에 놨다. 마지막으로 속옷을 벗으려고 양손을 허리로 올렸다. 군살 하나 없는 체구에 음모가 배꼽까지 곱게 돋아있고 가슴에도 검은 털이 약간 있었다.

"미스터 김, 정말 멋지다! 움직이지 말고 그대로 있어. 아, 젊은 남자 너무 아름다워! 가슴 털이 매혹적이고 멋지네!"

그녀는 탄성을 지르며 벌떡 일어나 왼손으로 가슴 털을 쓰다듬고 무릎을 꿇고 앉아서 얼굴을 돌려가며 문질렀다.

"아 단단하고 세고, 이게 바로 남자로구나!"

그녀가 갑자기 벌떡 일어나 한 발 뒤로 물러섰다. 그가 팔을 벌리고 닦아섰다.

"덤비지 말고 좀 더 보게 바로 서! 뒤로 하나둘, 앞으로 하나둘, 그리고 옆으로, 돌아서!"

그녀는 흥분된 목소리로 말하며 자신의 손가락을 입에 물고 다리를 뒤틀며 그를 얼마 동안 바라보았다.

4
위험한 신권(神權)

9월 25일 금요일 오후 2시에 210호 법정에서 신달수의 첫 재판이 열렸다. 방청석에는 피부가 거칠고 옷차림이 협수룩한 사람들과 피부가 희고 옷차림이 깨끗한 사람들이 무리 지어 떠들고 있었다. 골프장 건설을 반대하는 사람과 찬성하는 사람들이어서 김장감이 도는 상황이었다.

"모두 모자를 벗으시오! 핸드폰은 끄고 껌을 씹지 마시오! 자자, 이제 그만 떠드시오!"

나이 들어 보이고 빼빼 마른 정리가 앞에 서서 말했다. 법복을 입은 공판검사 뒤를 따라 홍 검사가 들어오고 변호사들이 한두 명씩 들어왔다. 법복을 입은 재판장이 배석판사를 거느리고 보무당당하게 들어왔다.

"모두 일어서시오!"

정리가 부동자세로 서서 외쳤다. 검사, 변호사, 방청석에 절름발이, 임신한 여자, 주름투성이 노인이 일어났다. 재판장이 법복을 추슬러 앉은 뒤에 배석판사가 양쪽에 앉았다.

"모두 자리에 앉으시오!"

정리가 말했다. 오른쪽 배석판사는 등받이에 등과 머리를 기대고 앉아서 방청객들을 찬찬히 돌아가며 훑어보고 왼쪽 배석판사는 소송 서류를 보고 있었다. 왕 변호사는 조 변호사와 비녀를 대동하고 오른쪽 출입문에서 들어와 재판장을 향해 허리를 숙여서 정중하게 인사를 하고 변호인 자리로 가서 앉았다. 재판장이 왕 변호사를 바라보며 눈인사를 하고 쌓인 서류 중간쯤에 있는 신달수의 소송 서류를 들추어냈다.

"재판을 시작하겠습니다. 사건번호, 고합 천이백삼십삼 호 피고인 신달수, 박명수, 이승수!"

재판장이 피고인을 불렀다. 수의를 입은 세 명의 피고인들을 교도관이 붙잡고 나와 피고인석에 세웠다. 피고인들이 재판장에게 고개를 숙여 인사를 했다. 방청석에서 누군가 "× 할 놈! 악질 사기꾼!"이라고 말하고, 다른 어떤 사람은 나라 망치는 투기꾼이라고 큰 소리로 말했다.

"조용!"

재판장이 눈을 부릅뜨고 방청석을 노려보며 큰소리쳤다.

"떠들면 모두 퇴정시키겠으니 조용히 하시오!"

재판장이 어깨를 펴며 말하고 홍 검사에게 시선을 돌렸다. 홍 검사가 서류를 들고 일어섰다.

"피고인은 처 김영자와 투기를 목적으로 부동산을 거래하여 많은 재산을 모았지요?"

홍 검사가 인적 사항을 확인하고 심문했다.

"검찰은 사건 내용만 심문하십시오."

재판장이 심문을 제한했다.

"피고인은 경기도 시화군 수암면 서안평 산 일 번지 피고인 소유

임야와 농지에 놀이공원과 골프 연습장을 만들기 위해 피고인의 명의로 드림랜드라는 법인을 설립했지요?"

"네."

"피고인은 시화군으로부터 이십만 평 규모의 골프 연습장과 놀이공원 설립 허가를 받아 공사를 하면서 골프 연습장이 아닌 골프장을 허가 없이 공사하면서 시화군 건설과장 피고인 박명수, 같은 산림과장 피고인 이승수에게 수차에 걸쳐 피고인 박명수에게 합 일억오천만 원 이승수에게는 합 일억 원을 제공하고 현장 확인이나 감독을 나올 때마다 식사와 술대접을 하면서 성상납까지 하였지요?"

"…."

"대답을 하지 않으면 시인한 것으로 인정합니다. 피고인 박명수!"

"네."

"피고인은 본 검사의 삼회의 심문에 진술하고 서명한 바와 같이 이 피고인 신달수로부터 같은 금품 향응과 18세 이하 여자를 성상납 받아 미성년자 성관계법을 위반한 사실이 있지요?"

"…."

"피고인 이승수!"

"네."

"피고인은 상피고인 신달수에게 같은 금품과 성상납을 받은 것이 사실이지요?"

"네."

"피고인은 신달수!"

"네."

"피고인은 담당 공무원들에게 금품을 제공하여 뇌물수수에 관한 법률을 위반하였고, 증 제사 호, 오 호, 육 호와 같이 그린벨트로 묶여있는 십만 평의 임야에 나무를 벌목하여 산림훼손 및 그린벨트 규제에 관한 법률과 농지 보존 및 이용에 관한 법률을 위반하였지요?"

"허가를 신청하였습니다."

"신청을 하였으나 허가가 나지 않았지요?"

"사전 공사는 나만 한 것 아닙니다."

"이상입니다."

홍 검사가 진술을 마쳤다. 왕 변호사가 서류를 들고 일어섰다.

"피고인 신달수 씨는 지금부터 내가 묻는 말에 재판장님에게 대답을 하십시오."

"네."

"피고인은 군청으로부터 드림랜드 법인설립 인가를 받고 형질 변경을 비롯한 벌목 허가를 받고 공사를 했지요?"

"네."

"다만 일부의 산림이 그린벨트가 해제되지 않고 일부의 농지에 대한 형질 변경 허가를 받지 못했지요?"

"네. 모두 추가로 신청을 했습니다."

방청석에서 한 사람이 "야, 홀래기 사기꾼!' 하고 큰 소리로 외쳤다.

"떠들면 모두 퇴정시키겠으니 조용히 하시오!"

재판장이 준엄한 자세로 방청석을 둘러보며 큰 소리로 말했다.

"피고인은 나머지도 모두 허가가 날 것으로 믿었지요?"

"네."

"임야 십만 평과 농지 오만 평은 원래 피고인 소유였으며 나머지는 매입을 했거나 매입을 하고 있는 중이었지요?"

"네."

"땅을 팔지 않는 사람들이 값을 올려 받기 위해 반대시위를 한 것이지요?"

"네."

"야, 부엉이가 올빼미 겁탈해서 생긴 대가리에 껍질 쓰고 다닌 사기꾼 놈아! 우리가 언제 그랬느냐? 왕투기꾼! 마누라 치마폭에 쌓여 헐떡거리는 애부 거더머리 같은 놈!"

쥐색 양복을 입은 남자가 일어서서 말했다.

"독 틈에 사는 생쥐 같은 놈!"

검은색 정장을 입은 중년 남자가 일어서서 외치자 농민들이 모두 자리에서 일어섰다.

"정리! 저 두 사람 퇴정시키시오!"

"저기 거기 나가! 어서 나가!"

정리가 손가락질하며 말했다.

"판사, 변호사는 왜 사기꾼 편만 듭니까?"

회색 양복을 입은 사람이 안타까운 표정으로 번갈아 보며 말했다.

"저 사람도 구인하라!"

재판장이 인상을 쓰며 말했다. 농민들이 다시 한 사람씩 일어섰다.

"신성한 법정에서 떠들거나 재판을 방해하면 모두 구인하겠으니 다 앉으시오!"

"몰라서 그랬습니다. 조용히 있겠으니 용서해주십시오!"

양복을 입은 사람이 말했다. 정리 3명이 들어왔다.

"감히 판사가 말하고 있는데 무엄하다! 정리, 저 사람도 구인하라!"

재판장이 지시하자 정리들이 그 사람을 끌고 나갔다.

"판사님 저희들은 너무 억울하고 분해서 그런 것이니 한 번만 봐주십시오!"

농민들이 모두 일어서서 사정을 했다.

"법정이 정리될 때까지 잠시 휴정하겠습니다."

재판장이 망치를 두드리고 나갔다. 경찰이 방청석을 포위했다. 법정은 잠시 침묵이 흘렀다. 재판장이 다시 들어와 자리에 앉았다.

"법정은 신성하고 엄숙한 곳입니다. 앞으로 떠들거나 재판을 방해하면 모두 다 구인하겠으니 명심하시오!"

재판장이 방청석을 천천히 훑어보며 말했다.

"드림랜드는 영리를 위한 한 기업의 사업이라기보다는 서해안 시대를 대비하여 경제 발전을 주도하려는 시화군의 적극적인 협력을 받아 추진한 사업이지요?"

왕 변호사가 일어서서 물었다. 방청석에서 한숨과 야유가 새어 나오자 판사가 다시 눈을 부릅떴다.

"피고인은 불우한 이웃을 위해 장학금 등 매년 수억의 돈을 기부하고 있으며, 그 영수증을 모두 법원에 제출했지요?"

"네."

"피고인은 군청이 유치한 사업이라 형질 변경 및 그린벨트가 당연히 해제될 것으로 믿고 공사를 했지요?"

"네."

"심리를 연기하고 군수를 참고인으로 소환해보겠습니다. 다음 날짜는 추후에 지정하여 통지하겠습니다."

재판장이 심리를 연기했다. 홍 검사는 시화군수를 뇌물수수 혐의로 입건했다.

김영자는 사건에 대비하여 군수와 말을 맞추고 변호사를 선임해주었으며 왕 변호사에게 재산권 보전 권한을 위임했다. 신달수에 대한 재판은 병합과 증거조사 등으로 연기에 연기를 거듭하고 있었다. 그녀는 고영호와 관계를 맺은 뒤로 재판을 서둘지 않았다. 일과를 마치고 고영호와 서울 호텔로 가는 도중에 핸드폰 벨 소리를 듣고 열었다.

"드디어 보석이 오늘 결정되었습니다."

강 사무장이 벅찬 목소리로 말했다.

"이제 와서 보석이라니?"

"신 회장이 풀려나는데 기쁘지 않으세요?"

"다음 주가 선고잖아요?"

"그렇지요."

"나와서 법원에 왔다가 갔다 하느니 기왕지사 깨끗이 집행유예를 받고 나온 것이 더 낫다고 했잖아요?"

"허허, 그것은 만약의 경우를 생각해서 말씀드린 것이지요. 죄의 경중을 떠나서 징역은 풀고 나와야지요. 판사 맘을 누가 알고, 징역이 어떻게 날지 누가 알아요. 일단 나오고 봐야지요."

"또 말 바꾸시네. 냄비에 죽 끓듯 한 댁들의 말을 어떻게 믿어요? 나도 이제 알 만큼 알아요. 우리 그이도 그렇게 하려고 마음 잡고 여태 참고 있으니 집행유예로 나오게 하세요."

그녀가 짜증을 내며 핸드폰을 접었다. 벨이 다시 울리자 그녀는 다시 켰다.

"이보다 더한 무슨 일이 있다고 전화를 끊습니까?"

"짜증 나게 하잖아요!"

"왜 화를 내십니까?"

"사기를 치잖아요!"

"헤헤, 정말 섭섭합니다. 보석이 안 되니까 차선책으로 했던 말이고 보석이 되었든 집행유예가 되었던 일단 나와야 하니까 사례금 가지고 어서 오십시오!"

"지금 바빠요. 그리고 무슨 돈을 또 가지고 오라고 해요?"

"보석이 결정되었으니 당연히 사례금은 줘야지요."

"오늘 중요한 약속이 있는데 내일 나오면 안 되나요?"

"농담 마시고 어서 오십시오!"

"선고가 일주일 남았는데 사례비는 못 내요."

"반월그룹 회장님답지 않게 왜 이러실까? 보석을 신청한다고 해서 다 허가가 되는 것이 아닙니다. 신 회장님은 보석을 나올 요건이 안 됩니다. 한 심급에서 두 번 보석을 신청할 수 없는데 판사가 우리 영감님 보시고 특별히 봐주신 것입니다."

"나도 법 알 만큼 알아요."

"죄짓고 감옥에 가서 돈 두고 보석 신청하지 않는 사람, 그런 사람

있으면 나와보라고 해요. 보석 신청을 한다고 해서 다 나가면 돈 두고 징역 살 사람이 누가 있겠습니까? 보석은 심리를 하다 보면 늦어지는 것은 다반사입니다. 재판받으면 나온다는 보장 없습니다. 그동안 겪으셔서 잘 아시겠지만 보석이 결코 쉬운 것이 아닙니다. 영감님이 이번에 공천을 받은 줄 알기 때문에 판사님이 특별히 봐주신 것입니다. 어서 오십시오!"

사무장이 전화를 끊었다. 전화 내용에 귀를 기울이고 있던 고영호는 '귀중한 순간에 놈이 또 방해를 하는군. 저 꿀단지를 어떻게 하지?' 속으로 말하며 고민에 빠졌다.

"미스터 김 차를 돌려!"

그녀는 마음을 바꾸었다. 그는 차를 돌려 길가에 세웠다.

"그이가 나오면 미스터 김은 어떻게 하지?"

"그냥 떨어지라고 하시진 않으시겠지요?"

"가장 소중한 존재라고 몇 번이나 말해야 믿겠나?"

"그렇다면 저야 사장님이 편하게 해야지요."

"좋았어! 우선 미스터 김이 피해 있어."

"회장님이 나오면 저를 찾을 겁니다."

"무엇 때문에?"

"그건 비밀입니다."

"무슨 비밀인지 어서 솔직히 말해줘!"

"나 보고 사장님을 지키라고 하셨습니다."

"나를 감시하라, 일단 피해 있어. 일이 해결될 때까지 얼씬도 하지 말고 돈을 줄 터이니 아파트를 얻어놓고 전화해."

그녀는 지갑에서 수표 몇 장을 꺼내서 그에게 주었다.

"그 정도면 아파트를 얻을 거야. 당장 농장으로 가서 짐을 싸고 나와."

그는 시키는 대로 농장으로 가서 별장 앞에 주차했다.

"당분간 못 하겠지? 어서 올라와!"

그녀는 고영호를 잡아당기며 올라탔다.

"어서 가서 짐 꾸려고 나와."

그녀는 헐떡거리며 늘어지려는 그를 떠밀었다.

"조금만 더!"

"시간도 없으니 수건이나 꺼내주고 어서 가."

그녀는 발로 그를 걷어차며 옷으로 몸을 덮었다. 그는 옷을 걸머쥐고 별장으로 들어갔다. 그녀는 피로를 이기지 못하고 눈을 감았다.

"어이 구멍동서! 이건 쫓겨난 것이 아니라 너에게 요강단지를 물려주고 나는 꿀단지를 갖기 위한 방편으로 피할 뿐이야."

그는 신달수의 사진을 보고 말하며 짐을 차에 실었다.

"시내로 가서 아무 데나 내려서 연락할 때까지 기다려."

그녀가 옷을 입으며 말했다. 그는 시외버스 터미널 입구에서 내렸다. 그녀는 운전으로 옮겨 앉아 흩어진 옷매를 바로 잡고 립스틱을 새로 바르고 핸들을 잡았다. 왕 변호사 사무실 입구에 세우고 차에서 내려 계단을 올라 노크하고 문을 열었다.

"아, 잠시만 기다리세요!"

사무장이 하소연과 소파에서 섹스를 하다가 머리를 쳐들고 다급히 소리쳤다. 하소연이 옷을 움켜지고 변호사 방으로 들어갔다.

"기다리기 심심해서 장난 좀 쳤습니다. 다시 말씀드리지만 보석이 허가된 것은 기적입니다."

사무장이 얼굴을 만지며 말했다.

"변호사님은 앞으로 변호사는 그만두신 가요?"

그녀가 돈을 꺼내어 세며 물었다.

"아닙니다. 시간이 없는데 어서 구치소로 가보십시오."

강 사무장이 돈을 받아 가방에 넣고 말했다.

어두운 밤 구치소 정문 밖 희미한 불빛 아래서 신달수는 교도관 부축을 받으며 기다리고 있었다. 김영자는 그 앞에 차를 돌려세웠다.

"기사는 어데 가고?"

그가 차에 타며 물었다.

"꾀병인지 알았는데 진짜 아픈가요?"

그녀가 실망에 젖어 물었다.

"놈에게 무슨 일 생겼소?"

"아프냐고 묻는데 놈 생각만 하세요?"

그녀가 성질을 냈다.

"내가 잘못했소! 어데 가서 신나게 하고 갑시다."

그가 어깨를 낮추고 그녀의 다리 사이를 만지며 말했다.

"빌빌대고 나오면서 그것만 생각나나요?"

"섹스는 징역에 진짜 커."

"남자들은 다 같아. 글쎄 사무장이 방금 소파에서 여사무원하고 그새 일을 벌이고 있더라니까."

그녀가 관심을 돌리려고 말을 바꾸었다.

"구치소는 성의 무덤이고 호모섹스 도가니요."

"구치소에서 그걸 어떻게 한다고 그래요?"

"자위도 하고 동성연애 많이 하지. 그런데 가난해서 죄짓고 불행한 사람들 보금자리 털어 내는 그런 인간들을 하필이면 죄진 사람들 편에 있게 하는 이 사회가 썩었어."

"변호사만 나쁜가요? 판사도 한 통속이니까 그렇지. 어느 미국 영화에 보니 변호사가 공정사회의 적이라고 하데요. 그런데 이 나라는 죄지으면 검사, 판사는 외계인 같아. 변호사 없으면 곁에는 고사하고 주변에 얼씬도 못 해요."

"적인지 아닌지 모르겠는데 선후배를 넘어 형님, 동생같이 지낸 것이 현실이야. 시간 계산해보면 한 건당 최소 삼백만 원이라, 죄진 사람들에게는 변호사 선임비가 비싸도 너무 비싸. 변호사가 법정에서 변론한 시간은 길어야 얼마나 될까? 전과도 없고 합의가 되었으니 관대한 처벌을 바란다고 말 몇 마디하고 몇백만 원 꿀꺽하지. 그 왕 변호사 원망하는 사람들 많아요. 죄짓고 이미 파탄나버린 사람들 보금자리 터는 격이지."

"그래도 다 잘나서 국회의원도 하고 대통령도 하잖아요."

"구치소에서 보니 돈 두고 징역 산 사람 별로 없고, 사기 쳐서 돈 감춰놓고 징역을 사는 사람도 없어. 세상에 다단계 사기 공범들인데 변호사를 산 사람은 나가고 변호사 안 산 사람은 징역 살아."

"변호사 사무실에 있으면 별난 일이 다 벌어져요. 빛 좋은 개살구들이죠."

"놈이 점잖게 생겼던데 무슨 일이 생겼소?"

"자가용 운전한 것들 다 그렇지요. 그런데 왜 찾아요?"

"당신 힘들게 운전하니까 한 말이요. 우리 저 호텔로 갑시다."

"집으로 가요."

"오늘 집에 들어가면 재수 없어진대요."

"그렇다면 어쩔 수 없죠."

그녀는 피곤함을 이기지 못하고 호텔로 들어갔다.

"그냥 자면 안 되나요?"

그녀는 피로를 이기지 못하고 침대에 엎드려지며 말했다.

"왜 피곤한데?"

그가 짜증을 냈다.

"월말 주주총회 있었고, 운전도 했잖아요."

"그럼 그냥 자야지."

그 역시 보석은 생각도 못 하고 간밤에 자위를 한 터라 봐준 척 물러났다. 그리고 며칠 뒤 그는 구치소에서 전해 들은 병원에서 소리 없이 유행되는 발기 시술을 받았다. 아물기 전에 비아그라를 먹고 섹스를 하여 시술 부위가 악화되었다. 그것을 숨기고 지내다 결국 원인불명의 병균에 오염되어 성기를 절단하였다.

4편

하늘의 그물

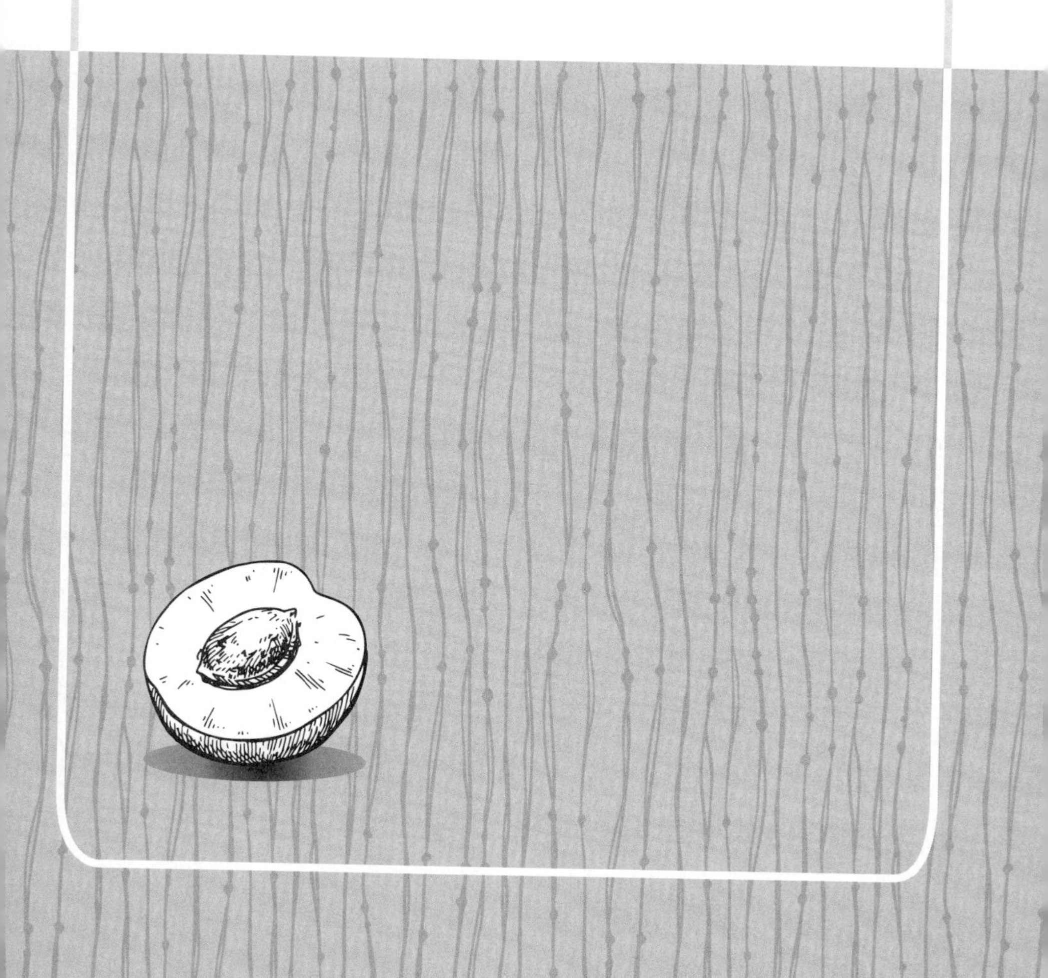

1
큰길 좁은 문

왕 변호사는 인기를 떨치며 많은 돈을 벌어 5층 빌딩을 짓고 지방 최대의 합동법률사무소를 설립하였다. 유능한 변호사라는 명성을 날리며 번 돈으로 정계의 발판을 만들기 위해 2개의 갈비 선물 상자에 현금을 담아 차에 싣고 여의도 여당 당사로 갔다. 그중에 한 상자는 당에 내고 한 상자는 박명두의 차에 넘기고 삼청동 요정으로 가서 마주 앉았다.

“국회 떼거리 요지경이다.”

“각오하고 있습니다.”

“잘나도 죽고 너무 못나도 죽는 골치 아픈 조직이란 말이야.”

“선배님만 믿고 따르겠습니다.”

“서울 경기는 판도가 바뀌었다.”

“강남에는 건재하지 않습니까?”

“그런데 혼자 사는 것이 문제야.”

“독신이 더 유리하지 않나요?”

“인마! 신부와 국회의원은 다르다. 그리고 지금은 공화국 시절이 아니다. 선거는 총 없는 전쟁이야.”

“선배님이 끌어주면 걱정 없습니다.”

“자식아, 그럼 우선 계약 동건가 뭔가 하는 것부터 끝내라.”

"뒷조사까지 하셨습니까?"

왕 변호사가 저의기 놀라 얼굴을 살짝 붉히며 물었다.

"요즘 기본이다. 그리고 나로서 당연하고 중요한 과업이다."

"그것 덮을 수 없을까요?"

"덮는 거야 내 소관이니 발표 전에 깨끗이 정리하고 등록하기 전에 결혼해서 온전한 가정을 꾸려라."

"결혼까지 해야 합니까?"

"공직자로서 반드시 갖추어야 할 덕목이다."

"그건 지나칩니다."

"인마, 인구 증가가 시국 현안인데 독신주의가 말이 되냐?"

"아, 그렇겠군요! 공약을 무엇을 걸까요?"

"첫째도 경제고, 둘째도 경제다."

"법질서라면 몰라도 경제에는 좀."

"국회의원들 공약 다 그렇지. 부자 만들어서 잘 살게 해준다고 하면 돼. 우리가 무단한 경제 파탄을 내세워 빼앗긴 정권을 되찾았잖아."

"종전이나 평화협정 같은 것은 어떨까요?"

"인마, 그건 좌파들 정책이야. 이 나라에서는 집값 땅값 올라가게 해주겠다고 하면 되고, 주민들이 숙원 하는 사업이 무엇인지 알아가지고 앞뒤 가리지 말고 다 들어준다고 해라. 선거공약 다 지킨 놈 없다. 이외 다른 것은 당에서 알아서 해준다."

"사이버전략팀을 만들려고 합니다."

"그것은 선거캠프에서 전문가들을 꾸려서 대응한다. 너 대쪽판사 이미지 잘 먹힐 거야."

"그건 물간 거라. 좀."

"구속된 대통령 봐라. 포퓰리즘인가, 포퓰리즘 인가? 그것참 허망한 것이다. 지도자에게는 시운과 합당한 자격이 있어야 한다. 공사는 그만하고 술 마시자!"

박명두가 벨을 눌렀다. 한복을 입은 마담이 같은 한복을 입은 여섯 명의 여자를 데리고 들어왔다. 어려보이는 그녀들 중에 단소와 가야금을 든 네 명은 무대로 가서 자진난봉가를 연주하고, 두 명은 왕 변호사와 박명두 옆에 앉아 절을 하였다.

"너도 이런 것 좋아하지?"

"선배님이 좋아하시는데 홀몸인 저야 여부가 있겠습니까."

"요것들아 술잔을 채워라. 모두 다 홀딱 벗고 풍악을 울려라."

박명두가 여자의 허리를 끌어당기자 왕 변호사가 지갑을 열었다.

왕 변호사는 정 판사를 결혼 대상으로 점찍고 청혼하기 전에 양비녀와 관계를 청산하려고 하였으나 말을 듣지 않아 고민에 빠졌다. 어느 날 오후 공천 결과가 궁금해서 조 변호사에게 맡기고 사무실로 돌아왔다.

"박 대표님께서 전화가 두 번이나 왔는데 오시면 바로 전화를 하라고 하셨습니다."

양비녀가 마중을 나와 말했다.

"전화 걸어!"

못마땅한 표정으로 옷을 벗어주며 말하고 소파에 앉았다. 그녀는 전화를 걸어서 넘겨주고 뒤에서 가슴을 등에 붙이고 어깨를 주물렀다. 왕 변호사가 그만두고 나가라고 손짓을 했으나 말을 듣지 않았다.

"나가란 말이야!"

왕 변호사가 성질을 냈다. 그녀는 눈을 흘기며 나가 문틈으로 엿들었다.

"네가 원하는 대로 강남으로 떨어졌는데 결혼 문제는 잘되어가고 있나?"

"노력하고 있습니다만 꼭 결혼을 해야 합니까?"

"가정적인 결함이나 도덕적인 요인들이 승패를 좌우할 수 있다. 유세가 시작되기 전에 결혼을 끝내라. 없으면 내가 소개할까?"

"아닙니다. 이곳에 있는 노처녀 판사가 있는데 접근 중입니다."

"안성맞춤이다. 내 말 헛듣지 말고 빨리 서둘러라!"

"만나서 자세히 말씀드리겠습니다."

"그래 저녁에 만나자."

"내일 만나지요?"

"그래 내일 늦게라도 만나자."

전화를 끊었다.

"영감님!"

양비녀가 불쑥 들어갔다.

"뭐야?"

"그 여자가 누군가요?"

"알 것 없다."

"다 들었어요."
"망할 것!"
"갑자기 저를 멀리한 이유가 다 여자 때문이었군요?"
"입 닥치고 나가!"
"나이 상관하지 않겠다고 말씀드렸잖아요? 손녀 같은 여자와 사는 국회의원도 있잖아요?"
"주제 파악도 못 한 것, 그런 놈들과 나를 비교하지 말고 어서 나가!"
"대학을 안 나와서라면 지금이라도 대학에 들어가겠어요."
"말이 났으니 솔직히 말하마, 정 판사와 결혼할 생각이다."
"엄마, 내 신세야!"
"망할 것아, 밖에 들린다. 입 다물고 약속이나 지켜!"
왕 변호사가 자리를 박차고 일어나 문을 걷어찼다. 귀를 대고 엿듣던 사무장이 넘어졌다.
"뭘 엿들어?"
"안방인지 사무실인지 헛갈려서 그랬습니다."
"따라와!"
왕 변호사가 사무장의 옷깃을 잡고 밖으로 나갔다.
"저 푼수 같은 년이 이제 버젓이 나보고 결혼하잔다. 저년 꼴 안 보게 네가 좀 나서야겠다."
"꼭지가 돌아도 많이 돌았으니 재미를 보더라도 집에서나 보고 사무실엔 나오지 못하게 하라고 말씀드렸는데 영감님이 안 들으셨잖아요. 사생활 문제는 제가 관여할 수 없으나 사무실에 나오지 못하게 해보겠습니다."

“아예 안 봤으면 좋겠단 말이야.”

“일단 사무실엔 발을 못 붙이게 하겠습니다.”

“그렇게라도 해주면 고맙지. 박 대표 만나러 일찍 가니 무슨 일 있으면 전화해.”

“잘하면 내일부터 저 꼴 보기 싫은 것 안 봐도 될 거야.”

사무장이 하소연의 귀에다 대고 말했다.

“촐랑대는 것은 밉지만 같은 여자 입장에서 짠하네요.”

“그 관계는 둘이 알아서 할 테고 나는 사무실에만 못 나오게 할 거야.”

“그럼 내일부터 낯 뜨거워질 일은 없겠네.”

그녀가 박미라에게 작은 소리로 말했다. 박미라는 ‘너는? 똥 먹은 개가 겨 먹는 개 말하네.’ 하고 속으로 말했다. 사무장은 마음을 가다듬고 안으로 들어가 그녀가 울음을 그칠 때까지 기다렸다. 그동안 사무실에서 경솔했던 일들을 지적하고 내일부터 사무실에 나오지 말라고 당부했다. 그녀는 눈물을 흘리며 보따리를 쌌다. 왕 변호사는 그녀 집에 발을 끊었다. 그녀는 왕 변호사의 타워펠리스 앞에서 기다렸다.

“내가 너와 더 이상 동거할 수 없다는 것을 네가 누구보다 잘 알지 않느냐? 계약도 끝나고 싫지만 네가 사는 집을 주겠다고 했다. 그런데 뭘 더 바라고 찾아와서 피곤하게 하는 이유가 무엇이냐?”

왕 변호사가 그녀를 들어오지 못하게 현관에 세워놓고 고함을 쳤다.

“집도 싫고 돈도 싫어요! 영감님이 좋아요! 제발 버리지만 마세요!”

그녀가 울며 사정했다.

“이 문을 닫으며 너를 가만두지 않을 것 같다. 나는 정 판사와 결혼한다. 수일 내로 청담동으로 찾아가겠으니 그때 의논하고 오늘은 조용히 돌아가라!"

왕 변호사가 문을 닫았다. 그녀는 왕 변호사가 올 것을 믿고 물러섰다. 그녀는 최악의 경우에 대비하기 위하여 마루와 침실에 카메라와 녹음기를 설치하고 왕 변호사가 오기만 기다렸다.

왕 변호사가 공천을 받았다는 소문을 듣고 지지자들이 벌 떼처럼 모여들었다. 지지자들은 후원회를 조직하고 후원금을 모았다. 김영자는 왕 변호사가 동거녀와 헤어졌다는 말을 듣고 발 벗고 나섰다. 웨딩홀을 만들기 위해 구입한 역삼역 부근 빌딩 2층을 사무실로 내어주었다. 차용증 하나로 10억 원을 빌려주고 후원자들을 리베라호텔 연회석으로 초대하여 단합대회를 열고 왕 변호사의 왼쪽을 차지하였다. 그녀는 왕 변호사가 원하면 전 재산이라도 내놓을 생각이었다. 그러나 왕 변호사는 의자를 끌어 정은숙 판사 쪽으로 붙으며 그녀와는 거리를 두는 것을 보고 배신감이 들었다. 사람들을 소개하면서도 자신을 든든한 후원자라고 짧게 소개하고 정은숙은 판사요 미혼이며, 각별한 사이라고 길게 소개하자 그녀는 실망감에 자리를 박차고 나왔다. 왕 변호사는 정은숙으로 인해 더욱 껄끄러워진 그녀가 그렇게 자리를 뜬 것이 오히려 다행이었다. 그래서 당황하거나 붙잡지 않았다.

"특별히 정해둔 곳이 있는데 가서 이야기 좀 합시다."

왕 변호사가 지지자들이 떠난 뒤에 정은숙의 귀에다 대고 말하며 일어섰다. 엘리베이터를 타고 15층 라운지로 가서 창가에 마주 앉았다.

"긴말 생략하고 결론을 말하겠습니다. 국회의원이 되는 것이 전부가 아니라 대통령이 되는 것이 나의 꿈이요. 비록 대법원장을 목전에 두고 물러났지만 판사로서 명성을 날렸고 변호사로서도 누구보다 성공하였소. 나는 무너져 가는 보수를 세울 능력과 자신이 있소. 많은 동문과 동향들이 원하고 있습니다. 이제 정계로 가서 내 꿈을 이루어야겠소. 야당의 탄핵공세에 몰린 대통령이 나에게 기대를 걸고 박명두가 나를 끌고 있는데 독신이 염려된다고 하였소. 그대와 결혼하고 싶소!"

"정략적 결혼을 해달란 건가요?"

"아니요, 사랑합니다! 청혼을 받아주십시오!"

"다른 여자는 없다면 저도 선배가 좋아요."

"내 청을 들어준다면 그대를 장차 이 나라의 퍼스트레이디로 만들어드리겠소."

왕 변호사가 벌떡 일어나 그녀를 끌어안았다.

"아, 내 사랑!"

그녀가 가슴을 열고 품에 안겼다. 왕 변호사는 키스를 오래 하고 나서 벨을 눌러 웨이터를 찾았다.

"그대여, 오늘 밤 당장 결혼합시다!"

"이 깊은 밤에 어디서 결혼을 하겠단 말인가요?"

"그대가 내 청을 들어주리라 믿고 깜짝 놀랄만한 이벤트를 미리 준비를 해두었소. 웨이터!"

웨이터가 나타났다.

"어서 우리를 방으로 안내해라!"

웨이터에게 팁을 듬뿍 주며 말했다. 웨이터가 문을 열었다. 문밖에서 두 남녀가 청사초롱을 들고 길을 밝혔다.

"그대여, 눈을 감아요!"

왕 변호사가 눈을 감은 그녀를 번쩍 안고 뒤를 특실로 들어갔다.

"그대여, 이제 눈을 뜨소서!"

"오, 마이 달링!"

그녀가 화려한 조명과 고풍스러운 장식으로 꾸며진 넓은 방을 보고 감탄을 하며 왕 변호사의 목을 끌어안고 입을 벌렸다. 세 명의 악사가 팡파르를 울리고 나서 「Moonlight dream」을 연주했다. 왕 변호사는 입을 맞추고 춤을 추었다. 악사가 연주를 중단하고 서로 눈짓을 하며 사라졌다. 웨이터가 문을 닫았다.

왕 변호사는 정 판사와 결혼식을 치르고 며칠 뒤에 마음을 단단히 먹고 청담동 아파트로 갔다. 비녀는 왕 변호사가 온다는 전화를 받고 숨겨둔 카메라와 녹음기를 작동시켰다. 왕 변호사가 좋아하는 속살 비치는 잠옷을 입고 기다렸다. 왕 변호사가 들어오자 방으로 따라 들어가 잠옷을 벗고 품에 매달렸다.

"옷 입고 마루에 가서 기다려라!"

왕 변호사는 잠옷을 들어주며 등을 떠밀었다. 문밖으로 쫓겨난 그녀는 잠옷을 걸머쥐고 소파에 앉아 기다렸다.

"개포동 아파트 주겠다. 조용히 나가라!"

왕 변호사가 잠옷을 입고 나와 마주 앉으며 말했다.

"싫어요, 차라리 저 창밖으로 뛰어내려 죽어버리고 말겠어요."

그녀가 소파를 두 손으로 치며 엉엉 울었다.

"망할 것아, 집에 초상난 줄 알겠다!"

골프채를 들고 탁자를 힘껏 내리쳤다. 골프채가 부러지고 탁자의 두꺼운 유리가 깨졌다.

"말썽을 부리면 죽여 버리겠다!"

부러진 골프채를 쳐들고 얼마 동안 바라보다 장식장에서 양주를 꺼내 병째로 한 모금씩 마셨다.

"처음부터 물고 늘어질 생각은 말라고 하였거늘, 동해바다보다 마음이 넓을 줄 알았는데 강릉 여자답지 않도다. 만약에 나와 결혼을 하고 네가 만약에 뜻을 이루지 못하고 이름 없는 변호사로 전락하여 지금보다 훨씬 늙어서 같이 산다고 가정을 해봤느냐?"

"상관없어요."

"새파랗게 젊은 네가 아버지 같은 나와 같이 살 것을 상상해봐라. 내가 노새 같아 보이지 않겠니?"

"아녀요!"

"내가 너에게 그런 멸시와 미움을 받고 살 이유가 무엇이 있느냐? 그래서 너에게 이익이 될 것이 또 무엇이냐? 날마다 창가에 매달려 한숨이나 지면서 신세타령이나 할 그런 인생을 살려고 하느냐? 너는 잔뜩 물이 올라있는데 나는 고목처럼 잎이 떨어져 갈 텐데 좋겠느냐?"

"비아그라 있잖아요."

"멍청한 것. 왜 하나만 알고 둘을 모르느냐?"

"다 알아요."

"사람이 항상 벌거벗고 침대에서만 사느냐? 밤만 있고 낮은 없느냐? 너는 세상이 좁고 답답하다고 펄쩍펄쩍 뛸 텐데 나는 백발이 되어 어정어정 너 뒤를 따라다닌다면 누가 너를 뭐라고 하겠느냐? 나야 재수 좋은 노인이라고 부러움을 받는 순간에 너는 꼰대와 산다고 손가락질받지 않겠니?"

"아무 상관 없어요!"

"이 아파트가 부족하면 돈을 더 주마!"

"저를 싫어하신다면, 쓴물만 남았다면 어찌할 수 없지요. 저는 꼭 돈을 바라는 것은 아녀요. 못 먹은 감 찔러나 보자는 심사로 이런 것도 아녀요. 저는 영감님이 진짜 좋아요. 아, 자랑스러운 영감님! 영감님은 나라님이 되어 날마다 방송과 신문에 날 것인데 그걸 보고 어떻게 살아요? 괴롭고 안타까워 그리는 못해요. 나는 이제 상류생활이 너무 몸에 배어 헤어지곤 못살아요. 죽어버리고 말겠어요!"

"죽거나 살거나 상관없다. 단 조용히만 물러난다면 그동안 정분을 생각해서 개포동 아파트와 오 억을 주겠다."

"오 억!"

"됐니?"

"꼭 돈을 바란 것은 아니지만 영감님이 저를 싫어한다면 어쩔 수 없지요."

"좋다. 더 이상 떼를 쓰지 말고 당장 내일 보따리를 싸가지고 나가서 사무장에게 전화해라."

"마지막으로 잘해드릴게요. 뿅 가게 해드릴게요!"

그녀가 준비해놓은 오디오에서 「Woman in love」를 켜놓고 속옷을 급하게 벗어 던졌다.

"고맙구나! 신나게 즐겨보자!"

왕 변호사는 그녀의 손발을 침대에 묶고 수건을 물에 적셔 오른손에 말아 쥐었다.

2
선풍허풍(旋風虛風)

왕중앙은 계엄 관련 진상 조사 국회 청문회장에서 판사의 경험을 모두 살려서 인기를 얻고 심문에 열중하고 있을 때 핸드폰 벨이 울렸다. 핸드폰을 열어 전원은 끄고 심문을 마치고 화장실로 달려가서 김영자에게 전화를 걸었다.

"청문회 중이라 전화를 못 받았습니다. 왜 전화하셨습니까?"

"지금 저 병원에 입원했는데 아주 큰 사건이 생겼어요."

"왜 입원했으며 무슨 사건인지 간단하게 어서 말하십시오."

"제 모가지가 걸린 사건이라 전화로 말씀드릴 수 없으니 빨리 좀 와주세요!"

"사정이 아무리 딱해도 당장은 못 갑니다. 그리고 나는 법이 개정되어 변론을 못 합니다. 다른 변호사를 보내겠습니다."

"싫어요, 그대가 아니면 대한민국 변호사 다 와도 싫어요!"

"그럼 밤늦게라도 짬을 내보겠습니다."

왕 의원은 그녀의 애원에 못 이겨 병원으로 갔다.

"오, 나의 구세주님!"

그녀가 병상을 세워 몸을 세우고 눈물을 흘리며 악수한 손을 놓지 않고 어루만졌다.

"어떻게 된 일입니까?"

"의원님을 보니 살 것 같네요. 제가 사실 의원님이 정 판사와 결혼하고 저를 멀리하는 바람에 잠시 마귀에게 홀렸어요. 운전기사와 불미스러운 일이 조금 있었어요. 창피하고 부끄럽지만 사실대로 말씀드리겠어요. 영감님 아니 의원님 위한 모임을 가졌을 때 저 바람맞은 것이 너무 괴로웠어요. 그래서 그만 기사놈의 순간적인 유혹에 넘어가 딱 한 번 장난을 좀 했는데 놈이 미끼로."

"제비한테 걸렸군."

"제비가 아니라 기사라니까요. 놈이 내가 그이가 나온 뒤로 안 만나주니까 밤에 갑자기 방으로 쳐들어와 실랑이를 벌이다 그이에게 들켰어요. 그이가 뒤를 재고 있는데 내가 눈치를 못 챘어요. 놈은 창문으로 도망치고 나는 강도라고 우겼지만, 그이가 믿지 않았어요. 관계를 다 알고 경찰서로 가서 자복을 하라고 해서 이판사판 다투었지요. 그이가 나가고 얼마쯤 지났어요. 고민에 빠져있는데 갑자기 방안에 연기가 찼어요. 깜짝 놀라 일어나 보니 온 집안에 불이 붙었습니다. 으흐흑 차라리 타 죽어버렸으면 좋았을걸. 창문으로 뛰어내려 이렇게 병신이 되었어요. 놈이 그이를 죽이고 불을 질렀대요."

"나를 보잔 이유는?"

"털어놓고 말하겠으니 속보지 마세요!"

"바쁘니 어서 털어놓으세요."

"그이가 구치소에서 나와 그것 확대 수술을 했는데 잘못하여 발기불능이 되었어요. 의원님도 저를 피하고 기사 놈은 옆에서 질척거리고…."

"면목 없습니다!"

"조심한다고 했는데 재수가 없었나 봐요."

"저 아주 바쁩니다. 간단하게 결론만 말하세요."

"그이 장례도 못 치르고 사업은 엉망이 되었어요. 놈이 나를 걸고 넘어지려 한다거나 무엇을 기대하고 말을 잘못할까 걱정이 되어 잠을 못 자요. 놈의 변론을 맡아 입을 막아주세요!"

그녀는 얼굴을 감싸고 잠시 울었다.

"놈의 입에 모가지가 달린 셈이군요?"

"놈의 입은 막아놨어요. 하지만 언제 터질지 불안하고 걱정이 되어 죽겠어요. 의원님이 힘을 써주세요!"

"놈 말고 다른 증거는 없습니까?"

"없어요. 쥐나 새는 몰라도 아는 사람은 없어요. 아, 창피해요! 그런 보잘것없는 놈의 입에 운명을 맡겼으니…. 으윽! 이게 다 여자란 운명 때문이겠지요?"

"일시적인 마귀의 장난일 것입니다."

"마귀가 여자를 얕본다는 것을 이제야 알았어요."

"놈의 이름이 무엇입니까?"

"김영호, 놈은 경찰서에 있어요. 어서 손을 써서 놈의 입을 아주 봉해주세요! 그리고 나의 재산 관리까지 모두 맡아주세요!"

"바쁘고 난처하지만 김 사장님의 일인 만큼 손을 써보겠습니다."

"입만 막아주신다면 남은 모든 것을 드리겠습니다. 만약에 놈의 입을 못 막는다면 저도 끝장나겠지요? 전쟁 불안에서 미국에 보낸 아들이 두 놈 있습니다. 솔직히 말씀드리자면."

"다 알고 있습니다."

"그렇지요. 다 알고 계신데 숨길 것이 무엇 있겠어요. 어미 잃은 자식 내가 그렇게 잘해주어도 계모라는 이유로 싫어한 배은망덕한 것들이 재산을 넘겨다보지 못하게 막아주세요!"

"모든 재산에 자물쇠를 채워드리겠습니다."

"하늘 같은 은혜 평생 잊지 않겠어요. 놈을 만나면 제가 선임을 했다고 하세요. 마음 변하기 전에 만나서 손을 써주세요!"

그녀는 얼굴을 감싸고 소리 내어 울다가 왕중앙이 준 재산 관리 위임장을 작성하고 금액을 기록하지 않는 수표 한 장과 같이 주었다.

"그럼 달려가서 놈의 입부터 막겠습니다."

"어서 그렇게 해주세요! 이 은혜 가슴에 심어서 평생 두고 갚겠어요."

그녀는 왕중앙을 바라보며 "오, 나의 구세주! 하늘이 무너져도 솟아날 구멍은 있구나!"라고 말하며 냅킨을 말아 눈물을 찍어냈다. 그는 수표에 얼마를 쓸 것인가 행복한 고민을 하며 강 사무장에게 살인방화 사건에 대해서 자세히 알아보라고 지시하고 수원으로 갔다.

강 사무장은 비서관이 되면 서울로 가서 하소연과 동거를 하기로 약속을 하고 미리 사표를 내게 하였다. 그러나 비서관으로 써주지 않는 것에 대한 불만과 미리 사표를 낸 하소연과의 관계를 숨기는 일에 급급해서 일이 손에 잡히지 않았다. 이래저래 왕 의원을 대면하기 싫어서 무작정 사무실을 나갔으나 왕중앙이 차에서 내린 것을 보고 화장실로 들어가 담배를 피워 물었다.

"강 사무장 이것, 어디 갔나?"

왕중앙이 안을 둘러보며 박미라에게 물었다.

"밖으로 나갔어요."

"말도 없이 나갔단 말이야? 빨리 오라고 해!"

그가 성질을 냈다. 강 사무장이 핸드폰을 받고 화장실을 나왔다. 그러나 바로 들어가지 않고 인도로 나가 거리를 살펴보며 시간을 끌다가 천천히 계단을 올라 사무실로 들어섰다.

"인마, 너 말도 없이 어디 갔다 오는 거냐?"

"그만 무시하십시오! 저, 유치원생 아니고 종 아닙니다."

"쪼잔한 놈, 그만한 일 가지고 심통 부린 거냐?"

왕중앙이 탁자를 주먹으로 치며 소리쳤다. 박미라가 강 사무장의 팔을 잡아끌며 밖으로 나갔다.

"내가 내막을 알아보겠습니다. 진정하십시오!"

조 변호사가 재판을 마치고 돌아와 중재에 나섰다. 조 변호사의 사무장이 경찰서와 검찰청에 차례로 전화를 걸어 사건 진행 과정을 알아보면서 이름을 건성으로 듣고 왕 의원 앞에 섰다.

“홍 검사가 맡아서 조사 중입니다.”

“아니 그것이 지금까지 있단 말이야!”

“부장으로 승진했습니다.”

“아, 골치야!”

왕중앙이 이마를 만졌다.

“의원님 뜬 것 세상이 다 아는데 감히 거절할까요?”

조 변호사가 말했다.

“가서 좀 만나고 오지!”

“어림없습니다.”

조 변호사가 고개를 흔들었다.

“제 놈이 감히 거절 못 하겠지?”

“암요.”

“연락이나 해둬!”

왕중앙은 조 변호사의 사무장에게 말하고 검찰청으로 갔다. 청문회 스타가 온다는 소식에 검찰청이 발칵 뒤집혔다. 사람들이 현관으로 나와 “청문회 스타 왕 의원님 만세!” 하고 외치며 환영했다. 그는 환영 물결에 고무되어 홍 검사실로 바로 가지 않고 어깨를 펴고 검사장실로 갔다. 검사장이 밖에 나와 정중하게 맞았다.

“홍 검사를 만나러 오는 길에 인사하고 가려고 들렀습니다.”

그가 손을 내밀었다.

"앉아서 차라도 한잔하고 가십시오."

"바빠서 사양하겠습니다."

그는 극구 거절하며 손을 놓고 돌아섰다. 환영 나온 사람들과 악수를 하고 손을 흔들며 비서관의 안내를 받아 홍 검사실로 갔다. 홍 검사는 검사장의 전화를 받고 고영호를 급히 불러 앞에 앉혀놓고 맞았다.

"진급 축하한다!"

왕중앙이 미소를 지으면 먼저 손을 내밀었다.

"당선 축하한다!"

홍 검사가 마지못해 손을 잡았다.

"청문회 때문에 눈코 뜰 사이 없는데 신당 박 대표가 부탁해서 부득이 왔다. 김영호 사건 맡고 있지?"

그가 손을 놓으며 물었다.

"저기 저놈이야. 방금 윗분한테 연락받았는데 여기서 보던가 아니면 구치감으로 가든가 좋을 대로 해라."

홍 검사가 고영호를 가리키며 조롱 투로 말했다.

"구치감에서 보겠다."

"그럼 마무리하고 보내겠다."

홍 검사가 말하며 키보드를 끌어당겼다. 그는 '어리석은 자식, 앞으로 수도권에서는 너 얼굴 볼일 없게 하마.'하고 속으로 말하며 모멸감을 참고 구치감으로 갔다. 홍 검사는 문 사이로 얼굴을 내밀고 계단을 내려가는 그를 보며 "조조 같은 놈, 놈을 보면 뒤로 자빠질 거다."라고 말했다. 구치감 과장이 부하와 같이 문밖에서 그를 정중히 맞아 소파로 안내했다. 한 교도관이 청문회장에서 포청천 같더니 도적놈 부정면회하려고 왔다고 비꼬았으나 못 들은 척했다. 교도관이 결박한 고영호를 데리고 와서 앞에 세웠다.

"김 사장님의 부탁을 받고 왔는데 김영호 맞지?"

그가 고개를 숙이고 서있는 고영호를 쳐다보며 물었다.

"김영호가 아니라 고영호입니다. 이름을 속였답니다."

감독계장이 말했다.

"이름 같은 것은 중요하지 않아. 그러고 서있지 말고 앉아."

"이놈 아시잖아요? 연쇄살인 혐의로 들어왔다 나간 고영호입니다."

감독계장이 고영호의 팔을 잡아 그 앞에 앉히며 말했다.

"아니 이 사람! 에잇, 재수 없어."

그는 비로소 고영호를 알아보고 놀랐다. 한편으로는 홍 검사에게 수모를 당하고 있다는 생각에 자리를 박차고 일어섰다. 그러나 곧 김영자 때문에 참았다.

"김 사장님에게 내가 부탁한 것 잊지 말라고 전해주십시오!"

고영호가 말했다.

"전해주지."

"변호사님!"

"또 뭐야?"

"다시는 물고 늘어지지 않겠다고 전해주십시오!"

"그 말도 전해주지."

그는 검찰청을 뛰어나와 차에서 김영자에게 전화를 걸었다.

"놈을 만났는데 큰 문제가 생겼습니다."

"무슨 문제가 생겼나요?"

"놈이 사장님을 속였습니다."

"결코 그럴 놈이 아닙니다."

"놈에게 당했습니다."

"아이고, 어쩌나? 망했네!"

그녀는 눈앞이 캄캄했다.

"내 기분도 엉망입니다."

"놈이 벌써 다 토해버렸나요?"

"그게 아니라…."

"토한 것이 아니라면 무엇이 문젠가요?"

"놈은 김영호가 아니라 고영호라는 놈입니다."

"그놈이 어떤 놈인가요?"

"전에 신 회장님의 여비서를 죽인 바로 그놈입니다. 놈에게 복수를 당한 것입니다."

"지금 무슨 말씀을 하신 거예요?"

"타고난 살인마한테 김 사장님이 당했습니다."

"천벌을 받을 놈에게 내가 왜 복수를 당해요? 지금 병원으로 오세요!"

"저는 청문회 때문에 아주 바쁩니다. 전화로 간단히 말할 테니 듣기만 하세요. 놈이 전에 신 회장님의 비서를 죽이고 증거를 감추고 법망을 빠져나간 아주 악질 인간입니다."

"그럴 수가 있나요?"

"아무리 딱해도 이 사건에 손대지 않겠습니다."

"교도소에 잡혀갈 것이면 죽어버리는 것이 낫겠지요?"

"법 때문에 내가 직접은 못합니다. 대신 다른 변호사에게 맡기겠으니 고정하십시오!"

"왕 의원님 아니면 세상 모든 변호사라도 다 싫어요!"

"나와 다를 바 없습니다."

"싫어요! 저를 살려주실 분은 왕 의원님뿐이에요. 놈을 위해 맡아 달라는 것이 절대로 아녀요. 저는 왕 의원님을 위해서 많은 것을 바쳤어요."

"알고 있습니다."

"저는 조용히 물러나 있어요."

"알고 있습니다."

"내가 이렇게 될 줄은 꿈엔들 생각이나 했겠어요. 누가 닥쳐올 일을 다 알고 있나요?"

"물론 없지요."

"놈은 죽어야 해요. 오직 나를 위해 맡아주세요!"

"좋습니다. 단 김 사장님을 위해서 맡겠습니다."

"너무너무 고맙습니다!"

그녀가 감동에 젖어 울먹이며 말했다. 그는 핸드폰을 끄고 '아, 돈의 마수에서 언제나 풀려날꼬!' 하고 탄식하며 사무장에게 핸드폰을 걸었다.

"너 똑바로 해!"

"내가 뭘 잘못했습니까?"

"인마, 놈이 고영호라고 왜 말하지 않았나?"

"내가 알아본 것 아닙니다."

"아, 내가 착각했다. 그러나 인마, 비서 안 시켜준다고 곤조 부린 너 때문에 홍일동 놈에게 엿 먹었단 말이야."

"그런 사건 안 맡으면 되잖아요?"

"김 사장과 관계 몰라서 그러나?"

"저야 깊은 내막까지는 모르지요."

"요즘 내 처지 알잖아?"

"잘 나가지요."

"대포만 있으면 무엇해 탄알이 있어야지. 너 당장 배가 안 찬다고 해서 낙심하지 말란 말이야!"

"아, 그렇군요. 알겠습니다."

"조 변호사보고 맡으라고 해."

그는 혀를 차며 사무실을 나왔다.

나이에 비해 체격이 마른 조준 변호사가 토요일에 구치소로 가서 황갈색 옷을 입고 나온 고영호와 마주 앉았다.

"나는 조준 변호사입니다."

"왕 의원님은?"

"왕 의원님은 변론 못 합니다. 내가 사건을 자세히 검토해봤는데 의심되는 부분이 있어서 재판에 대비해서 묻겠습니다. 솔직하게 이야기합시다. 왜 하필 그곳에 취직했습니까?"

"진짜 모르고 들어갔지, 복수를 하려고 들어간 것은 아닙니다."

"경찰서에서 복수하기 위해 취직했다고 진술했잖아요?"

"경찰이 꾸민 것입니다. 신문광고 보고 들어간 것이지 복수를 하려고 들어간 것은 아닙니다. 벽에 붙은 사진을 보고 알았습니다."

"김영자와 관계를 말해주십시오."

"사장님은 이미 다른 다리를 걸치고 있었습니다."

"그 다리가 누군지 압니까?"

"왕 변호사입니다."

"뭐?"

"놀라지 마십시오. 나만 아는데 보통 관계가 아닙니다. 내가 아녔으면 사장님이 순순히 물러나지 않았을 것입니다."

"이유?"

"왕 변호사가 다른 여자와 결혼한 바람에 사장님 충격 많이 받았습니다."

"그 관계를 신달수가 몰랐습니까?"

"말을 하자면 길어집니다. 사장님을 섹스를 좋아합니다. 그런데 신달수가 구치소에서 나온 뒤로 거기에 발기 기구를 넣다 잘못되어 그것을 자르고 일본에 가서 인공 성기 시술을 받았으나 잘되지 않았다고 들었으며 당뇨병이 악화되어 별거를 하였습니다."

"사건 당일은?"

"자정이 조금 넘어 전화를 받고 차를 타고 별장으로 갔습니다. 1층에 불이 켜져있어 사다리를 놓고 창문으로 들어갔습니다. 한참 신나게 하고 있는데 신달수가 문을 차며 열라고 소리쳤습니다. 사장님이 갑자기 '강도야!' 하고 비명을 지르며 나를 창문으로 떠밀었습니다. 바지와 운동화를 걸머쥐고 창문으로 사다리를 타고 도망쳤습니다. 관목밭에서 옷을 입고 있는데 싸우는 소리가 들렸습니다. 닦아

가서 엿보았습니다. 신달수가 사장님의 머리채를 쥐고 칼을 목에 대며 나를 불러드리라고 다그치고 있었습니다. 전화가 올 것 같아서 차에서 기다렸습니다. 전화는 오지 않고 안달이 나서 이판사판이라 여기고 내가 전화를 걸었습니다. 사장님이 바로 받았습니다. 가서 없애버리겠다고 말했습니다. 사장님이 맘대로 하라고 하면서 전화를 끊었습니다. 콘솔 박스에서 드라이버를 꺼내어 가지고 가서 창고를 열었습니다. 시너 통을 들고 가서 드라이버로 뒷문을 열고 마루로 들어갔습니다. 어둠 속을 살피고 방문으로 닦아가는데 신달수가 갑자기 '칼 받아라!'라고 소리치며 문을 박차고 나왔습니다. 식칼을 쥐고 있는 것을 보고, 문을 밀어 나오지 못하게 막았습니다. 그의 팔이 문 사이에 끼며 쥐고 있던 식칼이 바닥에 떨어졌습니다. 문을 열고 들어가 발로 걷어찼습니다. 그가 아프다고 비명을 지르며 핸드폰을 열었습니다. 핸드폰을 뺏어 밟아버리고 비명을 지르는 입을 드라이버로 찔렀습니다. 요동치는 그의 입에서 피가 솟구쳐 나왔습니다. 부릅뜨고 노려보는 것이 무서워 목과 가슴을 마구 찔렀습니다. 그가 죽어가고 있는 것을 보니 내 인생도 망가지고 있었습니다. 억울하고 분하고 한편으로 겁이 나고 무서워 이불을 덮고 불을 질렀습니다. 사장님을 위해 진 죄이니 우리 부모님 꼭 도와달라고 하십시오! 내가 사람 죽인 것 알면 우리 부모님 돌아가십니다. 아, 불쌍한 어머니!"

그가 소리 내어 울었다.

조 변호사는 다음 날 김영자를 찾아갔다. 그러나 그녀는 조 변호사와 무시하고 왕중앙에게 전화를 걸었다. 왕중앙은 본회의장 화장실 변기에 앉아서 그녀의 전화를 받았다.

"지금 회의 중입니다. 무슨 일인지 용건만 간단하게 말씀하십시오."

"큰일이 두 개나 생겼어요."

"무슨 일인지 어서 짧게 말하세요."

"간단하게 드릴 말씀이 아닙니다."

"어서 짧게 말하시오!"

"첫째는 그이의 사촌동생과 아들이 어제 쳐들어와서 저를 간통죄로 고소를 하겠다고 공갈을 치고 갔는데 협박죄는 안 되나요?"

"설명을 하자면 길어지고 간단하게 말하자면 둘 다 될 수도 있고 안 될 수도 있습니다."

"무슨 말씀인지 영 이해가 안 됩니다."

"모든 열쇠는 사장님의 손에 달려있습니다."

"제 손엔 아무것도 없어요. 변호사님!"

"제발 의원님이라고 불러주십시오!"

"의원님!"

"간통을 했다는 증거 있어요?"

"증거는 없어요. 놈이 문제잖아요."

"놈은 조 변호사 손에 있습니다."

"놈이 유도신문에 넘어가 입을 잘못 열어버리지 않을까요?"

"그때는 지금까지 쓴 수가 허사가 되고 문제가 달라집니다."

"간통죄로 들어가나요?"

"조 변호사 말에 의하면 살인공범이나 방조 혐의를 받게 됩니다."

"남녀 간에 즐기는 것이 그렇게 큰 죄가 되나요? 저는 어떻게 하면 좋아요?"

"놈이 증거라면 놈의 입을 막아야지요."

"그놈이 해주란 대로 다 해주고 있어요."

"그럼 하나님을 믿고 조 변호사에게 맡기십시오."

"저는 하느님 안 믿어요. 의원님만 믿고 제 모든 것을 맡기겠어요."

"저 이만 끊겠습니다."

"끊지 마세요! 지금 저 곁에 그 변호사가 있어요."

"그럼 나나 다름없으니 믿고 맡기십시오."

"누가 모르나요. 단 저는 사생활과 재산면에 있어서 오직 의원님만 믿고 상대하겠어요."

"조 변호사가 한 일은 내가 한 것이나 다름없고 판사 검사도 그렇게 봐줄 것입니다. 그러니 믿고 맡기십시오."

왕중앙이 전화를 끊고 바지를 끌어올리다 변기 속으로 핸드폰이 빠졌다.

"에잇, 제수 없는 년!"

핸드폰을 덥석 꺼내어 물을 뿌리고 화장지를 북북 찢어 닦으며 화장실을 나왔다.

3
약속된 공방

고영호의 재판은 5월 12일 오전 10시에 열릴 예정이었으나 변호사가 오지 않아 미루다 오후 재판으로 연기되었다. 홍 검사는 오후 2시부터 법정에 나와 기다렸고 재판장은 3시가 넘어서 조 변호사를 거느리고 들어오는 왕 의원과 눈인사를 하고 고영호를 불렀다. 쥐색 수의를 입은 그를 교도관이 붙잡고 나와 피고인 자리에 세우고 고영호의 얼굴을 살피며 인정신문을 간단히 마쳤다.

"검찰, 심문하십시오!"

재판장이 말하자 왕중앙만 쏘아보고 있던 홍 검사가 서류를 들고 일어섰다.

"피고인에게 먼저 일 사건에 관해서 묻겠습니다. 천구백구십이 년 칠월 십칠 일 밤 두 시에 안산시 와동 공공공 번지 소방도로에서 기다고 있던 피해자 장미화가 차에서 내린 것을 보고 닦아가서 미리 소지한 과도로 가슴을 찌르고 쓰러진 뒤에 목과 가슴을 삼 회 찔러 현장에서 살해하였지요?"

"…."

"대답이 없으면 시인한 것으로 여기겠습니다. 피해자 장미화는 피고인의 첫사랑이었지요?"

"아닙니다."

"피고인은 죄를 은폐하려고 칼을 현장으로부터 백여 미터쯤 떨어진 곳 공사장 기둥을 세우려고 만들어둔 거푸집 속에 버렸지요?"

"네."

"죄를 은폐하려고 친구를 불러 시체를 친구 소유 승용차에 싣고 화성군 태안면 금곡리 하천에 버렸지요?"

"네."

"시체를 유기한 것은 연쇄살인 사건으로 위장하려고 하였지요?"

"네."

"피고인은 이 법정에서 경찰과 검찰에서 한 자백을 번복하고 공소기각 결정을 받았지요?"

홍 검사는 왕중앙을 빤히 바라보며 물었다. 그는 고영호에게 시선을 돌리며 '제 얼굴에 침 뱉는 병신.' 하고 속으로 비웃었다. 고영호는 대답을 하지 않았다.

"피고인은 변심한 애인을 겁주려고 하다가 뜻하지 않게 무서운 죄를 졌으나 증거를 없애고 법망을 빠져나갔지만, 죄책감 때문에 괴롭고 죄가 탄로 날까 두렵고 부모님 대하기 불안하고 미안하여 비관 끝에 복수심을 품고 고향을 떠났지요?"

"네."

"피해자 고 신달수를 만날 길이 없어 복수를 뒤로 미루고 일자리를 얻으려고 시화공단으로 가서 삼광 근로자 파업 시위 현장에서 김영호란 사람의 신분증이 들어있는 지갑을 주었지요?"

"네."

"증 제삼 호와 같이 신분증을 위조하고 농장관리인으로 위장취업

하였는데 주인이 신달수라는 것을 알고 복수를 결심하게 되었지요?"
"네."
"피고인은 복수의 기회를 노리던 지난해 십이월 이십 일 밤 두 시 반경에도 본인 소유 폭스바겐 스포츠카를 타고 시화군 수암면 서안평리 산 삼 번지 소재 별장으로 가서 입구에 차를 세우고 차에 있던 길이 십오 센티미터의 일자 드라이버를 점퍼 주머니에 넣고 별장 뒤로 가서 드라이버로 문을 열고 안으로 들어가 방에서 혼자 자고 있던 피해자를 드라이버로 목과 가슴, 배 등을 찔러 살해하였지요? 범죄를 은폐하려고 보일러 창고에서 시너 통을 꺼내 집안에 뿌리고 라이터로 불을 붙여 별장을 전소케 한 사실이 있지요?"
"네."
"이상입니다."
"변호사님 반대신문 하십시오!"
조 변호사가 자리에서 일어섰다.
"피고인, 지금부터 내가 묻은 말에 재판장님에게 대답하시오. 피고인은 사람을 죽이기 위해 과도를 소지한 것이 아니라 오로지 겁주기 위해서 가지고 나갔지요?"
"네."
"피해자가 칼을 보고도 겁을 먹지 않고 오히려 비웃으며 대든 바람에 화가 나서 그랬지요?"
"네."
"피고인이 장미화를 죽이고 시신을 은폐한 것은 의도하지 않는, 그것도 사랑하는 사람을 죽였다는 두려움 때문이었지요? 자백을 번복한 것은 첫째는 사건을 도와준 친구를 벌 받지 않게 하려고 부인하였고, 둘째는 부모님에 대한 걱정 때문이었고, 셋째는 사형에 대한 두려움 때문에 번복하게 된 것이지요?"
"네."
"주변 다는 누구, 특히 본 변호인에 의해서 자백을 번복한 것은 아니지요?"
"네."
"제이 사건, 살인방화사건에 관해 묻겠습니다. 피고인은 제일 사건 이후, 고향에 가서 조용히 살아보려고 하였으나 경찰이 미행을 하고 친구에 대한 죄책감과 마을 사람들이 의심하는 눈초리를 보내는 바람에 숨어 살기 불안하고 정신이 오락가락하고 괴로웠지요?"
"네."
"살고 싶지 않아 바닷가 소나무에 줄을 걸고 목을 맸으나 낚시꾼에 발견되어 미수에 그쳤지요? 그 뒤로도 몇 차례 자살을 시도하다 실패하고 비관 끝에 복수심을 품게 되었지요?"
"네."
"피고인은 경찰에서 고문을 당한 뒤로 정신이 온전하지 않지요?"
"네. 경찰만 보면 불안하고 떨리고 오줌이 나오고 생각만 해도 숨이 막히고 머릿속이 바늘로 쑤신 것처럼 아프고 괴롭습니다."
"자주 그러나요?"
"그렇습니다."
"많이 뉘우치고 있지요?"
"네."
"이상입니다."
조 변호사가 심문을 마쳤다.
"검찰 의견 진술하십시오!"
"피고인을 일 건, 이 건 모두 사형을 구형합니다."

홍 검사가 일어서서 말하고 밖으로 나갔다.

"최후 진술하십시오!"

조 변호사가 일어섰다.

"피고인은 첫 사건은 겁을 주려고 한 것이 사람을 죽이게 되었고 그로 인해 인생은 망가졌습니다. 격분에 의하여 사람을 죽이고, 죄에 대한 두려움과 사람들에게 알려지는 것이 싫어서 죄를 감추려고 친구를 불러 연쇄살인 사건이 발생한 곳에 시체를 버려 연쇄살인범으로 모진 고문을 당했습니다. 고문을 당하면서 사실대로 자백하지 못한 것은 친구가 벌을 받지 않게 하려고 하였기 때문이었으나 친구는 끝내 고문으로 인해 죽었습니다. 고문이나 협박에 의한 증거와 피고인의 자백이 유일한 증거는 유죄의 증거로 삼지 못한다는 법규를 위반한 경찰의 불법 수사와 증거 재판주의 원칙을 망각한 담당 검사의 실수로 피고인은 제이의 범행을 하게 된 것입니다. 낙오가 죄를 부른 것입니다.

피고인은 위로하고 충고해줄 사람들의 곁을 떠나있었습니다. 사람은 피할 수 없는 어떤 저주나 운명을 타고 난 것이라고 했으며, 일체의 사상에는 반드시 충분한 이유가 있다. 인간만사가 신에 의해 미리 예정되어있어서 신의 의지에 의하여 완전히 지배된다는 소포클레스의 말과 하나의 모나드에서 일어나는 일은 항상 다른 모나드의 그것과 규칙적으로 대응한다고 라이프니치의 말을 연상케 하는 사건입니다. 피고인은 비록 씻을 수 없는 큰죄를 졌으나 자신을 죄를 늦게나마 깊이 뉘우치고 있으므로 존경하는 재판장님 극형만 면하게 해주길 간절히 바랍니다!"

"피고인 마지막으로 할 말 있나?"

재판장이 물었다.

"제정신이 온전하지 않습니다. 제발 목숨만 살려주십시오!"
"다음 이월 십사 일 오전 열 시에 판결 선고한다."
재판장이 심리를 마쳤다.

고영호는 뒤늦게 변호사가 자신을 위해 변론을 하지 않았다는 사실을 방 사람들을 통해서 깨닫게 되었으나 김영자 때문에 이러지도 저러지도 못하고 고민하다가 28일 사형선고를 받고 항소했다. 그녀의 소식이 끊어지자 도주할 기회만 노리고 있었다. 마침 하층 세면장을 샤워장으로 확장하는 배관 공사를 하고 있었다. 어느 날 점심때 그가 면회를 하고 올 때 교도관이 문을 열어주고 들어가라고 등을 떠밀었다. 때마침 1층 복도 끝 방에서 수용자들이 싸우는 소란이 벌어졌다. 담당 교도관은 방문을 열고 고함치며 제지하고 세면장을 지키던 교도관이 그곳에서 한 수용자를 붙잡고 있었다. 그는 주저 없이 세면장 안으로 들어가 공구 통 속에 있는 쇠톱을 하나 허리춤에 감추고 2층으로 올라갔다. 2층 교도관도 복도 끝에서 그를 보지 못하고 아래층으로 내려갔다. 그는 톱날을 방에 넣고 복도에 서서 담담히 오기만 기다렸다.

아래층에서 급히 올라온 교도관이 몸수색을 대충 하고 방문을 열었다. 그는 방 사람들에게 눈감아 달라고 사정하고 밤낮을 가리지 않고 창가에 서서 쇠톱으로 철창을 끊었다. 사형선고를 받은 그에게 목숨보다 더 소중하고 두려운 것은 없었다. 그는 그 목숨을 지키기 위해 촉각을 곤두세우고 톱질을 하였다. 마침 상추 쌈장으로 나온 된장을 아껴 수건에 발라서 자른 부위를 감싸서 부식시켜가며 톱질을 하였다. 사형수가 있는 방이라 평일이면 어김없이 수색이 이뤄졌다. 교도관들이 밖에서 고무 방망이로 철창을 두드리고 지났지만 발각되지 않았다. 그는 8일 만에 철창 하나를 손으로 밀어 제거할 만큼 끊어 밥풀로 바르고 수건으로 덮어서 가려놓았다. 그리고 차고 있는 수갑의 연결 부위를 힘으로 끊을 만큼 끊어놓고 톱날을 조각내어 변기에 버렸다. 기회를 노리던 7월 중순 비가 오고 바람이 부는 날 자정 무렵 그는 수갑과 철창을 끊고 감방을 빠져나가 철문을 밟고 통로 지붕으로 올라갔다. 용마름 위를 포복하여 면회실 옥상을 뛰어넘었다. 그러나 옥상 위에 설치되 전혀 예상치 못한 철망을 넘지 못하고 감시대 근무자에게 발각되었다. 마침 비바람에 넘어진 나무를 타고 건물 뒤로 내려가 관목 속에 숨었다.

구치소는 비상을 걸고 감시 등을 모두 켜고 주벽 안팎을 물샐 틈없이 수색했다. 숨을 곳을 찾지 못한 그는 얼결에 뚜껑이 열려있는 정화조 속으로 들어가 몸을 숨겼다. 마침 구치소는 새로운 정화조를 설치하고 그 낡은 정화조는 폐쇄하기 위해 오물 제거 작업을 하느라 뚜껑을 열어놓고 있었다. 허리까지 차는 오물 속에서 목만 내놓고 있다가 발자국 소리가 나거나 플래시로 안을 비추면 손으로 귀와 코를 막고 잠수를 하여 위기를 넘겼다. 마침내 교도관들은 콘크리트 뚜껑을 모두 열었었다. 그는 13시간 만에 발각되어 도주 미수죄가 추가되고 징벌을 받은 뒤에 서울구치소로 이송되었다.

4
심장이 타고 뇌가 죽어요!

김영자는 검찰과 법원 소환장을 받고 불안에 떨며 밤늦은 시간에 왕중앙에게 전화를 걸었다. 그는 정인숙을 배 위에서 밀어 내리며 핸드폰을 받았다.

"아, 김 사장님 미안합니다!"

그가 얼굴을 찡그리며 말했다.

"놈이 다 불어버렸나 봐요. 제발 저 좀 살려주세요!"

그녀가 울며 애원했다.

"너무 바빠 손을 다 쓰지 못한 사이에 놈이 입을 벌렸습니다. 그러나 다시 손을 쓰고 있으니 제발 놈이 원하는 것이나 신속히 어서 들어주십시오!"

"그게 문제가 아니라 법정에 나오라는 소환장이 왔어요."

"우선 진단서를 제출하고 나가지 마시오."

"붙잡아 가면 어떻게 해요?"

"조 변호사가 놈이 번복하게 할 것이니 사장님은 불리하면 묵비권을 쓰십시오. 바빠서 끊겠습니다."

왕중앙은 핸드폰 전원을 껐다. 고영호는 조 변호사를 만나고 나서 항소이유서를 잘못 썼다는 탄원서를 두 차례나 제출했다. 10월 12일 오후 2시 그에 대한 항소심리가 있었다. 재판장이 인정신문을 간략하게 하고 증인으로 김영자를 불렀으나 출석하지 않았다. 재판장은 배석판사와 그녀의 소환에 대해서 의논을 하고 심리에 들어갔다.

"피고인이 제출한 탄원서는 직접 작성했습니까?"

"네."

"피고인, 이렇게 재판부를 경솔하게 대하고 동정을 바라는가?"

"죽을죄를 지었습니다. 용서하여 주십시오!"

재판장이 감정을 누르고 지그시 바라보며 변호사에게 반대심문을 하라고 하자 조 변호사가 일어섰다.

"피고인은 극형에 대한 극도의 심적 불안 상태에서 진술을 번복하고 있다고 여겨집니다. 또한, 피고인의 공황장애 등에 대하여 정신감정을 신청합니다."

"피고인 할 말 있습니까?"

"부모님이 살아계실 때까지만 살려주십시오!"

"정신감정을 위해서 심리를 연기하고 기일은 추후 지정해서 연락하겠습니다."

재판장이 심리를 연기했다. 김영자는 소환장을 받고 조 변호사를 병원으로 불러놓고 소환에 응하지 않았다. 형사가 강제 소환하려고 하자 이번에는 의사의 주의 사항을 가리키며 조 변호사와 통화 하면서 시간을 끌었다. 형사들이 핸드폰을 뺏고 들것에 실어서 홍 검사 앞에 세웠다.

"의사의 경고를 무시하고 무엇 때문에 함부로 소환하세요?"

그녀가 들것에 누어서 따져 물었다.

"고영호가 법원에 이런 탄원서를 제출했습니다."

홍 검사가 탄원서 사본을 들쳐 보였다.

"검사치고는 참 한심스럽네요. 놈이 물고 늘어진다는 생각이 안 드시나요? 그리고 중환자인 저를 함부로 소환한 것은 가혹한 처사가 아닌가요? 검사가 인권을 침해한 것은 아닌가요? 살인자를 풀어줘서 내 남편이 죽고 나는 병신이 되었는데 책임을 누가 지나요? 담당 검사로서 가책을 느끼지 않나요? 부끄럽지도 않나요?"

그녀가 손가락질해가며 물었다. 홍 검사가 자존심에 큰 상처를 입고 궁지에 몰렸다. 대답을 못 하고 속으로 쩔쩔매다 고영호를 불렀다.

"놈이 주민등록증을 위조하고 복수를 하려고 접근했는데 신이 아닌 이상 안 걸려들 수 있나요? 누리에스 같은 악마의 말을 믿고 왜 내 말은 안 믿나요? 그런 연쇄살인마를 놓아주어 이렇게 만든 책임이나 지세요!"

그녀가 기세를 잡고 구석으로 몰았다. 때마침 교도관들이 쇠사슬에 얽힌 고영호를 붙잡고 들어왔다. 그녀는 공격을 멈추고 그를 안타까운 눈으로 바라보았다.

"저 여자 알지?"

홍 검사는 교도관은 그녀와 고영호 사이에 앉게 하여 서로 시선을 마주하지 못하게 막고 나서 고영호에게 물었다.

"저 여자라니!"

그녀가 양손으로 바닥을 쳐가며 항의했다.

"지금부터 대질을 하겠으니 서로 묻는 말에만 대답하시오!"

"나도 억울한 피해자예요. 내가 먼저 따져야겠어요."

"입 닥치고 있어!"

홍 검사가 주먹으로 책상을 치며 고함쳤다.

"검사면 검사지, 왜 폭언하고 반말해요?"

홍 검사는 흥분을 억제하느라 잠시 할 말을 잊었다.

"미스터 김! 네가 우리 그일 죽이라고 그랬어? 꿈에라도 그런 적이 있어?"

"없습니다."

"이랬다저랬다 하지 말고 제발 내 앞에서 딱 부러지게 솔직히 말해!"

"입 다물어!"

"반말하지 말아요! 이봐, 미스터 김! 나와 무슨 관계를 가졌다고 억지를 쓰는 거야? 나에게 뭘 바라고 헛소리를 하는 거야?"

"이 여자가, 입 다물지 못하겠소!"

홍 검사가 손바닥으로 책상을 치며 소리쳤다.

"내 주변에 잘 나가는 국회의원, 판사, 검사가 있어요. 여자, 여자 하지 마!"

그녀가 몸을 세우고 대항했다.

"이 탄원서와 항소이유서 네가 쓴 것 맞지?"

"아닙니다. 다른 사람이 써준 것입니다."

"아니라고 하잖아!"

"법정에서 잘못되었다고 판사님에게 말했습니다."

"그래그래, 사실대로 말해줘!"

그녀가 몸을 눕히고 눈물을 글썽이며 말했다.

"수회에 걸쳐 관계를 가진 것이 사실이지?"

홍 검사가 그녀를 주시하며 물었다.

"검사가 유도신문은 불법이고 폭언, 반말하는 것은 인권침해며, 죄인 취급하는 심문은 무죄추정법 위반이야! 검사가 전제군주야?"

그녀가 다시 몸을 세우며 대항했다. 홍 검사가 차장검사의 전화를 받고 경찰관에게 그녀를 잠시 데리고 가라고 하고 상의를 입고 달려갔다.

"반달백화점 사장을 소환했나?"

차장검사가 앉으며 물었다.

"네."

"윗분이 지금 막 전화를 했는데 어떻게 할 생각이야?"

"살인교사 내지 방조로 입건시키려고 합니다."

"위에서 전화가 왔는데 확실한 증거 없으면 윗사람 난처하게 하지 마!"

"알겠습니다."

홍 검사는 지난 일이 떠올라 고개를 숙이고 차장실을 나와 그녀를 돌려보냈다. 그러나 왕중왕 때문에 포기할 수 없었다. 담당 형사를 불러서 도청기를 이용해서라도 증거를 확보하라고 간곡히 당부했다. 형사는 검사를 믿고 김영자의 병실 소파 밑에 도청기를 설치하고 도청한 내용을 홍 검사에 주었다. 홍 검사는 도청한 내용을 토대로 고영호를 심문하고 자백을 받아 김영자를 살인방조죄로 구속영장을 받아냈다. 왕 의원을 믿고 허리 치료에 전념하던 그녀는 수사관들의 영장 집행을 거부했다. 옷을 모두 벗어 던져 수사관들이 물러나게 하고 왕 의원에게 전화를 걸었으나 받지 않았다. 수사관들은 여자 경찰관의 지원을 받아 잠긴 문을 열고 알몸으로 저항하는 그녀를 모포로 덮고 수갑을 채웠다.

홍 검사는 그녀를 구치소에 가두고 면회를 금지했다. 외부와 교통이 차단된 그녀의 구금 생활은 엉망이었다. 홍 검사를 욕하고 비난하며 자신은 억울하다고 소리쳤다. 구치소는 그녀를 요양실에 가두고, 간통죄로 들어온 하소연을 간병보조로 붙여 담당 이외 접근을 하지 못하게 했다. 요시찰자로 지정하고 요양실 문설주에 사각형 노란 딱지를 붙이고 노란 목찰을 걸었다. 그녀는 구금 고통을 견디지 못하고 몸부림을 쳤다. 교도관들에게는 귀찮고 골치 아픈 존재였으나 수용자 중에서 최고의 거물이요 범털 중의 범털이었다. 밖에서 명성은 구치소 안에서 더욱 빛이 났다. 면회가 제한되었으나 찾아온 사람이 많아 영치금과 영치품이 방안에 쌓였다. 수용자들의 인기를 앞세워 교도관들에게 대항하면서 한편으로는 자신의 사정을 들어줄 교도관을 찾고 있었다. 모든 교도관이 그녀를 피했으나 임용고사에 떨어지고 임시로 택한 직장이 평생직장이 될 처지라고 불만을 품고 있는 교도관이 야심을 품고 접근했다. 운동 시간을 이용하여 그녀가 그 교도관을 불렀다.

"선생님은 누구보다 이 직장이 힘드시겠어요?"

그녀가 등을 세우고 앉아서 작은 소리로 물었다.

"돈 없는 탓이지요."

"선생님은 교원자격증이 있다고 하셨지요?"

"있으면 무엇해요. 임용고사에 떨어지는데."

"사립학교는 들어갈 수 있잖아요?"

"그 돈 마련하려고 이 짓 하고 있다고 말했잖아요."

"내가 나가면 내 명예를 걸고 선생님이 원하는 사립학교에 들어갈 수 있게 해드리겠어요."

"그래요!"

"놀라지 마세요. 신도시에 내 말 무시할 이사나 교장들 없습니다. 의심이 들면 시험 삼아 어느 사립학교나 찾아가서 물어보세요. 놈이 헛소리만 하지 않으면 나는 곧 빠져나가요. 그런데 왕 의원이 면회를 안 와요."

"그분은 차기 대권 주자잖아요."

"그분과는 사건 이전에 사적으로도 아주 각별한 사이에요. 아무리 바쁘더라도 내가 오라면 올 터인데 연락이 안 닿아서 못 와요. 전화 좀 해주세요!"

"그 유명한 분한테?"

"전화만 하면 와요."

"목소리 죽이세요!"

교도관이 입에다 손가락을 대며 작은 소리로 말하고 주위를 살폈다.

"여기 쪽지에 전화번호를 적어놨어요. 직접 통화를 할 수 있는 번호에요."

그녀가 접은 쪽지를 내밀었다. 교도관은 뒤를 돌아보고 허리를 숙여서 방안을 살피듯하면서 쪽지를 받아 바지 주머니에 넣었다. 왕 의원은 어느 날 오후에 비서관에게 수원구치소에 갈 준비를 하라고 지시했다. 전화를 받은 구치소 소장은 어떻게 맞아야 좋을지 몰라 고심을 하다가 국장에게 전화를 걸었다.

"인마! 소장 처음 하나?"

"아닙니다!"

"그분 황태자야, 각별히 예우해드려!"

"네, 국장님!"

소장은 경호원으로 선발해서 예행 연습을 시키고 진입로와 교차로에 안내원을 배치하여 차량을 통제하게 하고 수용자들을 풀어 정문 안팎을 청소했다. 소장은 도착 시간을 몰라 간부들과 미리 입구에서 도열해서 안절부절 기다렸다. 비서관을 대동하고 온 왕 의원을 맞아 자리를 내주고 자신은 우측 소파에 앉았다. 서무과장이 지휘봉을 들고 차트 앞에 섰다.

"고맙지만 급히 만날 사람이 있어 왔습니다."

"정중하게 모시라는 국장님의 지시를 받았습니다."

"감사의 뜻 전해주시고 어서 김영자를 보게 해주시오."

왕중앙이 자리에서 일어섰다. 소장이 옆에서 보좌하고 서무과장이 앞장섰다. 교도관이 정문을 미리 열어놓고 거수경례를 하며 "충성!" 하고 외쳤다. 교도관 두 명이 그녀를 들것에 들고 들어와서 소파에 눕혔다.

"아, 의원님! 얼굴만 봐도 살 것 같아요!"

그녀가 눈물을 흘리며 말했다.

"너무 바빠 손을 못 쓴 바람에 이렇게 되어 미안합니다!"

"검사가 죽이려고 가두고 면회도 못 하게 해요. 으으흑!"

그녀가 말하며 울었다.

"이번에는 기필코 손을 보겠습니다."

"마귀 같은 놈에게 속아 넘어간 것이 너무 억울해요. 줄 것 다 주었는데 뭘 더 바라고 물고 늘어질까요? 놈은 악질이겠지요?"

"놈은 타고난 살인마입니다."

"악마와 악질 사이에서 태어났을 거예요. 어쩌다 내가 그런 놈에게 걸렸을까요? 아, 내 신세야!"

그녀는 흐르는 눈물을 손으로 훔치며 소리 내어 울었다.

"마귀의 장난에는 장사가 없습니다. 마귀가 아니라면 진술을 번복하도록 손을 써보겠습니다."

"검사가 더 죽이려고 해요."

"그 인간도 두 번 다시 얼굴을 볼 수 없게 조치하겠습니다. 놈은 극형에 대한 불안 때문에 말을 바꾸고 있어서 신빙성이 떨어지니 불리한 심문에 입만 조심하시면 다른 것은 유리하도록 요리를 해나가겠습니다."

"입에 자물쇠를 채우라면 채우겠어요. 무죄는 나중에 받더라도 우선 보석으로 나가게 하루라도 빨리 손을 써서 살려주세요!"

"금보석이든 병보석이든 먼저 잡히는 대로 손을 쓰겠습니다."

"저 모든 것은 왕 의원님 것이나 다름없어요."

"힘이 있는 대로 최선을 다하겠으니 그리 알고 몸조리나 잘하십시오! 그럼 바빠서 가겠습니다."

"오, 나의 구세주!"

그녀는 등을 바라보며 이렇게 말하고 두 손을 가슴에 대며 눈을 감았다. 그는 호위를 받으며 정문을 빠져나가 대기하고 있는 차에 올랐다.

"한 비서!"

"네, 의원님!"

"놈들 하는 것 봤지?"

"다 미리 눈도장을 찍으려고 하는 수작이겠지요."

"전에는 코빼기도 안 비쳤던 놈들이란 말이야. 찬밥 신세였지. 만약에 권자에 오른다면 어떻겠나?"

"그때는 초비상 나겠지요. 상상만 해도 가슴이 떨립니다."

"그래. 나를 믿고 열심히 뛰어!"

"네, 온몸으로 뛰고 있습니다."

5
막장 토론회

청문회를 통하여 국민으로부터 인기를 얻은 왕중앙이 원내총무가 되자 혁신을 원하는 젊은 의원들과 법조 출신 의원, 동문과 동기들이 차기 대권 주자로 추대하고 후원회를 만들었다. 그 소식을 들은 고참 의원들은 대통령과 당 대표가 자신들의 공과와 전통을 무시하면서 당적을 옮긴 철새요, 초선 출신을 총무로 삼은 것도 모자라 인기에 영합해서 유력한 후보로 띄우려고 한다고 항의하며, 중립을 지키지 않으면 대표직에서 물러나게 하겠다고 협박했다. 대표는 후보 출마는 자유며, 결코 자신이 관여할 바 아니며 대통령 뜻도 아니라고 땀을 흘리며 해명했다.

왕중앙이 위기 앞에서 침묵을 깨고 기자회견을 열었다. "대권 도전은 모든 정치인의 꿈이다. 자신은 과거 대통령들이 헌법은 물론 기본법도 모르고 계엄령을 내리고, 국회를 해산시키고, 대학 정문을 탱크로 막을 때부터 대통령이 되고 싶었다. 그래서 사법고시와 행정고시에 합격하였으나 군부독재가 사라지면서 국회가 패거리로 변질되어 가는 것을 보고 대통령을 꿈을 접고 판사가 되었다. 국민 대다수는 민주시민임에도 불구하고 패거리 국회는 비민주적이었다. 패거리 국회는 조직폭력배들이 두목을 떠받들 듯이 대통령을 전제군주처럼 떠받들며 대통령의 실정을 숨겨주거나, 강 건너 불 보듯 했다. 야당이 실정을 들추면 여당은 총출동하여 방어벽을 쌓고 드러나고 말 대통령의 실정을 가려주었다. 대통령이 탄핵되고 당의 존재가치가 없어져도 패거리는 자질이나 능력보다는 초선, 재선, 나이 같은 서열이 존중하는 질서의 끈을 붙잡고 의리를 따졌다. 정당 선택은 자유이며, 국회의원에 당선된 것은 지역주민의 선택에 의한 것이다. 촛불집회 현장을 보고 그 국민을 위해서 쇄신을 주장하는 의원들과 탈당을 하였고, 합당 절차를 밟아서 노선을 바꾸게 되었다. 그리고 패거리를 청산하기 위해 대권에 도전한 것이다. 국민이 위임해준 권한을 가지고 오로지 당리당략 사슬에 매여 정권 탈취를 위하여 상대 당의 정책을 무조건 반대하며 나라가 망하기를 바라는 패거리 정치는 청산되어야 한다. 헌법을 개정하여 국토를 가르고 국론을 분열시키는 대통령 직선제와 국회의원 지역구 선거제도를 개선시켜야 한다. 정당을 선택하고 대통령 후보에 출마하는 것은 자유이며, 패거리 정치로 국가와 국민에게 더 이상 피해를 주지 말아야 한다."라고 소신을 밝혔다. 그의 기자회견은 충격적이었다.

경선에 출마한 후보는 7선 최고의원이 주류파 허준표, 6선에 원내대표를 지냈던 비주류파 이정도, 그리고 국회의원들의 지지를 받지 못하지만, 여론조사에서 50%의 높은 인기를 얻고 있는 시장 표지석, 청문회 스타요, 법조계의 희망으로 떠오른 왕중앙을 포함해 모두 4명이었다. 그 당시까지 여론조사에서 시장 표지석이 당연히 1위였다. 그러나 왕중앙은 그를 경쟁 대상으로 여기지 않았다. 여당 대통령 후보 경선 토론회는 예정대로 3월 15일 저녁 7시부터 9시까지 2시간 동안 국영방송국 공개홀에서 생중계로 진행되었다. 미리 정한 순서에 따라 사회자의 왼쪽에 허준표와 이정도가 앉고 사회자 오른쪽에 왕중앙과 표지석이 자리를 잡았다.

사회자가 인사말을 마치고 토론 진행 방법에 있어서 제안과 질문에 대한 제한 시간과 순서를 정하고 정책 발표에 들어갔다. 허준표는 국방위원장을 지낸 경력을 바탕으로 친미 외교를 통하여 과거처럼 북한을 최대로 제재하고 압박하여 북한이 핵의 완전한 폐기를 다시 진행하도록 하겠다고 하였다. 이정도는 교육위원과 재경위원장을 지낸 자신이 교육제도를 개혁하고 과학기술 교육을 실시하여 기술자가 대우를 받는 사회를 만들어 경제를 발전시키겠다고 하였다. 왕중앙 가정과 사회에서 남녀 실질적인 평등을 실시하여 결혼과 출산을 장려하여 국가 멸망을 예방하고, 북한과는 지금처럼 협상과 경협을 통해 평화를 유지하면서 북한이 핵을 완전히 폐기하게 하고, 중국과 일본이 이권을 챙기기 전에 경제공동체를 이루어 진정한 광복과 평화통일을 이루겠다고 하였다. 표지석은 친중 외교를 통하여 중국에서 오는 황사와 미세먼지와 국내의 화력발전소와 디젤자동차 생산을 줄여서 대기오염을 막고, 신종 코로나바이러스 같은 전염병과 신종 가축 질병을 예방하여 국가적인 손실을 막겠다고 하였다. 기조연설이 끝나자 미리 정한 순서에 따라 후보들끼리 질문과 대답이 시작되었다.

"왕 후보에게 묻겠습니다. 가정은 국가의 핵입니다. 우리 정치 선조들께서는 '수신제가 치국평천하'라고 하였습니다. 그런 가정을 가져보지 못한 사람이 어떻게 국가를 다스리고 경제통합을 이루겠다고 하는지 답변하십시오."

이정도가 기다렸다는 듯이 왕 후보에게 물었다.

"나는 가정에서 남녀평등이 이루어져야 사회에서 평등이 이루어진다고 봅니다. 젊은 여성들이 결혼을 기피한 이유는 바로 사회와 가정에서 평등하지 않기 때문입니다. 비근한 예로 식사를 하고 나서 중학교에 다니는 손자는 할아버지와 같이 앉아서 커피를 마시고 할머니는 주방에서 설거지를 하는 것이 우리나라 가정의 현실입니다. 그래서 신세대의 젊은 여성들이 결혼을 주저하거나 기피하는 것입니다."

"헤헤, 호랑이 담배 피우던 시절 말하고 있네. 요즘 밥 푸는 남자, 집안에서 아기 보며 얻어맞고 사는 남자가 많은 세상 착각하지 말고 독신주의와 계약동거에 대해 어디 한번 이실직고해보시요!"

"방금 왕 후보께서 가정에서 평등해야 한다는 말에는 동감입니다. 그러나 왕 후보님 스스로 무덤을 파십니다. 남녀평등을 주장하신다는 분이 여자사무원 뽑는데 한낮에 그것도 시민 홀에서 수영복 심사를 하셨다는데 사실인지 답해보십시오!"

표지석이 끼어들었다.

"이것은 약속을 어긴 부당한 협공이며, 네거티브입니다."

왕중앙이 강하게 항의했다.

"아 그래서, 수영복 심사로 뽑은 미녀에게 가방 들고 법정까지 따라다니게 하셨군. 그야말로 여자를 하녀 취급하셨습니다."

이정도가 혀를 차며 비아냥거렸다.

"수영복 심사는 유명한 디자이너가 지원자들의 동의하에 모델 선발을 하였던 것입니다. 내가 스스로 무덤을 팠다고 하셨는데 표 후보님이야말로 차원이 다른 무덤을 파셨습니다. 불과 사 년 전에 나를 찾아오신 것까지 잊으신 것 아니지요?"

"왕 후보야말로 근거 없는 네거티브 하지 말고 답변이나 하십시오!"

표지석이가 당황한 빛을 감추지 못하고 말을 막았다.

"북한은 남북미 협상까지 깨고 핵을 다시 만들겠다고 위협하고 있는 판국에 경제통합을 이루겠다는 왕 후보야말로 우리를 빨갱이 주사파로 오인받게 하려는 위장 전입자가 아닌가요?"

허준표 질문하고 있을 때 방청석에서 한 중년 남자가 뛰어나왔다.

"육이오 전쟁 때 공산주의가 싫어서 고향 두고 피난 온 내가 빨갱이란 말이냐? 국가와 국민을 위해 정치해야 할 놈들이 떼거리 정치하면서. 지역을 가르고 국민을 편 갈라 대립과 갈등만 키웠지? 그래서 서로 주는 떡도 싫어하게 만들고 있는 네놈들한테 좌파 빨갱이라는 말은 정말 듣기 싫어! 이 진짜 빨갱이 같은 놈아!"

갑자기 허준표의 얼굴에 침을 뱉고 멱살을 움켜잡으며 소리쳤다. 배치된 보안요원들이 뒤늦게 달려들었고 토론은 중단되었다. 왕중앙은 정은숙과 같이 뒷문으로 나갔다. 다음 날 신문과 방송은 비난과 찬성이 엇갈려 양분된 현상이 더욱 뚜렷하게 나타났다. 왕중앙을 지지한 측에서는 남녀평등과 법치주의를 실현할 젊고 신선한 인물이라고 보도했고, 싫어하는 측에서는 평등을 가장한 변태라는 기사를 올렸다. 왕 의원은 빈 사무실에서 청문회 기사로 덮인 신문을 보며 "쥐도 새도 모르고 나만 안다고 한 그 비밀들이 어디로 새어나갔단 말이냐! 연극만도 못한 세상, 아무리 변태가 많은 세상이라 해도 내가 변태라고 한 이것은 인신모독이다." 하고 혼자 말하며 신문을 접고 의자에 등을 기대고 눈을 감았다. 하루 종일 찾아온 사람마저 없자 더욱 깊은 허탈감에 빠져들었다. 이틀째 되던 날 왕중앙은 "영특한 알갱이들은 다 떠나고 갈 곳 없는 가라지들만 남았구나. 그만 때려치우자!" 하고 한탄하며 당 대표에게 전화를 걸었다. 통화 중이었다.

"후보님 힘내십시오. 후보님 인기가 안 떨어졌습니다."

수석 참모가 불쑥 들어오며 말했다.

"그게 무슨 소리야!"

왕중앙이 깜짝 놀라며 벌떡 일어났다.

"당사에서 전화가 왔는데 조금도 안 떨어졌답니다. 기자가 말해서 알아보았는데 후보님이 여자들에게 인기가 높답니다."

"사실이라면 다행이지. 자네가 일등공신이야."

"지금부터 머리를 더 짜서 다음 토론에서 아주 대박을 틀 자료를 만들어내겠습니다."

"나는 이제부터 자네만 믿겠네!"

왕중앙은 그의 손을 꽉 잡고 힘차게 흔들었다.

방송국 공개홀에서 여당 대통령 후보 경선 2차 텔레비전 토론회가 저녁 7시부터 시작되었다. 추첨으로 왕중앙이 왼쪽에 앉고 다음 허준표, 가운데 사회자. 오른쪽에 이정도, 표지석이 자리를 잡고 앉았다. 방청석이 만원이었으며 많은 내·외신기자가 취재를 하였다. 사회자가 토론 주제와 진행 방법과 시간을 말하고 토론에 들어갔다. 정해진 순서에 따라 왕중앙이 먼저 기조연설을 했다.

"감사합니다! 내가 먼저 하게 된 것도 영광입니다. 과거 휴전선을 사이에 놓고 남북미가 불바다니, 핵폭탄이니 하면서 위협 수위를 높이고 있는데 만약 대포 한 발이라도 서울 어디에 떨어졌더라면 이 나라는 대혼란이 일어났을 것이었습니다. 지금까지 이 나라에 자녀를 둔 부모들의 가장 큰 걱정은 전쟁 불안이었습니다. 그 자녀가 징집영장을 받고 훈련소에 갈 때 대부분 따라가며 울었습니다. 제발 내 귀한 자녀가 군에 있는 동안 전쟁이나 안 터지게 해달라고 빌며 울었습니다. 독재자들의 정권 유지에 이용되었던 분단은 이 나라를 섬으로 만들었고, 가족 혈육을 적으로 만들었습니다. 국가 예산 삼십 퍼센트 이상을 국방비로 쓰게 하였고 수많은 젊은이가 희생되었습니다. 민족을 소멸되지 않으면 한이 많은 국민은 죽여도 망령이 됩니다. 통일은 민족의 염원이며, 관련국이 아닌 우리가 스스로 해결해야 할 과업입니다.

본 후보가 대통령이 되다면 북한지도와 협상을 통해 지금까지 남북 정상 간에 맺은 협약을 실행에 옮길 협약을 맺고 북한 지도자와 함께 유엔회의에 참석하여 경제통합을 선언하고 관련국들의 방해와 간섭을 배제하고 경제통합을 이루겠습니다.

다음 법치주의를 실현하겠습니다. 거리에 넘치는 노점상, 차도나 인도를 막는 노상적치. 불법 주정차. 불법 파업과 불법 노동운동이 끊어지지 않는 것은 국민의 준법의식 부족하다기보다는 국가가 법을 실현하고 단속할 의지가 부족한 탓이었습니다. 이것은 전적으로 공무원과 정치 지도자들의 잘못입니다. 국민의 법에 대한 감정과 인식을 개선해서 진정한 법치주의를 실현할 것입니다."

왕중앙의 기조연설이 끝났다. 이어서 차례로 기조연설을 마치고 토론에 들어갔다.

"왕 후보에게 먼저 질문하겠습니다. 국민의 법에 대한 감정과 법 인식을 개선하겠다고 하셨습니다. 그런데 그 법의 창을 들고 대법관까지 지낸 분이 재판거래 사건이 터지기 전에 중도 하차하고, 창에 맞서 방패를 들고, 살인범 사건을 맡아 유명한 변호사가 되게 되었다는 소문이 있습니다. 그런데 그 연쇄살인범이 다시 살인을 하고 구속되어있는데 왕 후보의 법률사무소에서 변론을 맡고 있다고 합니다. 사실인지 안인지 국민 앞에 밝혀보십시오."

허준표가 질문했다.

"창이니 방패니 하는 말은 직업선택의 자유에 대한 부정이며, 변호사가 살인자를 풀어주었다는 것은 법원 전체와 윤리규정을 준수하며 약자의 인권보호를 위해 수고하는 변호인들에 대한 모독이며, 무지라고 간주하고 대답하지 않겠습니다."

왕중앙이 낮은 목소리로 빠르게 말하고 고개를 돌렸다.

"직업선택의 자유라, 그래서 공공피아들이 판을 치는 세상에 쫓겨난 판사가 변호사 하는 것은 양반이지. 정책은 아니지만 왕 후보에게 질문다운 질문 하나 하겠습니다. 겉으로는 독신주의 대쪽판사로 명성을 떨치면서 속으로는 젊은 여비서와 계약 동거를 하였다는 제보자가 있습니다. 국회의원이 되기 위해 그녀를 강제로 내쫓고 오억 원의 위자료까지 주었다고 말하는 사람이 있는데 사실이면 사실이라고, 아니면 아니라고 이 자리에서 해명해보십시오."

여론조사에서 1위를 내준 표지석이 작심하고 공격하였다.

"이것은 사생활 침해입니다. 근거 없는 네거티브입니다."

왕중앙이 연이어 허를 찔리고 나서 땀을 흘리며 항변했다. 세 후보가 동시에 해명하라고 재촉했다.

"정책 대결이 아닌 인신공격만 하시겠다면 동해 보복으로 맞설 수 밖에 없습니다. 표 후보야말로 삼 년 전에 은모모라는 여비서를 성폭행했었다는 의혹을 덮고 재선에 당선되었다는 제보자가 있는데 사실인지 아닌지 해명해보십시오!"

왕중앙이 수세에서 벗어나기 위해 업무상 취득한 비밀을 더 이상 참지 못하고 폭로했다.

"왕 후보가 그렇게 나올 것을 예상하고 내가 다큐 한 편을 확보해서 이 자리에 가지고 나왔습니다. 이 방송을 지켜보시는 국민 여러분! 지금부터 본 후보는 여러분에게 오 억짜리 다큐멘터리 한 편을 보여드리겠습니다. 그럼 지금부터 스크린으로 시선을 돌려주시기 바랍니다. 제목은 '어린 꽃사슴과 늙은 늑대'라는 다큐입니다. 일단 감상을 하십시오. 의혹은 본 후보가 풀어드리겠습니다."

표지석이 흔들리지 않고 당당하게 맞섰다. 그의 보좌관이 스크린을 내리고 컴퓨터를 켰다. 스크린에 영상이 흐리게 뜨며 '털을 벗은 어린 사슴과 털 벗은 늙은 늑대'라는 자막이 떴다. 초호화 아파트 내부가 펼쳐지고, 침대 위에 젊은 여자가 알몸으로 누워있고, 중년을 넘어선 벌거벗은 남자가 접착테이프로 여자의 팔과 발을 침대에다 묶어놓고, 수건을 가지고 끝부분을 묶어서 오른손에 쥐고 여자를 향해 쳐들었다.

"음란물이다. 꺼라! 꺼!"

후보들과 방청객은 물론 사회자까지도 호기심에 빠져 볼 것 다 보고 나서 고함을 질렀다. 화면이 사라졌다.

"계속 돌려라! 어서 켜라! 허풍선 같은 인기로 나라의 지도자 되려는 저 변태자에게 돌을 던지게 어서 켜!"

표지석이 일어나서 소리쳤다. 청문회가 중단되었다. 방청석에서 방영을 하라는 사람과 하지 말라는 사람들이 편을 갈라졌다. 후보들 간에 고함과 욕설과 야유가 터졌다. 청문회장은 잠시 아수라장이 되었다. 사회자가 즉석에서 대국민사과를 하고 청문회를 다시 진행했다.

"사회자님, 그리고 방청객과 시민 여러분, 지금 음란물 방영이라고 하시면서 중단했습니다. 왜 청문회까지 중단되는 사태가 발생했겠습니까? 그것은 범죄이기 때문입니다. 법률가이신 왕 후보께서 답변해 보십시오."

표지석이 일어서 손가락질해가며 큰 소리로 말했다.

"방금 공개된 영상은 누군가가 몰래 찍은 것입니다. 남녀 간에 안방에서 이루어진 행위가 이렇게 비밀리에 촬영되어 청문회장에서 공개된다는 것은 사생활 비밀을 침해하는 중대한 범죄행위입니다. 결코 묵과할 수 없는 범죄행위에 대해 법적으로 대응하겠습니다. 표 후보님은 이 자리에서 그 테이프를 입수한 경위만 밝혀주시기 바랍니다."

왕중앙은 후보 사퇴를 각오하고 반문했다. 태 후보의 얼굴이 붉어졌다. 2차 토론회는 테이프 유출 문제를 놓고 시간을 끌다가 끝나고 말았다.

토론을 마친 왕중왕이 참담한 심정을 억누르며 고개를 숙이고 뒷문으로 나왔다. 기자들을 따돌리고 참모들도 뿌리치고 정인숙과 같이 집으로 달렸다. 술을 마시고 옷을 벗고 목욕탕으로 들어갔다.

"아, 내 사랑!"

그녀를 포옹하고 한숨을 쉬며 말했다.

"오빠! 이미 지난 일에 너무 괴로워하지 말아요!"

"아, 총이 있다면 모두 쏘아 죽여버리고 싶소."

"화난다고 화풀이하는 것은 새로운 화를 자초하는 어리석은 일입니다. 내 가슴을 만지며 화를 식히세요."

"잠시 숨을 쥐구멍은 없소?"

"오빠!"

"응."

"쥐구멍보다 좋은 내가 있잖아요. 경선에 떨어진다고 해서 인생이 끝나나요? 힘없는 당신은 지푸라기 같아 싫어요."

그녀가 말했다. 토론회를 지켜보던 지지자들은 이번에도 또 허탈감에 빠졌다. 지지했던 의원들은 입장을 바꾸었다. 신문마다 〈어린 사슴과 털 벗은 늑대〉라는 제목의 기사가 일면을 차지했다. 왕중앙을 편드는 기사는 어느 구석에도 없었다. 실의에 빠진 참모들은 신문을 보고 낙담하고 일부는 보따리를 싸고 자취를 감추거나 곁을 떠났다. 보따리 못 싸고 남은 사무원들을 보고 '알갱이들은 다 빠져나가고 쭉정이만 남았구나!' 속으로 말하며 사무장에게 표지석 고소와 후보 사퇴를 맡기고 사무실을 나왔다. 그 길로 정은숙과 낙산호텔로 가서 문을 닫았으나 3일 만에 당 대표의 전화를 받았다.

"자석, 정치가가 장돌뱅이 엿장수 엿가위로 아느냐?"

당 대표가 혀를 차며 말했다.

"대권이고 뭐고 다 내려놓겠습니다."

"사퇴, 네 맘대로 안 되고 내 맘대로 못한다."

"나를 파멸로 몬 두 년놈들이나 법정에 세우겠습니다."

"병신, 신문방송도 안 봤나?"

"지금 동해에서 문 걸고 창문까지 닫았습니다."

"현명한 국민들을 정치꾼들만 어리석게 보는 거야. 고슴도치는 피를 흘려 가며 하고, 사마귀는 먹이가 되어가면서도 하는데 요새 그런 섹스 안 한 놈 어디 있나?"

"글쎄요."

"고위공직자들 부동산 투기, 탈세, 청문회를 통해서 퇴색하였고, 성희롱이나 성폭력도 그동안 미투를 통해서 물 갔다. 인기라는 개개인의 심리가 물처럼 한 방향으로 가고 있는 포퓰리즘 이야. 주변에 우리나라가 통일이 되는 것을 원하는 나라가 없다는 것도 다 알고, 북한은 미국과 협상 무기로 핵을 만들 수밖에 없었다는 것도 다 알아. 다 아는데 막판에 설사 핵이 아니더라도 우발적 전쟁이 불안한 거지. 젊은 사람들은 이념을 떠나 정권과 사람이 바뀌는 것을 원하는 거야. 극한 이념 대립도 싫고 이제는 편하고 안전하게 살고 싶은 거지. 그러나 천만다행으로 노령 인구가 많고 무엇보다 우리 지역민들이 위기를 느끼고 너를 지지하였기 때문에 네가 살아났다는 것 잊지 마라."

"명심하겠습니다!"

왕중앙은 그길로 서울로 달려왔다. 보따리를 싸고 자리를 뜬 사람들이 한 발 먼저 와서 기다렸다. 표지석에 대한 고소를 취소하였으나 여성단체가 여비서 간음사건을 고발하여 입건되었다. 표지석은 왕중앙을 업무상 비밀누설죄로 고소하였다. 그러나 국민의 알 권리를 내세운 당 차원의 여론몰이와 표지석에 대한 여성단체의 비난에 압도되어 기각되고 왕중앙이 대선 후보로 당선되었다.

6
비명

대통령은 취임 초부터 이전 정부의 실정을 바로 잡고 와해된 공직 기강을 바로 세워 인기를 얻고 북핵 문제 해결과 민족 화합을 눈앞에 두고 인기가 역대 최고로 올라갔다. 그러나 중국과 미국의 무역보복 전쟁으로 국내외 경제가 악화되면서 지지도가 급락하였다. 더구나 교역 1위였던 중국이 미국과 무역 전쟁과 신종 코로나 바이러스 전염병으로 인한 중국의 경기 침체와 내란으로 우리나라의 수출이 마이너스로 떨어지고 실업자가 급증했다. 미국 대통령이 보호무역정책, 무역보복, 인종차별, 국가 간의 조약 폐기 등의 실정으로 탄핵 위기에 몰리게 되었다. 그로 인하여 북한의 핵 폐기와 남북 화해 협력이 답보 상태에 빠지면서 대통령의 지지도가 떨어지고 임기 말 네임 덕에 빠져있었다. 왕중앙은 당을 장악하기 위해 당 대표를 대선준비위장으로 삼고 광화문 대통령 집무실로 인사하러 갔다.

"남북 화해와 평화통일의 초석을 세우신 각하를 존경합니다!"

왕중앙이 접견실에 먼저 가서 기다리고 있다가 대통령을 들어오는 것을 보고 달려나가 현관에서 큰절을 하고 우러러보며 말했다.

"이곳은 눈과 귀가 많습니다. 이러지 마십시오!"

대통령이 닦아와서 어깨를 잡아 세우며 말했다.

"상관없습니다. 각하는 실추된 보수의 명예를 살리신 진짜 자랑스러운 첫 대통령이요, 민족의 영웅이십니다."

"보수가 뭐고 진보가 뭐요?"

대통령이 실망스러운 표정을 지으며 물었다.

"실언을 용서하십시오!"

왕중앙이 바로 깨닫고 고개를 숙였다.

"나도 지역민에 의해 어렵게 당선된 것 알아요. 그렇다고 해서 편을 가르면 안 돼요. 서로가 떡을 줘도 싫어하고 상대 당의 정책이 좋고 나라가 잘되는 것 원하지 않아요. 이러다간 나라 망합니다."

"미처 깨닫지 못하였습니다."

"지역민이 살려주었다고 해서 내 앞에서는 물론이고, 앞으로 여기서 진영이나 편 가른 일은 하지 마시오!"

"명심하겠습니다!"

"후보로 당선된 것 축하합니다!"

대통령이 손을 내밀며 말했다.

"각하를 위해 충성을 다하겠습니다."

"나한테 이러지 말고 국민을 우러러보십시오."

대통령이 붙잡은 손을 애써 풀고 의자에 앉으며 말했다.

"마음 깊이 새겨두겠습니다!"

"대표를 선대위장으로 삼으신 것 잘하셨습니다. 지금 북한이 내분 때문에 문을 닫았습니다. 가능한 빨리 당을 장악하고 본선 전에 미국을 다녀오십시오."

대통령의 뜬금없는 말에 왕중앙은 '당선도 안 되었는데 미국은 왜 다녀오라고 하는 거야? 내가 미국을 싫어하는 것을 모르나?' 하고 속으로 말하며 대답을 안 했다.

"대답을 안 한 내심을 알겠으나 이 나라에서 대통령 잘하려면 그쪽 비위를 잘 맞추어야 합니다. 미국이 아니었다면 아마 지금쯤 남북경제통합은 이루었을 것입니다. 남북화해 협력과 경제발전이라는 두 마리 토끼를 쫓다 놓친 나를 반면교사로 삼고 싫어도 거기 가서 인사를 해둬야 합니다."

"그쪽은 암탉이고 우린 병아리란 것 알지만 우선 당부터 장악하고 나서 고려해보겠습니다."

"이곳은 밤낮 없고 쥐와 새들이 많습니다."

"그 말씀도 가슴 깊이 새겨 두겠습니다. 딱 하나만 부탁드리겠습니다."

"무엇입니까?"

"이것은 아주 저의 명예가 걸린 것입니다."

"후보님에게 명예 안 걸린 것은 하나도 없습니다."

"혼을 내주고 싶은 한 놈 있습니다."

"어느 누구입니까?"

"홍 검사란 놈입니다."

"아, 그런 것은 내가 할 일 아닙니다. 안 들은 말로 하겠습니다. 그만 가보십시오."

대통령이 먼저 자리에서 일어났다. 그는 얼결에 절을 하고 일어서 고개를 숙이고 나왔다. 차 안에서 가슴을 치며 "내가 놈 때문에 운명적인 순간에 초를 쳤군. 에잇, 생각났을 때 해치워야지.' 말하며 비서보고 검찰총장에게 전화를 걸어달라고 했다. 비서는 수첩을 펴고 법무부 장관에게 전화를 걸어 수화기를 넘겨주었다.

"장관입니다."

"비서가 수화기를 두 손으로 받쳐 들었다.

"총장을 대달라고 했더니 왜 장관이야?"

"제가 착각했습니다. 다시 걸어드리겠습니다."

"아니다. 장관이면 어떠냐. 더 잘된 일 일지도 모른다. 이리 줘!"

수화기를 받았다.

"총장을 대달라고 했더니 비서가 실수를 했습니다."

"아-왕 후보님!"

"기왕에 말이 났으니 장관에게 부탁 하나 합시다."

"내가 할 수 있는 것이라면 무엇이든지 말씀만 하십시오!"

"검사 중에 홍일동이란 놈이 있는데 모가지를 쳐 버리거나 아니면 어디 먼 데로 날려버리시오!"

"아, 그건 이유가 있어야 하는데…."

"이유야 털어서 만들면 되잖소. 놈이 나에게 태클을 걸어서 뒷조사를 좀 해둔 것이 있습니다."

"그것이 무엇입니까?"

"나라 망칠 부동산 투기."

"그게 사실이라면 모가지감이긴 한데…. 여하튼 알아서 처리하겠습니다."

"그놈 때문에 더 이상 신경 쓰지 않겠습니다."

왕중앙이 전화를 끊었다. 그리고 며칠 뒤에 국영방송 9시 뉴스에 건설교통부, 국세청, 법무부, 경찰 합동으로 부정비리는 물론 부동산 투기를 단속한다는 뉴스가 보도되었다. 정부는 호화 주택, 별장, 콘도 이외 일반 주거 시설이 망국적인 투기의 대상이 되는 것을 허용하지 않겠다. 정권 말기와 저금리를 이용하여 전국 지방에서 돈을 가지고 사업하던 사람들이 사업을 접고 서울 아파트를 매입하고 있다. 망국적인 부동산 투기가 수도권으로 확산되고 있어서 정부가 부동산 담보대출에 대한 금리를 대폭 인상할 것이다. 서울·경기 아파트 매매에 대한 전수조사를 하겠다. 거래와 대출에 있어서 불법이 적발된 공무원부터 지위 고하를 막론하고 엄벌로 다스리겠다고 했다. 대선을 앞두고 부정과 투기를 일삼던 고위공직자들이 전혀 예상치 못한 일에 집안에서 혼자 독주를 마시고 창밖을 살피며 벌벌 떨었다. 홍 검사 역시 공직자의 부동산 투기를 조사한다는 공문을 보고 아내의 부동산 투기를 적극적으로 말리지 못한 것을 후회하며 불안에 떨던 어느 날 오후에 호출을 받고 차장검사 앞에 섰다.

"이것 사실이야?"

차장검사가 팩스로 전송된 공문을 내밀었다. 홍 검사는 두 발 앞으로 닦아서 공문을 읽었다. 부동산 투기 의혹이 있는 고위공직자 리스트였다. 자신의 이름에 붉은 줄이 그어져 있고 내용란에 서울 반포동 아파트 외 수원에 투기성 아파트가 있다고 적혀있었다.

"사실이야?"

차장검사가 얼굴을 쳐다보며 판사가 죄인을 심문하듯이 물었다. 홍 검사는 붉어진 얼굴을 들지 못하고 손에 땀을 쥐었다.

"사실입니다."

"어떻게 할 거야?"

"모가지만 붙어있게 해주면 어떤 처분이라도 달게 받겠습니다."

"못난 것, 우선 목포로 가라!"

"은혜 잊지 않겠습니다!"

홍 검사는 고개를 숙여 절을 하고 나와 비틀거리려 사무실로 향했다. 방문을 닫고 사라져 가는 장관의 꿈을 바라보며 오랫동안 아픈 가슴 쓸어내리며 속으로 울었다.

왕중앙은 박 대표와 함께 선거운동의 첫발로 미국 순방에 나섰다. 그가 미국으로 가던 날 국회의원들과 장차관, 광역시도의 시장과 지사들과 지지자들이 개미떼처럼 줄을 지어서 그의 미국 순방을 환송했다.

공항 개항 이후 기록에 없는 수많은 사람의 환송을 받으며 미국으로 날아간 그는 미국에서 유명한 정치인들을 차례로 방문하여 자세를 낮추고 간신히 얼굴도장을 찍고 동원된 동포들 앞에서 환대를 받으며 스트레스를 풀었다. 대통령과의 면담을 추진하였으나 때마침 미국 대통령의 탄핵이 의회에서 가결되어 백악관에 들어가지도 못하고 로스앤젤레스로 왔다. 근교의 고급 호텔 화려한 레스토랑에서 미국 방문 자축 만찬을 가졌다.

"오빠!"

정인숙이 늦은 시간 옆구리를 손가락으로 찌르며 불렀다.

"내가 왜 오빠야?"

"전에도 불렀는데 갑자기 왜 그래? 자기야 성질을 부리지 마!"

"저질들이 쓰는 말 같아서 싫으니 격에 맞게 불러."

"앞으로 조심할게, 나 피곤해서 쉬고 싶어."

"그럼 먼저 가서 쉬어."

"그게 아니고 같이 가고 싶은 곳이 있어."

"자기가 원한다면 가야지."

그가 일어섰다.

"내 님께서 좀 피곤하답니다. 그래서 먼저 실례하겠소."

왕중앙이 작은 소리로 말하고 그녀의 팔을 붙잡고 밖으로 나갔다.

"자기야!"

"왜?"

"자기가 대통령 되면 못 갈 거야. 우리 이 기회에 라스베이거스에 한번 가자!"

"경호원이 있잖아?"

"뒷문으로 빠져갈 수 있어. 꼭 한번 가고 싶었어. 카지노에서 잠시 행운도 점쳐보고 싶고 벨라지오 분수와 화산 불꽃 쇼를 구경하고 싶어!"

"사실 나도 가고 싶은 곳이지만 멀 텐데?"

"택시 타면 시간이면 갈 수 있어."

"그대의 소원이라면 별이라도 따야지."

그는 그녀의 손을 잡고 엘리베이터를 이용하지 않고 비상계단을 타고 호텔을 나와 택시를 탔다. 신이 난 그녀가 요금을 곱으로 주겠으니 빨리 가자고 유창하게 말했다. 그러나 택시는 얼마 가지 않아서 경찰에 쫓기는 총기살인범 도주 차와 추돌하여 정은숙은 현장서 죽고, 그는 생명이 위태로웠다.

5편

구치소 사정

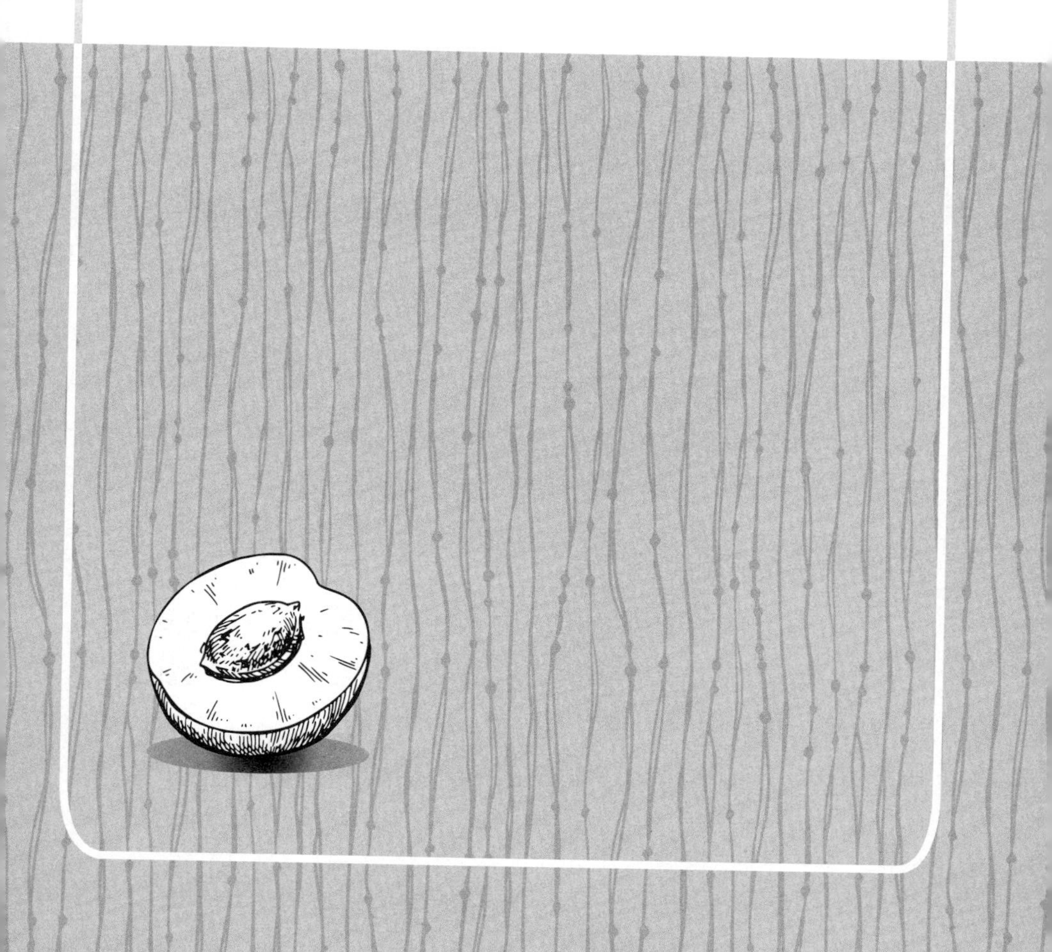

1
애환의 바다

중세기 유럽에서는 범법자는 범죄인을 타고난다고 보았기 때문에 살인자는 모두 사형을 시켜야 한다고 주장했다. 칸트는 한 지역의 자치국이 해산을 하더라도 자치국 안에 있는 사람을 죽인 자는 모두 사형시킨 다음에 해체해야 한다고 말했다. 이러한 사상과 영향으로 근세까지 유럽에서는 사람을 죽인 사람은 모두 처형을 하면서 살인 유전자를 가진 사람을 많이 처형하였기 때문에 살인범이 줄었다고 여겼던 것이다.

오늘날에는 범죄의 원인이 생래적인 특수한 현상이 아니라 환경적인 일반적인 현상으로 보고 개선교육형을 주장하며 사형을 반대하거나 사형 제도를 폐지하자고 주장하는 사람이 있다. 그러나 형법이 개정되지 않는 이상 검사는 법에 따라 사형을 구형하고 판사는 사형을 선고하고 있다. 교도관 역시 사형을 집행하는 것이 아무리 싫을지라도 사형집행 명령이 떨어지면 사형수의 목에 올가미를 걸어서 숨이 끊어질 때까지 잡아당겨야 한다.

고등법원이 있는 구치소에는 사형장이 있다. 법무부 장관으로부터 사형이 확정된 사형수 고영호 이외 오 명에 대해 사형을 집행하라는 명령문을 받은 구치소 소장은 간부회의를 열어 사형집행에 대해 의논하고 계획을 세웠다. 과별로 업무를 분담하고 참여할 인원을 배정했다. 보안과장은 사형집행의 주관 업무를 맡았으나 집행 경험이 전혀 없고 과장 체면에 누구에게 물어보지 못하고 속을 태웠다. 교도관이 된 것을 후회하며 그만두고 싶은 충동을 꾹 참고 계획을 세웠다. 비밀을 지키기 위해 담당자에게 말하지 않고 혼자서 인명부를 펴놓고 적임자 9명을 골라놓고 직접 임무를 맡길 생각이었다. 그중에 평소 좋은 선입견을 가지고 있던 최적임자를 먼저 불렀다. 나이 들어 보이고 키는 작지만 다부지게 생기고 피부가 고운 교위가 들어와 앞에 섰다.

"사형집행 경험이 많지?"

과장이 일어서면 물었다. 그는 대답을 안 했다.

"집행 명령이 떨어졌는데 수고 좀 해야겠다."

"이번에는 빠져야겠습니다."

"이유 대지 말고 시키는 대로 해!"

"지금까지 무슨 일을 시켜도 이유 댄 적 없고 삼십 년이 넘도록 징계 한 번 안 먹었습니다. 그러나 이번만은 정말 딱한 사정이 있습니다. 다음 달에 저의 큰딸 결혼식이 있는데 딱 한 번만 봐주십시오!"

그가 두 손을 비비며 사정했다. 과장은 거절할 수 없는 사정 앞에 기대가 와르르 무너지고 눈앞이 깜깜했다.

"경사스런 일인데 안 봐줄 수 없군."

"은혜 잊지 않겠습니다!"

"청첩장 제출하고 대신 입 다물어!"

"봉해버리겠습니다."

과장은 다짐을 받고 '앞으로 어떤 사정도 들어주지 말아야지.' 하고 속으로 다짐하며 다음 교도관을 불렀다.

"미리 말해두는데 장관님의 지시고 소장님이 지명한 것이니 빠질 생각 마라!"

과장이 나이 들고 호리한 교도관을 쳐다보며 말했다.

"무슨 중요한 일입니까?"

"사형집행이야."

"딱 한 번만 봐주십시오!"

"이유 없어."

"정년 이 년 남았는데 벌써 불면증에 시달리고 있습니다. 사형시킨 사람들의 모습이 기억에서 사라지지 않아 너무 괴롭습니다."

"퇴직하면 다 사라져."

"선배들이 그런데 퇴직하고 나이 들수록 더 직장 꿈 많이 꾸고, 특히 사형시킨 악몽에 시달린다고 하였습니다. 퇴직 얼마 안 남은 저 같은 놈들을 빼주십시오!"

"이유대지 마!"

"진짜 이유가 있어도 안 됩니까?"

"듣고 싶지 않아."

"제 딸이 임용고사 삼수를 하고 있습니다. 올해는 꼭 붙을 것 같은데 한 번 봐주십시오!"

"이유가 되는군. 대신 응시접수증 가져오고 누구에게도 입도 뻥긋 마."

"이 은혜를 가슴속에 새기고 입에 자물쇠를 채우겠습니다!"

"어서 나가!"

과장은 짜증을 내며 손을 젓고 사형집행에 참여한 경력이 많은 세 번째 교도관을 불러 임무를 말했다.

"사형집행 일지를 보십시오. 저만큼 사형집행에 참석한 직원 없습니다. 그러나 아들이 사법고시 삼수 만에 일차 합격하고 이차를 남겨두고 있는데 이번에만 빼주면 다음에는 자원하겠습니다."

"알았으니 일차 합격증 가져와."

과장은 마지막이라 여기고 사표를 낸다고 해도 봐주지 않겠다고 다짐하며 네 번째 교도관을 불렀다.

"과장님 다른 일이라면 몰라도 그 일만은 할 수 없습니다."

밖에서 엿들은 젊은 교도관이 들어오면서 말했다.

"임명장에 잉크도 안 마른 놈이 왜?"

"아내가 지금 임신 중인데 다음 달이 출산입니다."

"갈수록 태산이니 이거 큰일 났네!"

과장이 걱정을 참지 못하고 한숨을 지었다.

"임신 확인서 떼어오겠습니다. 한 번만 봐주십시오!"

"알았어."

과장이 신경질을 내며 어서 나가라고 손을 젓고 다섯 번째 교도관을 불렀다.

"과장님!"

"듣기 싫다. 너도 핑계를 댈 생각이지?"

"이달에 저의 부모 칠순잔치를 합니다. 사람 죽인 손으로 술잔 올리고 싶지 않습니다."

"씻으면 될 것 아니야."

"씻어서 될 일이라면 천 번도 씻지요. 마음에 묻어있는 때는 씻을 수 없지 않습니까?"

"그것도 모르고 교도관이 되었느냐?"

"직원들 많은데 굳이 해야 한다면 사표를 내겠습니다. 저의 부모는 저에게 각별합니다."

"자식 사랑하지 않는 부모 없다. 청첩장 꼭 제출하라!"

"내겠습니다. 과장님 정말 고맙습니다!"

과장은 초조했다. 이제는 어떤 이유를 대더라도 봐주지 않겠다고 마음을 굳게 먹고 마지막 직원을 불렀다. 그러나 그 직원은 허리를 굽히고 두 손으로 가슴을 움켜쥐며 몹시 아픈 표정을 짓고 들어 온 것을 보고 말이 안 나왔으나

"저 보시면 모르십니까? 요즘 병이 악화되어 병원에 다니며 약을 먹고 있습니다. 과장님 다음 기회로 미루어 주십시오!"

그는 신음을 하며 이렇게 말하고 약봉지를 주머니에서 꺼내 보였다. 과장은 맥이 빠졌다.

보안과장은 소장이 식사하려고 들어온다는 보고를 받고 정문 밖으로 나갔다. 소장은 과장들을 거느리고 정문으로 향해 오고 있었다.

"이상 없습니다!"

보안과장이 바로 서서 거수경례했다.

"응. 계획 다 짰나?"

소장이 손을 들어 보이며 과장에게 물었다.

"사정들이 많아서 아직 못 짰습니다."

"병신 같은 놈, 밥 먹지 말고 가서 사정 무시해버리고 빨리 세워서 보고해!"

소장이 경멸에 찬 눈으로 보며 지나갔다. 과장은 따라가지 못하고 돌아섰다.

"직원들은 다 못하겠다고 생떼를 쓰고 소장은 당장 올리라고 하니 어떻게 했으면 좋겠나?"

과장이 당직 계장을 불러서 의견을 물었다.

"순번부 대로 밀고 나가십시오."

"순번부도 엉터리라고 하는데."

"그렇다고 순번을 새로 짠다면 진짜 난리 날 것입니다. 과장님이 좋게 대하니까 놈들이 생떼를 쓴 것입니다. 다른 일은 몰라도 이 일은 강하게 밀고 나가십시오. 사정을 봐주면 집행을 할 놈 없을 것입니다."

"내가 워낙 경험이 없어서 일을 망쳤는데 이제 어떻게 하지? 이미 봐준다고 했는데 네가 대신 처리하면 안 될까?"

"알겠습니다."

당직 계장이 거절 못하고 나갔다.

"과장님이 뭘 모르고 여러분 사정을 들어준 것 번복하시고 차례로 하시겠다니 그리 알고 특별한 사정이 있으면 여러분이 대타를 정하고 없으면 여러분이 맡아야 한다고 하셨습니다."

당직 계장이 9명을 집합시켜놓고 말했다.

"그렇다면 내가 과장에게 직접 따지겠습니다."

고참 교도관이 성질을 내며 보안과장실로 뛰어들어갔다.

"과장님! 왜 약속을 안 지킵니까?"

"당직 계장이 설명하지 않았나? 과장으로서 약속을 못 지켜 미안하다. 서로 따지는 바람에 차례로 할 수밖에 없으니 알아서 바꿔!"

"과장이면 과장답게 약속을 지켜야지요. 어느 누가 사정을 봐주겠습니까? 사표를 내는 한이 있어도 사형집행은 못 하겠습니다."

"못하겠으면 사표 내고."

"사표를 내고 모두 다 찔러버리겠습니다."

"하늘을 두고 맹세컨대 잘못 없으니 찌르든 말든 맘대로 하고 나가!"

과장이 얼굴을 붉히며 고함을 질렀다. 당직과 다른 간부들이 와서 그 직원을 붙잡고 나갔다. 구치소 담 안에는 내선전화와 인터폰으로 사용하고 담 안에서는 휴대폰을 소지하지 못한다. 아내의 임신 때문에 사형집행에서 빠지려는 교도관이 민원실에 있는 공중전화기 앞에 줄을 서서 기다렸다.

"여보 나 급해서 그러니 당신 임신진단서 하나 끊어와!"

교도관이 수화기를 귀에다 바싹대고 작은 소리로 말했다.

"갑자기 진단서가 왜 필요해?"

교도관의 아내가 물었다.

"내가 사형집행을 하게 되었거든."

"인기도 없고 월급도 적은 직장 그만둬요. 내가 번 돈도 충분하니 집에서 아이들이나 봐요."

교도관의 아내가 신경질을 부리며 전화를 끊었다. 원피스를 입을 중년 여자가 교도관의 바로 뒤에서 통화내용을 귀담아들었다. 그녀는 사형선고를 받은 사람의 누나였고, 면회실에서 동생에게 엿들은 말을 전했다. 사형선고를 받은 동생이 면회를 마치고 사방으로 들어가면서 다른 사형수가 있는 방을 들여다보며 사형집행이 있다는 말을 전했다. 사형집행에 대한 소문이 순식간에 구치소 안에 퍼지자 사형수들이 크게 동요했다. 사형집행이 연기되어 온 사형수들이 교무과장과 소장 면담을 요청했다. 소장은 물론 교무과장은 시위를 중단하기 전에는 면담을 하지 않겠다고 거절했다. 사형수들이 일제히 항의하며 출입문을 발로 차며 교도관들에게 방에 있는 오물에다 똥을 싸서 뿌리며 소란을 부렸다.

"이 멍텅구리 돌대가리 같은 것! 말썽 없이 하라고 했더니 그 새 대갈통을 가지고 구치소 보안과장을 하겠다고 왔나? 병신 같은 것, 어느 놈인지 색출해내! 못 잡아내면 옷 벗어!"

소장이 파일로 보안과장의 배를 찌르며 성질을 부렸다. 과장은 땀을 흘리며 쩔쩔맸다.

"전 직원에게 당장 비상을 걸어서 놈들 때려잡고 집행계획서 올려!"

"알겠습니다."

"못하겠다는 놈이 있으면 사표를 내라고 해!"

"알겠습니다."

"그렇게 앵무새처럼 대답만 하지 말고 어서 가서 때려 잡어!"

보안과장은 진압 장비를 갖춘 교도관을 선두로 대열을 갖추고 후미에서 핸드마이크를 들고 진압을 지휘하여 소란 행위를 진압하고 사형집행 계획서를 소장에게 제출했다.

"사형을 집행하는 것은 교도관의 임무이며 정당한 명령을 지키는 것은 공무원의 의무입니다. 잘못이 있다면 여러분이나 나나 교도관이 된 것뿐입니다."

보안과장이 사형집행 할 교도관들을 집합시켜놓고 말했다. 9명 중의 3명이 사표를 내고 말지 집행에 참석할 수 없다고 했다. 보안과장은 세 사람에게 경위서를 받아서 소장에게 제출했다.

"멍청한 놈! 이걸 받아오면 어쩌란 말이야?"

소장이 파일을 집어던지며 소리쳤다. 과장은 할 말을 잃고 쩔쩔매며 고개를 숙였다.

"가서 지시하고 어기면 사표를 내라고 해!"

소장이 등을 돌렸다. 과장이 흩어진 서류를 주워들고 물러났다.

"소장님이 노발대발하며 지시를 어길 것이면 사표를 오늘 중으로 제출하라고 하고 나 역시 여러분을 두고 다른 사람을 정할 수 없다."

보안과장이 세 사람을 불러 세워놓고 책상을 치며 말했다. 세 사람은 휴게실로 가서 커피를 마시며 머리를 맞댔다.

"소장 저것 구려도 보통 구린 놈 아니라 사표를 낸다고 해서 수리하지 못할 거야. 더구나 다 같이 낸다면 말이야."

세 명 중에 고참 교도관이 말했다.

"보통 중대한 일이 아닌데 수리해버릴까 겁나서 끝까지 버티어는 보되 사표 내는 것은 싫습니다."

두 사람이 동시에 말했다.

"나도 의리가 있는데 뜻이 그렇다면 우기진 말아야지. 재수는 하늘에 달렸고, 기분이란 맘 먹기 달렸지. 교도관 팔자가 잘못이라 여기고 눈 찍 감으면 그만이야."

"맞는 말입니다. 유대인 학살한 독일 놈들 잘만 살고 우리나라 독립군 학살한 일본 놈들 세상에서 제일 정직한 척 잘만 삽니다.”

“소장, 과장 저것들 이런 속을 훤히 알고 배짱부린 거야. 기왕지사 입 다물고 하면서 골탕 좀 먹이고 사표를 가지고 소장과 맞장을 뜰 거야.”

고참 교도관이 비장한 표정으로 말했다.

고영호는 무더운 여름 그날 오후에 재심 기각 통지를 받고 성경을 걷어차며 뒤 창가에서 철창에 머리를 찍으며 소리 내어 울었다. 방바닥에 이마를 대고 부들부들 떨며 옷에 오줌을 싸고 밤마다 악몽에 시달렸다. 교회 담당 계장 과장이 상담을 하였으나 진정되지 않자 담당 목사를 불렀다. 목사가 상담실 소파에서 수갑을 찬 고영호의 손을 마주 잡고 기도했다.

“어떻게 하면 이 두려움을 잊을 수 있습니까?”

고영호가 기도하는 목사를 빤히 보며 물었다. 목사가 말을 듣고 ‘두 사람을 죽여놓고, 참 헛되고 헛되게 무심하다!’ 하고 속으로 말하며 지긋이 바라보았다.

“사람들의 죄를 대속하기 위해 십자가에 매달려 죽은 예수님을 생각하십시오!”

“내가 당해본 일이 아니라 예수님을 생각해도 소용이 없습니다.”

“그럼 도와줄 다른 누가 있습니까?”

“없습니다.”

“그렇다면 죄를 진심으로 회개하십시오!”

“예수님에게 백번 천 번 회개하였습니다.”

“피해자에게 먼저 하고 하십시오.”

“피해자는 죽고 없어서 제 심장만 꺼져 내립니다. 그리고 예수님은 솔직히 안 보이고 안 들려서 안 믿어집니다.”

“조상의 혼령을 보거나 듣지 않고도 사람들은 조상 영혼이 주변에 있다고 믿고 제사를 지냅니다. 조상의 영혼을 믿는다면 부활 예수님도 믿어야 합니다.”

“열심히 믿겠습니다. 목사님 구원을 주십시오!”

“구원은 내가 주는 것이 아닙니다. 하나님이 심판하실 것입니다. 그러므로 죽음이 두려워서 믿지 말고, 피해자에게 먼저 용서를 빌고 하나님을 믿고 회개하면 용서를 받고 영생의 구원을 받아 천국에서 편하게 살게 될 것입니다.”

“천국도 좋겠지만, 징역이라도 편하게 살게 하여주십시오!”

“지은 죄를 뉘우치며 성경을 읽고 기도하고 찬송하면서 구금되어있는 처지를 감사하게 여기십시오!”

“사형선고를 받았습니다.”

“사람은 누구나 모두 죽습니다. 죽지 않으면 거듭날 수 없습니다. 죽음이 곧 영생이요, 영광입니다. 아멘!”

목사가 상담을 하다가 시간에 쫓기어 성경과 찬송가가 주고 떠났다. 그는 매일 밤이나 낮이나 성경을 읽고 기도하며 찬송가를 불렀다. 사형이 확정되었다는 말을 전해 들은 고영호의 아버지가 병원에서 죽었다. 장사를 치르고 나서 그의 큰형이 김영자에게 받은 돈을 놓고 차를 구입하기 위해 운전면허증을 취득하였다. 흰색 중고 중형 차를 구입하여 어머니와 같이 면회를 왔다.

"눔아! 네 아비 묻고 왔다!"

어머니가 통곡하면서 말했다.

"으윽, 우리 아부지!"

고영호가 철창을 붙잡고 머리를 찍으며 울었다. 형은 벽에다 머리를 찍으며 울었다. 면회실이 울음바다가 되었다. 고영호의 형은 잔디밭에 주저앉아 통곡하는 어머니를 달래서 차에 태우고 시간 늦게 출발했다. 밤길에 앞서가는 경운기를 피하려다 언덕 아래 논으로 전복되었다. 어머니는 현장에서 죽고 형은 중상을 입었다. 어머니의 사망 소식을 들은 그는 깊은 실의에 빠진 가운데도 오직 불구가 되었다는 그 형을 위하여 김영자 면회를 신청하였으나 소장이 거절했다. 교화담당 목사의 주선으로 국장에게 청원하여 허가를 받았다. 수갑을 차고 상담실에서 테이블을 사이에 두고 휠체어를 탄 그녀와 마주 했다.

"사장님!"

"찢어 죽여도 한이 안 풀릴 마귀 같은 놈! 내 신세를 망쳐놓고 왜 보자는 거야?"

"제가 죽음이 두려워서 잘못했습니다. 용서하여주십시오!"

"원수야! 나를 물고 늘어져서 얻은 것이 무엇이냐?"

"나는 이제 죽습니다."

"네놈 때문에 내 신세 망치고 수백 명이 직장을 잃고 수십 명이 망했어. 이제 와서 나를 만나자고 한 이유가 뭐야?"

그녀가 눈물을 손바닥으로 훔치며 말했다.

"다 헛것이고 헛것인 것을 모르고 그랬습니다. 저의 인생은 모두 끝났습니다. 내가 사장님을 위해 증인이 되겠습니다. 저는 양부모님을 돌아가시게 했고, 형님마저 불구가 되게 했습니다. 형수님과 조카들이 걱정되어 만나려고 했습니다."

"이제라도 깨달았으면 나를 물고 늘어지지 말고 나를 풀려나게 해주면 다 도와주지."

"제가 무어라 말해야 합니까?"

"조 변호사가 찾아오면 자세히 말해."

"형님만 도와주십시오!"

"도와주지."

"그리고 예수님을 믿으십시오!"

"내가 미쳤니?"

"예수님을 믿으니 세상이 달라졌습니다. 하루라도 징역 편하게 살려면 믿어보십시오."

그가 문밖으로 떠밀려 나가며 말했다.

2
허망한 인생

고영호는 사형에 대한 극도의 불안에 떨며 사형만 면하게 해달라고 기도했다. 사형집행이 있는 날 구치소 아침 풍경은 어둡고 찬바람이 분다. 청소부들이 나오지 않고 매일 반복되는 인원 점검이나 검색을 하지 않는다. 미결사로 통하는 출입문이 닫히고 사형장 주변에 감시자가 배치된다.

보안과장은 애를 먹인 세 명에게 앙심을 품고 사형수 연출을 맡겼다. 세 명은 전투복을 입고 빨간 모자를 쓰고 짙은 선글라스와 검은 가죽장갑을 끼고 사형장으로 갔다. 사형수 연출은 계획 순서대로 한다. 순서는 여러 가지 사정을 고려한 전례에 따라 사형장과 가장 가까이 있는 사형수부터 집행한다.

연출팀장은 사형장으로 미리 가서 문서 담당이 잠시 자리를 뜬 사이에 맨 위에 있는 신분장에 끼여있는 종이 명찰과 맨 아래 있는 신분장의 종이 명찰을 바꾸어놓고 밖으로 나가서 담배를 피우며 시간을 기다렸다. 사형집행은 예정대로 10시부터 시작되었다. 정년을 앞둔 소장이 30대의 검사를 앞세우고 사형장으로 왔다. 사형장 중앙에 세 개의 도르래로 연결된 교수가 있는 곳은 'ㄷ' 자형 커튼이 드리워져 있고 맞은편 조금 떨어진 정면 긴 책상 중앙에 구치소장이 앉고, 오른쪽에 검사가 앉아있었다. 소장의 왼쪽에 의사인 과장이 앉고, 뒤로 문서교도관과 검찰서기, 목사. 스님. 신부가 왼쪽에 앉아있었다.

연출팀장은 문서 담당이 뽑아준 종이 명찰을 받아들고 조원들보다 한발 앞서 어깨를 펴고 사형장과 멀리 떨어진 1관구 6동 하층으로 갔다. 뒤를 따르는 감독계장은 물론 교화 담당이나 계장 그리고 출입문을 지키는 수많은 교도관과 사동 근무자들도 너무도 살벌한 긴장과 숨 막히는 침묵의 중압감에 압도되어 아무도 깨닫지 못하고 의심을 품지 않았다. 연출팀은 전투화 발자국 소리를 쿵쿵 울리며 이용완이 갇혀있는 방으로 가서 목찰을 빼내어 담당에게 주며 방문을 열게 했다.

"제발 죽이더라도 조금 더 있게 다음에 잡아가 주세요!"

이완용이 사람이 있는 화장실로 들어가서 문을 닫고 떨며 말했다. 그는 이혼을 요구한 아내와 처제와 장인, 장모를 식도로 난도질해 죽인 죄로 사형이 확정된 지 2년째 되었다. 연출팀이 방으로 들어가서 화장실 문을 밀었으나 필사적으로 버티는 바람에 시간이 지체했다. 감독계장과 과장이 왔다.

"소장님 난린데 뭘 꾸물거려. 부시고 끌어내!"

과장이 소리쳤다. 조장이 비닐을 뜯어내고 문틀을 무시고 수갑 찬 팔을 걸어 복도로 끌어냈다.

"내 딸이 저기 와요! 지금 죽이지 마세요!"

그가 바닥에 쓰러져 수갑 찬 손을 들어 바닥을 마구 치며 외쳤다. 그 비명 소리가 구치소 안에 퍼져 다른 사형수들의 귀에 들어갔다. 낌새를 차리고 촉각을 곤두세우고 있던 사형수들이 오열하거나 실신

하는 등 금방 큰 소동이 벌어질 것 같이 긴박하면서도 숨 막히는 상황이 지속되었다. 연출팀이 양팔에 어깨를 걸어 매고 복도를 지나 통로로 나갔다. 철 문턱에 걸려 흰 고무 신발이 벗겨졌다.

"내 신발!"

사형수가 소리쳤다.

"왜 일동 김대로부터 하지 않고 거꾸로 연출해가지고 난리가 벌어지게 합니까?"

교화 담당이 순서가 바뀐 것을 뒤늦게 알고 흰 고무신을 주워들고 달려가 신겨주며 조장에게 물었다.

"글쎄, 우리는 로봇이니 담당자에게 물어보시오."

조장이 고개를 저으며 말했다.

"오줌 나와요!"

사형수가 사형장 문 앞에서 오줌을 쌌다. 연출팀이 바닥에 눕혀 양쪽에서 붙잡고 교화 담당이 바지를 벗기고 예비로 준비한 한복 바지로 갈아입혔다.

"빨리 들어가지 않고 뭘 꾸물거려!"

과장이 뒤에서 소리쳤다.

"연출도 제대로 못 한 미련 돌대가리 같은 놈들!"

구치소장이 안달이 나서 책상을 꽝꽝 치며 소리쳤다. 교화 담당은 바지를 갈아입히고 연출팀이 수갑 찬 손을 포승으로 결박하여 들쳐 매고 작은 돗자리 위에 앉혀 양옆에서 붙잡았다.

"이천사 번 김대로!"

구치소장이 앞에 놓인 신분카드를 보며 흥분한 목소리로 불렀다.

사형수는 대답이 없었다.

"이천사 번 김대로!"

구치소장이 크고 짜증 난 목소리로 불렀다.

"이완용이 데리고 왔습니다."

조장이 말했다.

"뭐? 엉뚱한 놈을 데려왔다고? 멍청한 것들, 어서 똑바로 데려와!"

소장이 눈을 부릅뜨고 소리쳤다.

"우리는 아무 잘못 없습니다."

조장이 문서 담당을 보며 대답했다.

"밥충이 돌대가리들, 어서 바로 끌어와!"

소장이 신분카드를 바닥으로 밀쳐버리고 명판을 문서 담당에게 던졌다. 연출팀이 실신한 사형수를 들쳐 메고 사형장을 나갔다. 문서 담당은 벌벌 떨며 명판을 들어 소장 앞에 놓고 떨어진 신분카드를 집어 들었다.

"멍청한 놈. 일어서 얼굴 내밀어!"

소장이 문서 담당의 뺨을 때렸다.

"시정하겠습니다!"

문서 담당이 신분카드를 올려놓고 뒤로 물러섰다.

"잘못한 놈들 모두 징계 올려!"

소장이 앞에 서있는 보안과장의 머리를 신분카드로 쳤다. 그 사이에 연출팀은 실신해서 축 늘어진 김대로를 방에서 매고 나와 통로에서 교화 담당 앞에 내려놓고 잠시 쉬었다. 교화 담당과 계장이 실신한 사형수가 의식을 차리고 눈을 뜨게 하려고 물수건으로 얼굴을 적시고 귀에다 대고 말을 걸며 흔들었다.

"내 수가 제대로 먹힌 거야. 높은 양반들은 쓴 엿 좀 실컷 드시고 이 양반은 그동안에 모가지를 조금이라도 연장하겠지. 자, 우리는 저승 먼 길 깨끗한 손으로 모시게 가서 땀이나 씻고 오지."

조장이 연출팀을 출입문 쪽으로 끌어서 귀에다 대고 작은 소리로 말하고 세면장으로 떠밀었다.

"뭣들 하는 거야?"

과장이 뛰어오며 소리쳤다.

"초주검이 되어 깨우고 있습니다."

조장이 천천히 말했다.

"너 감독, 똑바로 해!"

과장이 입에 개거품을 물고 뒤따라온 감독계장의 뺨을 때렸다.

"총이 있으면 다 쏴버리고 말겠어."

계장이 뺨을 만지며 세면장으로 뛰어들어가 손을 씻는 연출팀을 끌어냈다.

"총은 무기고에 있으니 잘해보십시오!"

연출팀장이 조롱 투로 말하며 막 의식을 차리고 눈을 뜬 사형수를 들쳐 메고 사형장으로 갔다. 연상의 유부녀와 정을 통하고 그녀와 같이 그녀의 남편을 장도리로 머리를 쳐 죽이고 암매장한 죄로 사형이 확정된 지 3년 된 사형수가 사형장 안을 둘러보고 부들부들 떨며 통곡했다.

"천사 번 이완용!"

소장이 신분카드를 불렀다.

"이천사 번 김대로 입니다."

조장이 대답했다.

"뭐야! 또 잘못 데려왔단 말이야?"

소장이 벌떡 일어나며 눈을 부릅떴다. 문서 담당이 신분카드를 끌어당기며 쩔쩔맸다.

"신분장 하나 제대로 못 놓은 똥 대가리 같은 놈!"

소장이 문서 담당의 뺨을 치며 고함을 질렀다.

"소장!"

검사가 소장을 노려봤다.

"네, 영감님!"

"그 사람부터 어서어서 집행하시오!"

"워낙 중요한 일이라 신중에 신중을 기해야 합니다."

"사람 말고 신분카드를 바꾸란 말이야!"

"아, 네!"

소장이 이마에 땀을 훔치며 말했다. 문서 담당이 김대로의 신분카드를 소장에게 주었다. 소장이 흐르는 땀을 손으로 쓸어내며 사형집행 명령을 낭독했다. 스님이 사형수 앞으로 나와 방석을 펴고 무릎을 꿇고 앉아 목탁을 치며 불경을 외었다.

"유언이 있는가?"

소장이 물었다.

"너무 억울합니다!"

사형수가 울부짖었다.

"할 말 없으면 집행하라!"

소장이 외쳤다. 뒤에 있는 조장이 흰 보자기를 씌웠다. 양쪽에 있는 교도관이 포승을 수갑에 걸어서 다리 사이로 넣어 허리를 묶은 포승에 걸어서 힘껏 졸라매고 한 가닥으로 무릎을 묶고 한 가닥으로 발목을 묶었다. 조장이 커튼을 젖히고 내려오는 교승을 잡았다. 결박을 마친 교도관이 양쪽에서 겨드랑이를 끼고 뒤로 끌어 의자에 앉혔다. 조장이 교수를 목에 걸고 "비끼고 눌러!" 하고 외치며 한 발 뒤로 물러섰다. 동시에 입구를 지키던 세 명의 교도관이 스위치에 손을 올리고 있다가 비명에 맞추어 스위치를 눌렀다. 발판이 열리며 사형수는 발부터 수직으로 떨어지며 밧줄이 팽팽해졌다. 목뼈가 부숴지고 허파가 터지는 소리가 들렸다. 소장이 눈을 뜨고 밖으로 뛰쳐나가고 뒤를 따라 검사와 서기와 다른 교도관들이 밖으로 도망쳤다.

20분 뒤에 소장이 시계를 보며 들어왔고 뒤를 따라 검사와 다른 사람들이 들어왔다. 밧줄이 올라오며 올가미에 매달린 사형수의 머리부터 차츰차츰 올려져 공중에 쭉 펴졌다. 의무과장이 청진기를 형식적으로 가슴에 대고 "사망."이라고 짧게 말했다. 소장이 오른손을 들어보인 순간 사형수는 다시 발부터 아래로 내려갔다. 예정대로라면 오전에 3명 내지 4명을 집행해야 하는데 겨우 두 명을 집행하고 점심 휴식에 들어갔다.

"꼴도 보기 싫으니 오후에 집행 끝나면 놈들 모조리 조사해서 징계나 올려!"

소장이 보안과장의 어깨를 치며 말하고 검사의 뒤를 따라 사형장을 빠져나갔다.

"봤지? 당장 연출한 놈들 불러다 단단히 혼을 내서 오후에는 잘하도록 해!"

보안과장이 감독계장에게 지시했다. 계장은 연출한 세 명을 사무실로 불러놓고 소장, 과장의 지시를 그대로 전하며 경위서 안 쓰려면 연출 잘하라고 당부했다.

"눈뜨고 봤으면서 헛소리 마십시오! 미쳤다고 문서가 써야 할 경위서를 우리보고 쓰라고 한다면 오후엔 연출 않겠습니다."

조장이 성질을 버럭 내며 문을 박차고 밖으로 나갔다.

"이 사람아! 그만두려고 그래?"

감독계장이 달려가 조장을 붙잡았다.

"보안과장하고 따지겠소."

조장이 뿌리치고 과장실로 들어갔다. 계장이 뒤라 같이 들어가 조장 앞을 막고 과정을 해명했다.

"멍청한 놈아 누가 네 보고 벌써 개소리하라고 하더냐?"

과장이 지휘봉을 들어 계장의 배를 찔렀다. 계장이 눈치를 채고 배에 힘을 주고 버티었다.

"경위서는 소장님이 내라고 한 것이고 나는 어디까지나 오후에는 차질 없도록 타이르라고 한 말이지 당장 경위서 제출하라고 한 것은 아니니 조장이 이해하고 참아요!"

과장이 조장에게 말했다.

"그럼 소장한테 따지겠습니다."

조장이 이렇게 말하고 문을 박차고 나가 소장실로 갔다.

"뭐야! 감히 여기가 어디라고 함부로 들어오는 거야?"

소파에 앉아 담배를 피우고 있던 소장이 조장을 노려보며 말했다.

"문서보고 쓰라고 할 것이지 왜 저희들보고 경위서를 쓰라고 하십니까?"

"무엄하고 무식한 놈! 새파란 검사 앞에서 소장을 망신당하게 한 것은 죄가 아니야?"

소장이 유리재떨이를 던졌다. 재떨이가 조장의 배에 맞고 떨어져 소장 책상 밑으로 굴러갔다. 소장이 주먹을 쥐고 일어섰다.

"좋습니다! 소장님은 잘못 한 것 없습니까?"

"내가 이 구치소에 와서 잡힐 만한 무엇 하나라도 있나? 잘못이 있으면 물고 늘어질 테야? 있으면 대봐! 내가 땡전 한 푼 받은 것이 있나? 손톱만큼이라도 먹을 것이 있나?"

소장이 한 발 뒤로 물러섰다.

"주물공장 저울추 깎은 것 잊으셨습니까?"

"네놈이 그걸 어떻게 알아?"

"내가 그곳에서 근무했습니다."

"그건 옛날이야! 못 배운 놈이라 역시 틀리군."

"나는 중학교 밖에 안 나왔지만, 소장님처럼 학력을 돈 주고 사지는 않았습니다."

"소장을 무엇으로 보고 공갈치는 거야?"

"그곳에 내 동기들이 많습니다."

"과거에야 도적질 안 한 사람 있었나? 거기 좀 앉아라!"

소장이 목소리를 낮추고 소파에 앉아 담배를 꺼냈다.

"저야 기왕에 그만둘 생각입니다. 자퇴서를 써오겠습니다. 대신 소장님도 같이 옷을 벗으십시오!"

"웃긴 놈! 그깟 일로 옷을 벗을 것이며 소장해먹을 놈 한 놈도 없다. 검찰에 연락해서 당장 옷을 갈아입게 해줄까?"

소장이 주먹으로 책상을 쳤다.

"시효가 지나 그깟 일이라. 그럼 여자수형자 추행사건이면 되시겠습니까?"

"그건 상관도 없어."

"소장님이 은폐를 하셨습니다."

소장이 조장을 멍하니 바라보았다. 소장은 과거에 한 과장이 징역사는 여자를 여러 차례 추행한 사건을 손을 써서 덮은 적이 있었다.

"검찰에 연락해서 어서 옷을 벗겨보십시오!"

조장이 돌아섰다.

"이 사람아, 의논 좀 하세!"

소장이 달려가서 팔을 붙잡았다.

"이번만 참게. 연말에 자넬 꼭 특진시켜주겠네!"

소장이 손을 빌며 사정했다. 오후 집행은 2시부터 시작되었다. 조장은 연출팀을 이끌고 교화 담당과 협조해가며 사형수를 말썽 없이 신속하게 순서대로 연출하고 집행은 더욱 순조롭게 이루어졌다. 위험 속에서 촉각을 곤두세우고 있는 사람에게 정상이란 없는 것이다. 구치소 철문 소리와 교도관의 발자국 소리는 살인극의 서곡이 되었으나 오전에 이미 한차례 소동을 치고 초주검이 된 사형수들은 몸과 마음을 가누지 못하고 떨며 신음했다.

작은 창문에 해가 사라진 늦은 오후 빨간 모자를 쓴 교도관 세 명의 교도관과 교화 담당이 사형수들이 갇혀있는 방을 향에 철문을 열었다. 구치소의 저승사자라고 이르는 연출팀은 발자국 소리를 내며 복도를 지나 그런 모습으로 고영호 방 앞에서 멈추었다. 그는 오전에 이미 그 무서운 발자국 소리뿐만 아니라 이미 사형이 집행되고 있는 것을 알고 자신도 죽임을 당할지 몰라 초주검이 되어 정신을 차리지 못하고 혼미한 상태에서 성경을 가슴에 움켜쥐고 무릎을 꿇어 이마를 방바닥에 대고 떨다가 연출팀을 보고 옆으로 피식 쓰러졌다. 조장이 마치 로봇처럼 방으로 성큼 들어가서 늘어진 그를 한 팔로 어깨를 걸고 한 팔을 다리 밑으로 넣어 수갑 찬 팔을 마주 잡아 떠받쳐 밖으로 끌어냈다. 복도에 있던 교화계장과 담당이 얼굴을 만지며 이름을 부르고 정신을 차리라고 하였으나 허사였다.

"올가미 아래 세우면 다 정신 차립니다."

조장이 교화 담당을 밀치고 양쪽에서 팔을 걸고 사형장으로 달음질쳤다. 대기실 바닥에 눕혀놓고 보자기에서 흰색 여름 한복을 꺼내 입히고 새 양말과 흰 고무신을 신겨 수갑을 채우고 포승으로 결박하여 겨드랑이에 팔을 넣어 끌고 안으로 들어가 돗자리 위에 앉혔다.

"사천육백사십육 번 고영호!"

소장은 여전히 떨리는 목소리로 외쳐 불렀으나 그는 대답을 못 했다. 부들부들 떨며 몸조차 없어 쓰러지려는 그를 교도관이 부축했다.

"살인죄로 사형이 확정되었으므로 법무부 장관 명령으로 사형을 집행한다. 정신 차리고 할 말이 있으면 어서 하라!"

소장이 재촉했다.

"억울합니다. 조금만 더 살게 살려주십시오!"

"권한 없다. 할 말이나 어서 해라!"

"어머니 아버지 잘못했어요!"

"목사님 집례 하십시오!"

소장이 말했다. 목사가 앞으로 갔다.

"이 죄인을 불쌍히 여기소서!"

목사가 고영호의 머리에 손을 얹고 기도했다.

"아, 저기 어머니가!"

고영호가 갑자기 눈을 뜨고 천장을 쳐다보며 말하고 뛰쳐나가려고 하였다. 교도관들이 어깨를 붙잡아 힘껏 눌렀다.

"집행하라! 어서 집행하라!"

소장이 소리쳤다.

"어머니!"

고영호가 외치는 순간에 교도관이 흰 보자기를 머리에 씌워서 어깨까지 끌어내리고 양쪽에서 포승으로 손과 등 뒤의 포승을 걸어 사타구니를 졸라매고 발목과 무릎을 묶어서 허리 포승을 붙잡고 위로 끌어 세웠다. 조장이 내려오는 올가미를 발목에 걸고 머리를 꺾으며 뒤로 한 발 물러섰다. 같은 시간, 책상 위에 있는 세 개의 버튼 위에 각각 손을 올려놓고 떨고 있던 교도관들이 동시에 눈을 감고 버튼을 눌렀다. 그중에 하나의 버튼이 고영호가 앉아있는 의자의 발판을 괸 핀에 연결되어있다. 버튼을 누르면 핀이 빠지고 고영호의 몸은 아래로 떨어지며 공중에 매달리게 된다. 교도관들은 셋 중의 하나라는 비밀을 알지만 정작 집행을 맡으면 그 비밀을 알려고 하지 않는다. 고충을 덜기 위한 심연이리라. 그 속임수가 애처롭게 사정 딱한 교도관의 위안이 된 것이다.

그 무엇에 홀린 듯 주저하거나 망설임 없이 그렇게 빠르고 익숙한 동작에 발판이 삐걱 소리도 없이 아래로 떨어지며 고영호는 밧줄에 매달린 채 바닥 아래로 사라지고 찬바람이 솟았다. 밧줄에 매달린 몸이 경련을 일으키며 묶인 발에서 흰 고무신이 벗겨져 바닥에 떨어졌다. 목뼈가 부숴지고 가슴 터지는 소리가 들렸다. 팽팽하게 무게를 받은 밧줄이 빙그르르 돌듯 흔들거리다 멈추었다. 지휘하던 소장도 참관하던 검사도 집행을 맡은 교도관들도 조차도 모두 다 그 광경을 엿보는 것조차 소름이 끼쳐서일까? 고영호가 밧줄에 매달린 순간 모두 밖으로 뛰쳐나갔다. 담당 목사만 혼자 남아 매달린 시체를 내려다보며 기도하며 찬송가를 불렀다.

jshuhy(정유영)